Roman | Skarabæus

Hans Platzgumer

Weiß

Roman

Skarabæus

MØRKETIDEN

Weiß.
Nichts als Weiß.
Schmutziges Weiß.
Fast weiß wie dieses Blatt Papier.
Fast weiß wie das Franz-Joseph-Land in seinem arktischen Winter.
Grelles Weiß. Ein stilles Nichts. Ein starrer Klumpen Eis.
Kein Schnee, den der Polarwind verweht.
Kein eisiges Wasser, das seiner Herkunft entfließt.
Keine Bewegung mehr.
Eine starre Unterlage sein für ein gefrorenes Land. Danach hatte er sich gesehnt.

Er hatte sein Leben zu verachten begonnen, so sehr, dass er ihm eine Existenz als Eisblock vorzog. Er hatte diese Veränderung gesucht und nicht bemerkt, als er sie gefunden hatte.

Sie war zuerst ein pochender Schmerz, ein Brennen seiner Augen, ein Bersten seiner Schläfen. War ein monotones Brummen, das immer lauter wurde in der Stille und hineinführte in das Nichts, in dem er sich schließlich verlor.

Er öffnete dieser Leere seine Augen so weit, dass er sie nicht mehr schließen konnte, nur mehr hineinstarren konnte in sein eigenes Weiß, das seine erweiterten Pupillen aufgesaugt hatten mit ihrem letzten Blick.

Sie gingen unter in diesem Eismeer aus Nichts, in kontrastlosem, gleitendem Weiß, das ihn mit seiner Drift hätte hinübertransportieren sollen in die Einfrierung.

Und als er ohne seine Augen wieder auftauchte, bemerkte er es nicht, verstand nicht, dass er gefunden, was er gesucht hatte.

Weiß war das letzte Bild in seinem alten Leben gewesen.

„Seit Tagen starre ich auf die Bergkuppen des Nordenskiöldlandes. Die Gletscherzungen des Longyearbreens und des Larsbreens, die ins Tal hinunterführen, Eis, Schnee und Geröll abtransportieren.

Die Gipfel des Lars Hiertafjellet, des Trollsteinen, des Teltberget, die über ihnen thronen. Die weißen Hänge des Karl-Bay-Fjellet, der sich westlich von mir erhebt. Und natürlich der Nordenskiöldfjellet, der die gesamte Landschaft umschließt. Erstarrt sind sie, diese Berge. Graues Basaltgestein, 80 Millionen Jahre alt, von verschieden dicken Schichten Eis überzogen.

Erste Schneeverwehungen haben die Moose und Flechten zugedeckt, die sich an den Talausläufern während der kurzen Sommerwochen gebildet hatten. Sie verbannen jede wieder alle Farbe aus der Eiswelt, alles wird weiß und grau, in unterschiedlichen Nuancen. Gräuliches Weiß, soweit das Auge reicht. Auch die Fjorde, die in großer Entfernung das Inselland durchschneiden, tragen nicht mehr die Farbe der schwarzen See, sondern schwemmen das erste Packeis heran. Bald wird der Eispanzer das Wasser unter sich begraben haben. Nichts fließt dann mehr. Alles starr und bewegungslos.

Ich starre es an. Seit Tagen und Nächten habe ich diese Eiswüste Spitsbergens studiert. Die schroffen Klippen ohne jegliche Vegetation. Die sanft auslaufenden Schneehänge. Sitze hier und starre sie an. Ich kenne inzwischen all ihre Formen und Schattierungen. Ich könnte meine Augen schließen und genau nachzeichnen, wo die Schneedecke noch offen ist oder Felsbrocken das Schneelicht schlucken, das die Sonne Tag und Nacht auf das Land wirft.

Die Mitternachtssonne kreist nur mehr in flachen Bahnen am Horizont. Bald wird sie im Süden verschwinden. Doch noch erhellt ihr ständiges Licht den arktischen Himmel über mir. Ihre Strahlen schneiden sich durch den Eisnebel, der vom Tal heraufzieht. Es ist ein diffuses weißes Leuchten, das mich, meine Hütte, die gesamte Eislandschaft Tag und Nacht umhüllt. Die Sonnenstrahlen brechen sich auf den weiten Schneefeldern. Die Eiskristalle reflektieren unscharfe Lichtbündel. Das Licht hat kein Zentrum. Es ist überall.

Ich könnte meine Augen schließen und blind die Begrenzungen des Dryad-Gletschers im Süden abmessen, wissen, wo er bei guten Sichtbedingungen den Blick freigibt auf das Hinterland Spitsbergens. Ich könnte meine Augen schließen und blind weiterschauen ins Nordenskiöldland. Doch ich kann nicht wegsehen. Keine Minute will ich missen von diesem stillen Spektakel. Nichts verpassen im Nichts. Wenn meine Netzhäute austrocknen, dann befeuchte ich sie mit Novesine 0.4-Augentropfen. Das anfängliche leichte Brennen geht schnell vorüber. Ich will meine Augen der Schönheit dieses Landes nicht verschließen. Will keine Ablenkung. Nichts, das mich daran hindert, in das Weiß zu tauchen. Die Kälte, die Schmerzen. Sie können mir nichts anhaben. Ich spüre sie nicht mehr. Die Analgetika haben sie abgeschaltet. Haben die Schwäche in mir betäubt. Nichts wird mir im Weg stehen.

Ich sitze auf dem Brettervorbau meiner Hütte und betrachte das Land. Mehr will ich jetzt nicht tun. Mehr kann ich nicht tun. Mehr gibt es nicht zu tun. Manchmal stehe ich auf und gehe in das Weiß hinein, höre den Schnee knirschen unter mir. Dann lege ich mich auf den Boden und starre in den Polarhimmel, bis ich so kalt geworden bin, dass ich kaum mehr aufstehen kann, es kaum mehr zurückschaffe zum Holzofen der Trapperhütte. Ich habe keine Angst vor der Kälte. Keine Angst vor dem Licht. Ich nehme alles hier in mich auf. Brauche nichts anderes mehr. Sitze in meiner Hütte und warte, bis unten im Adventfjorden ein Schiff anlegt. Bis die Sabotin kommt und mich mitnimmt. Weiter hinein ins Eis."

Ein kalter Nordwind blies Sebastian Fehr ins Gesicht, als er seine wöchentliche Wanderung von Karsons Trapperhütte aus nach Longyearbyen unternahm, um die notwendigsten Einkäufe zu machen. Ein früher Vorgeschmack auf den Winter hatte eine dünne Schneeschicht über das ganze Land gelegt. Es war August geworden und die Mitternachtssonne zog ihre Kreise bereits tief auf dem südlichen Himmel Spitsbergens, der größten Insel des arktischen Archipels Svalbard.

Der Mann hielt einen gleichmäßigen Schritt. Die Windstopper-Jacke eng zugeknöpft. Eine Wollmütze tief ins Gesicht gezogen. Mehrere Schichten Unterwäsche und Pullover hielten seinen

Körper warm. Er schwebte nahezu über die Schotterberge ins Tal. Eine Filmtablette Diclobene und ein Voltaren Retard hielten die Schmerzen fern, die das grelle Schneelicht in seinen Kopf brannte.

Er hatte wenig gegessen in den letzten Tagen. Der Proviant war nur langsam ausgegangen, denn sein Magen hatte sich bereits an die zu kleinen Portionen gewöhnt. Sebastian war selbst erstaunt darüber, wie lange man mit so wenig Lebensmitteln auskommen konnte. Man brauchte wenig, wenn man wenig hatte. Wenn man es liebte, wenig zu haben und wenig zu sein.

Alles Leben in der hohen Arktis ist dürftig. Es muss lernen, mit einem Minimum auszukommen, genügsam zu sein, warten zu können. Warten, bis die Schneedecke sich lichtet. Warten, bis es wieder etwas gibt. Warten, bis das Schiff abfährt.

Tagelang verharrt der Eisbär am Atmenloch der Robbe. Wartet, bis sein Fressen eines Tages auftauchen wird. Er hat wochenlang schon keine Beute mehr gemacht.

Hinter ihm wartet in sicherem Abstand der Polarfuchs auf die Reste. An verschiedenen Stellen in seinem Revier hat er Möweneier und andere Beutestücke vergraben – als Notration für die Tage im tiefen Winter, wenn es wirklich eng wird.

Das Svalbard-Rentier wird nur maximal 5 Jahre alt. Es hat ein dickeres Fell und kürzere Beine, aber nur ein Drittel der Lebenserwartung seiner Verwandten in Sibirien, Lappland oder Alaska, den Karibus. 98 Prozent der eisfreien Zeit verbringt es damit, sich mit kleinen Flecken weißen arktischen Mooses einen Winterbauch anzufressen. Dabei beißen die Tiere auf so viel Schotter, dass ihnen die Steine im Lauf weniger Jahre das Gebiss zerstören. Ohne Zähne sind sie dann dem unausweichlichen Tod ausgeliefert. Über das ganze Land verstreut liegen die toten Rentiere, die mit abgewetzten Zähnen keine Nahrung mehr zu sich nehmen konnten. Und da liegen auch kleine Rentier-Babys, die nie geboren wurden. Ihre Mütter haben erkannt, dass das Futter nicht für die Aufzucht eines Kindes reichen würde, und von ihrer Fähigkeit Gebrauch gemacht, das Junge in ihrem Bauch abzutreiben. Die Kadaver liegen auf dem Land verstreut: Futter für die Fleischfresser.

Schneehühner wiederum halten sich – wenn sie ihren Jägern bis in den Winter entkommen sind – unter den Schneeschichten auf, wo sie nach Beeren und Samen scharren. Über ihnen schleicht der Polarfuchs auf der Schneedecke. Er riecht den Hühnerbraten und wartete auf das Tauen des Schnees.

Monatelang wartete auch der Trapper Paul Johan Bjørvig, der 1898 mit einem Kameraden und einigen Schlittenhunden in einer mit Walrosshäuten und Bärenfellen abgedeckten Steinhütte auf Svalbard überwinterte, auf das Ende der Polarnacht. Nachdem sein Kamerad Bernt Bentsen an Skorbut gestorben war, wollte er dessen Leichnam nicht den Hunden und Bären überlassen und bewahrte ihn über die Monate bis zur Rückkehr der Sonne steifgefroren neben seinem Schlafsack auf. „Vielleicht überlebe ich hier ja doch!", hatte er in sein Tagebuch geschrieben.

Er starb erst 34 Jahre später.

Warten. Warten. Geduld. Geduld. Das lehrt die Arktis.

Sie lehrt ihre Lebewesen, dass es auch mit weniger geht. Mit immer weniger. Bis schließlich nichts mehr übrig bleibt. Nichts mehr geht.

Sebastian Fehr wollte diesen Endpunkt nicht hier auf Spitsbergen erwarten. Die Insel war nur eine Zwischenstation für ihn. Bald würde die Sabotin kommen und ihn weiterbringen. Und bis zu diesem Zeitpunkt, wenn seine Schonfrist auslief, musste er seinen leeren Rucksack nur in die Bergarbeitersiedlung Longyearbyen tragen und im Svalbardbutikken auffüllen.

Eine Kreditkarte erleichtert das Überleben in der Arktis ungemein.

Sebastian hatte aufgehört, frische Lebensmittel zu verlangen. Zu Beginn hatte er noch Lachssteaks eingekauft, Walfleisch und Toastbrot. Milch gab es ohnehin kaum, und auch Obst und Gemüse waren praktisch nicht erhältlich. Dafür waren die Vitamintabletten deutlich günstiger als in Deutschland. Sebastian genügte es mittlerweile, alle ein, zwei Wochen eine volle Mahlzeit im Barentsz Pub einzunehmen. Abwechselnd den Robben-Eintopf oder das Rentier-Steak mit Kartoffelpüree. Und für die Zeit dazwischen hatte er neben Müsli- und Schokoladeriegeln, weichen norwegischen Waffeln, Mors Flatbrød-Pulver, das er mit Wasser zu Fladen anrührte, sowie seinen täglichen Tablettendiäten eine neue Form der Nahrungsaufnahme entdeckt.

Der Svalbardbutikken war nämlich bestens mit Überlebensnahrung ausgestattet. Eine große Auswahl vakuumverpackter Survival-Lunches stand in den sonst spärlich gefüllten Regalen. Hier gab es die ideale Ernährung für Trekker, Extrem-Camper und Abenteurer.

Nein, er war kein Trapper, kein Selbstversorger, der sich mit ausgetüftelten Holzfallen seine Nahrung beschaffte. Er war kein Fangstemen wie Karson, der die Trapperhütte im Endalen vor vielen Jahren errichtet hatte, sondern ein Wartender. Saß in seinem Warteraum aus Ulmenholz, 3 x 6 Meter klein, mit vier kleinen Fenstern. Saß oder lag auf einer mit Schaumgummi bespannten Liegereihe, an einem Brettertisch auf Holzpfählen.

Der Ofen brannte auf der kleinsten Flamme. Das Küchenbrett blieb großteils unbenützt. Das Plumpsklo war außen angebaut, daneben ein guter Vorrat an Brennholz aufgestapelt. Den abgetrennten Eingangsbereich der Hütte, der als Kühlschrank diente, hatte Sebastian Fehr nicht in Verwendung.

Die Nahrung, die er auspackte, wenn er von seiner Einkaufstour nach Longyearbyen ins Endalen zurückkehrte, bedurfte keiner speziellen Lagerung. Sie war für die Ewigkeit verpackt. Noch so große Hitze oder Kälte konnte man diesen metallbeschichteten Vaku-Packs zufügen; ihr dehydrierter Inhalt behielt seine Form. High-Tech-Nahrung für den erhöhten Kalorien- und Nährstoffbedarf in Extremsituationen. „Adventure Food“, entwickelt vom holländischen Abenteurer und Expeditionsprofi Hans van der Meulen. Adventure Food, das nichts mehr mit dem englischen Walfänger „Adventure“ zu tun hatte, der 1656 an diesen Küsten jagte und nach welchem der Adventfjorden Longyearbyens und das Adventdalen benannt wurden.

Die silbernen Mahlzeit-Beutel wogen nur 250 Gramm, weil ihnen durch chemische Verfahren das Wasser vollständig entzogen wurde. Nun musste man ihnen beim Erhitzen nur wieder Flüssigkeit zuführen, und schon hatte man ein abwechslungsreiches Dinner inmitten der Wildnis. Auf dem Küchenbrett der Karson-Hütte stapelten sich Beutel mit verschiedensten Geschmacksrichtungen: Cashew Rice, Curry with Fruit, Leek Hotpot – wahlweise mit oder ohne Schinken –, Rice Satay, Chicken Ceylon, Gulasch, Macaroni Cheese, Spaghetti Bolognese, Walnut Chicken. So unterschiedlich ihre Namen klangen, sie sahen einander zum Verwechseln ähnlich, rochen und schmeckten fast gleich.

Sebastian Fehr war es einerlei. Diese Art der Nahrungsaufnahme gehörte zu seinem neuen Leben. Er aß Globetrotter Lunch „Ungarisch“, „Försterin“, „Gärtnerin“, die Blaubeersuppe, probierte die Reispfanne „Balkan“ oder „Indonesia“ und an besonderen Tagen gönnte er sich Beef Stroganoff oder den Elchfleisch-Gourmet-Topf. Ohne es definieren zu können, nahm er auf diese Weise Eier, Nüsse, Soja, Milchpulver, Fleischfasern und jede Menge Glutamat E621 zu sich. Um noch mehr Abwechslung in seinen Menüplan zu bringen, tröpfelte er schwedisches Albaöl, ein speziell entwickeltes Rapsöl mit Buttergeschmack, auf sein Flatbrød.

Doch eine Erinnerung an seine alten Welt durfte selbst hier im Nordenskiöldland nicht fehlen: Rotwein. Da es zu mühsam gewesen wäre, Weinflaschen auf das Hochplateau zu schleppen, hatte Sebastian Fehr keine Auswahl. Der einzige dehydrierte, in Beutelform verfügbare Wein hieß „Rouge – Getränkepulver Typ Glühwein“. 60 Gramm Pulver, das in 200 ml Wasser aufgerührt ein wein-ähnliches Produkt mit 9,27 Prozent Alkoholgehalt ergeben sollte. Es war in keiner Weise auch nur mit dem drittklassigen Merlot des Barentsz Pubs vergleichbar. Ein erschreckender Gestank machte sich breit, sobald man den Beutel öffnete, und es bedurfte einiger Überwindung, einen Becher davon an den Mund zu führen. Doch er gewöhnte sich daran. Er war nicht in die Arktis gefahren, um kulinarische Leckerbissen zu genießen. Jetzt ging es nur mehr darum abzuschließen mit dem Alten und sich bereit zu machen für das Neue.

Der Einsiedler im Endalen spülte die Tramal Long 200 Filmtablette mit einer Tasse „Rouge“ hinunter und starrte auf das endlose Schneefeld vor seiner Hütte.

Wie schön sie waren, die arktischen Gebirgsmassive.

Wie mächtig und still. Leer und weiß, weiß, weiß, soweit das Auge reichte.

Von seinem Bürofenster aus hatte er die Jahre zuvor noch die Wolkenkratzer der Frankfurter City beobachtet, wie sie in klamme Nebelmäntel gehüllt oder glühende Sonnenuntergänge getaucht wurden. Jeden Tag sahen die Hochhaustürme ein wenig anders aus. Sie wurden alt, sie wurden neu, sie wurden kalt und heiß, sie glänzten und ermatteten. Wie er befanden sie sich ständig in Unruhe und kamen dennoch nicht vom Fleck. Sebastian mochte diese Skyline, die wie von selbst wuchs. Seit ihn eine freie Stelle als Produktionsassistent bei der Rundfunkanstalt hierher gezogen hatte, bestaunte er diese gläsernen Betonklötze. Immer waren sie da. Und doch ließen sie ihn in Ruhe. Er freute sich, wann immer ein neuer Turm gebaut wurde. Von seinem Bürosessel aus beobachtete er die Fensterputzer, die in schwindelnden Höhen ihrer Arbeit nachgingen. Beneidete diese Männer um die Klarheit ihrer Aufgabe. Sie turnten auf ihren Gerüsten hoch über den Dächern der Innenstadt. Sie putzten die Fenster der Hochhäuser, damit die Leute, die hinter diesen Fenstern arbeiteten, sie dafür beneiden konnten.

In den Kabinen unter der Stadt war die Einsamkeit größer als in der Höhe. Die Welt des Sex war lauter, bunter und schmutziger als das Treiben außerhalb ihrer neonbeleuchteten Eingangstüren. Schonungslos führte sie den zu ihr Flüchtenden ihre Verlassenheit vor, entführte sie in Abteile mit 128 Pornokanälen und Taschentüchern.

In auffällig penetrantem Geruch von desinfizierenden Raumsprays, die die Luft nicht zu verbessern, sondern lediglich andere Gerüche gewaltsam zu verdecken hatten, war Sebastian allein mit sich. Allein mit dem Stöhnen der Lautsprecher, den Reißverschlüssen aus den Nachbarkabinen, dem Klimpern der Münzen, wenn die Zeit auslief. Allein mit dem alten Sperma seiner Vorgänger im Müllbehälter.

Er hielt es nicht besonders lange aus in diesen Lustzellen. Bald graute es ihm vor den engen schwarzen Wänden, mit denen er jede Berührung penibel vermied, vor dem abgewetzten Sessel und den Filmen, die er geboten bekam. Er ekelte sich vor seiner Umgebung und vor sich selbst und schlich rasch, so unauffällig wie möglich, wieder hinaus aus diesem Ambiente. Gleich unauffällig, wie er sich zuvor hineingeschlichen hatte.

„Hallo. Guten Tag. Buon giorno! Willkommen im Centro Lingue Mediterranee. Mein Name ist Claudio Ternotti, ich bin ihr Kursleiter. Benvenuto. Um es vorwegzunehmen: Ich bin Deutscher, aber ich komme aus einer italienischstämmigen Familie. Ich freue mich, Sie gemeinsam mit meiner reizenden Assistentin Angela Celina – sie ist native speaker und stammt aus Kalabrien – herzlich zum Frühjahrs-Kurs begrüßen zu dürfen. In den nächsten zehn Wochen werden wir uns hier wöchentlich treffen, um gemeinsam Italienisch zu lernen, zu hören und zu sprechen. Per imparare l'italiano. Wir werden die Scheu davor verlieren, einander in dieser wunderbaren Fremdsprache anzusprechen. Und darüber hinaus werden sich sicherlich auch andere Anlässe und Verabredungen finden, um das Gelernte zu vertiefen.

Italiano. Das ist die Sprache der Liebe und der Gefühle. Welche Sprache könnte sich also besser eignen, um die Partnerin oder den Partner für die nächste Saison oder vielleicht sogar für das ganze Leben kennenzulernen? Dieser Kurs speziell für Singles soll Sie in die Kunst des parlare italiano und die Geheimnisse eines Flirts auf Italienisch einführen. Angela und ich freuen uns, Sie in den kommenden Wochen bei Ihren Fortschritten begleiten zu dürfen.

Sie sind hierhergekommen, um einander näherzukommen und um diese wunderbare südländische Sprache zu erlernen, ihre Lebensart zu praktizieren. Also bitte ich Sie: Seien Sie nicht schüchtern! Der Südländer geht bei Flirts mit großer Romantik, aber auch einer erfrischenden Direktheit zur Sache. Machen wir es ihm nach!

Als erstes wird sich jeder der Gruppe vorstellen und uns Name, Alter und Interessen verraten. Angela wird dies gleich simultan übersetzen, damit Sie hören, wie Sie in Italienisch klingen! Also: Wer will der erste sein?"

„Ja … ich heiße Charlotte Kinsmuth. Mi chiamo Charlotte Kinsmuth. Bin 38 Jahre alt. Ho 38 anni. Sono nata a Wiesbaden ma vivo a Francoforte da più di cinque anni. Lavoro nello studio di un avvocato, non lontano da qui. Si … Bene … Il mio partner ideale non l'ho ancora trovato, ma so che esiste. La fuori lui è sicuramente da qualche parte, forse è addirittura qui nella stanza? Lo potrei immaginare bene, se solo mi girasse intorno. Sono aperta a molte cose. Mi piace il divertimento, vado volentieri al cinema o in discoteca. L'Italia mi attrae molto, il cibo, il mare, il sole, gli uomini. Ci vado almeno una volta l'anno in vacanza. Per questo vorrei imparare l'italiano ancora meglio."

Die romanischen Vokabeln betörten Sebastian. Wie Aphrodisiakum hallten sie durch Kopf und Körper bis tief in ihn hinein. Charlotte war von Beginn an neben ihm gesessen und versprühte den Duft einer echten Frau. Kein Model aus dem Fernseher. Keine Pornqueen, nein, eine echte Frau aus Fleisch und Blut. Sebastian roch ihre Haut und ihr Parfum. Sie wirkte jugendlich und lebhaft. Dennoch konnte man ihr die 34 kaum abnehmen. Sie verdeckte eine verlorengegangene Jugend unter einer Fassade aus gespielter Naivität und modischer Kleidung. Mit Foundation und Concealer malte sie sich ein junges Gesicht. Die Hände, die sie nicht mehr jünger malen konnte, pflegte sie unter mit den Fingern langgezogenen Langarm-T-Shirts zu verbergen, mit deren Ärmelrändern sie verlegen spielte. Offensichtlich sah sie viele TV-Serien mit reizenden Jugendlichen.

„Nein, Lieblingsfilm habe ich eigentlich keinen bestimmten. *Das Schweigen der Lämmer* fand ich klasse. Du auch? Aber ich muss gestehen, dass ich eigentlich nur Filme mit Happy End mag. Ich meine jetzt nicht die Schnulzen! Du weißt schon … es ist nur …

wenn der Held am Ende stirbt … ich weiß, so etwas muss es auch geben, ja, das ist ja wahrscheinlich auch realistischer hin und wieder … aber das ist dann halt nicht so mein Fall.“

Der Aufwand, den diese Frau mit ihrer Maskierung betrieb, ließ in ihr ein erotisches Verlangen vermuten, das ein suchender Mann, auch wenn er ihre Täuschung entlarvte, in jedem Fall zu honorieren bereit war. Er spürte ihre Nähe, wenn sie im Institut neben ihm saß, wenn sie in der Pizzeria, in die sie regelmäßig nach dem Kurs gingen, neben ihm saß, ihre Insalata mista auf Italienisch bestellte und dabei verlegen kicherte.

Eine Frau saß neben ihm. Gerne hätte er mehr von ihr erfahren, doch sie blieb in ihrer Konversation auf einem dem Kursvokabular entsprechenden oberflächlichen Niveau. Vielleicht hätte auch sie gerne mehr von Sebastian Fehr erfahren, aber er wollte die Stimmung nicht mit Geschichten aus seiner bedrückenden Vergangenheit oder seinem ereignislosen Alltag verderben.

Die Gemeinsamkeiten, die ihnen noch als Gesprächsthema zu taugen schienen, waren nach drei Wochen erschöpft. Dann saß sie aber wenigstens schon in seiner Wohnung neben ihm auf dem Ledersofa, ein Glas Prosecco in der Hand. Zwei Menschen warfen einander unzusammenhängende italienische Floskeln zu, die sie bei ihrer einzigen Gemeinsamkeit, dem Sprachunterricht, aufgegabelt hatten. Sie kicherten. Bis auch diese Unterhaltung verebbte.

Kein Wort mehr dann.

Zum Glück floss Alkohol in ihrem und in seinem Blut.

Sebastians vor Aufregung schwitzende Hand begann ihren rechten Oberschenkel zu streicheln.

In den folgenden Unterrichtsstunden saß Charlotte nicht mehr neben ihm. Sie grüßten einander nur mehr mit ausweichender Höflichkeit. Er war ihr entweder zu weit oder nicht weit genug gegangen.

„Und? Hat sich bei dir mit Charlotte noch nichts ergeben? Ihr scheint euch doch schon prächtig miteinander amüsiert zu haben. Na, collega?“

„Zum Glück habe ich mich weder blamiert noch ein Kind gezeugt", hätte Sebastian am liebsten geantwortet.

„Hast du die Frankfurt Galaxy am Wochenende gesehen? Das war ein Spiel. Dieses Jahr ist crazy. Die mischen in der Liga so richtig mit. Wenn das so weitergeht, kommen wir noch zum World Bowl, sag ich dir. World Bowl! Yeah. Let's kick some fucking ass!"

Dieter Begmann, der nun neben ihm saß, erinnerte Sebastian an die Hauptdarsteller aus den Pornofilmen in den Kabinen. Schon deshalb versuchte er, Distanz zu seinem neuen Nachbarn zu wahren.

„Ich bin froh, jetzt hier vorne neben dir zu sitzen. Mit der blonden Tussi da hinten lief sowieso nichts. Italiener stehen ja wohl auf alles, was blond ist. Aber ich habe da einen anderen Geschmack, einen etwas … *ausgereifteren* Geschmack, wenn du verstehst. Diese Angela Celina zum Beispiel. Mensch … das ist eine süße Maus. Die würdest du wohl auch nicht von der Bettkante stoßen, was? Auch wenn ich kaum ein Wort verstehe, das sie sagt; ich sehe ihr unglaublich gerne beim Reden zu. Da kann sie sich noch so keusch geben. Das tun die ja gerne, die Südländerinnen. Geben sich erstmal schön artig und brav. Aber im Bett, wenn's dann mal knallt, ich sag dir, dann geht da richtig die Post ab!"

In Dieter Begmann regierte bereits die Ungeduld. Verena Saalt bot sich an. 35, aus Würzburg. Was auch immer. Hennagefärbte, rote Locken. Eng geschnittene Hemdchen. Ihre Lippen formten sich nach jedem Wort zu einem Lächeln, zu einem Kussmund, der, wenn er auch aufgesetzt und verkrampft wirkte, Männerfantasien in Wallung brachte.

Es dauerte nicht lange. So einfach kann es sein, das Liebesleben. Da musste nicht lange um den heißen Brei herumgeredet werden. Zwei Kinokarten zu „Kill Bill". Caipirinhas. Und dann ab die Post.

Danach tauchte Verena nie wieder im Sprachinstitut auf. Gut gelaunt hatte sie bei Dieter noch geduscht, sich freundlich verabschiedet. Und weg war sie gewesen. Nie mehr wiedergesehen.

Die Kursteilnehmer munkelten, dass sie gar kein Single war, sondern nur ein sexuelles Abenteuer gesucht hatte. Nach erfolgreicher Mission habe sie sich wohl wieder nach Hause verzogen, heim in eine andere Welt, zurück zum Ehemann und eventuell sogar zu ihren Kindern. Man bezweifelte sogar, ob ihr tatsächlicher Name überhaupt Verena war, ob sie in Wirklichkeit nicht etwa Hildegard, Gundula oder gar Mechthild hieße.

Es wurde auch getuschelt, dass sie wegen Dieter Begmanns bizarren sexuellen Vorlieben den Kurs verlassen habe. Sado-Maso und so Zeug. Er habe sie damit vertrieben. „Das kann ich gut verstehen. Ich möchte mich auch nicht im Bett fesseln und schlagen lassen müssen! Ekelhaft."

So saßen die in ihrer Männlichkeit verwirrten Männer noch wenige Wochen nebeneinander. Ein gebranntes Kind neben dem anderen. Ein großer Abstand zwischen ihnen. Und dann war der eine weg. Zurück im „Dyck Studio", seinem Fitness-Center in der Städelstraße.

Und bald war auch der andere weg. Zuhause. Zwei Zimmer, 52 Quadratmeter, eine Altbauwohnung im Frankfurter Bahnhofsviertel. Der Besitz, den Sebastian über die Jahre angesammelt hatte und der ihm nichts bedeutete, lag ordentlich gestapelt auf Ikea-Regalen und Ablagen. CDs für die Stereoanlage, DVDs als Futter für seinen Flachbildschirm, ein PC, Bücher, Kleidung, ein Bett und ein schwarzes Ledersofa. Die Dinge waren ihrer praktischen Verwendung nach angeordnet. Standen dort, wo sie am wenigsten Platz brauchten und am besten ihrem Zweck dienen konnten. In Reichweite, was er öfter brauchte, weiter entfernt, was er selten anrührte. In den Kästen unten, was man immer vergaß und ohnehin hätte wegwerfen können.

Sebastian hatte sich an die Müdigkeit gewöhnt, die von dieser Behausung ausging. Auch wenn die Wohnung verhältnismäßig ruhig gelegen war, konnte sie ihm keine Erholung bieten. Beinahe leblos wirkte sie manchmal. Still in einer Ruhe, die keine Entspannung war, sondern lediglich ein Warten, bis plötzlicher

Straßenlärm oder Geräusche im Haus die katatonische Stille jäh unterbrachen. Ein Warten, in dem die Zeit nicht fortzuschreiten schien.

Es wurde zwar später, es wurde heller, aber trotzdem hatte die Zeit aufgehört zu fließen. Sie dehnte sich jetzt und zog sich zusammen. Sie lachte ihn aus, diesen Menschen auf seinem Bett, der ihr zuhörte und versuchte, ihr zu folgen. Sein Wecker tickte in *ihrem* Takt. Aber auch das war nur Schein. Es war kein gleichförmiges Tempo, es war nicht der Takt des Zeitflusses. Es waren Sekundenschläge, die keine Sekunden kannten. Zeiger, die sich verbogen und dabei stotternde Geräusche machten. In der Dunkelheit vergaßen sie ihre starre Disziplin, drehten sich um ihre eigenen Achsen, wanden sich, streckten sich und sprangen auseinander.

Weil sie das tagsüber nicht konnten. Weil sie tagsüber ihre Gesetze nicht brechen durften.

Der schlaflose Mann hörte ihnen zu. Er hörte das Hämmern ihres Spiels. Ein Hämmern, das mit dem ständigen Tropfen des Wasserhahns eigenartige Polyrhythmen spielte. Teils waren sie zusammen, die zwei, gingen Hand in Hand, und dann stritten sie sich, wer langsamer vorankam.

Der Wasserhahn war schwächer als die Zeit.

Dann fuhr Sebastian hoch mit dem Fernseher oder der Klospülung aus der Nachbarwohnung, mit Autohupen, Türenknallen, Schreien oder betrunkenem Gegröle.

In die folgende Stille lauschte er dann konzentriert hinein und bereitete sich auf den nächsten Paukenschlag vor. Der Mensch hörte sich selbst beim Hören zu. Lauschte. Bis die Zeit und der Wasserhahn wieder zu tröpfeln begannen. Sebastian lauschte, als die Nacht verging. In den Wolkenkratzern brannten noch vereinzelte Lichter.

„Fast bin ich schon dort, wo ich sein will. Fast bin ich schon angekommen.

Ich sehe den Süden nicht mehr. Dort, wohin sich die Sonne nun nachts für wenige Stunden zurückzog, sehe ich nichts mehr.

Auch östlich von mir sehe ich nicht mehr, wie sich die Gletscherzunge des Bogerbreen vor dem Karl-Bay-Fjellet niederkniet. Die Schneewände des Hiertafjellet im Westen sehe ich mittlerweile mit geschlossenen Augen genauso gut wie mit geöffneten. Ich weiß, wo sich der Felsschutt zwischen den nackten Gesteinsschichten sammelt.

Das Weiß der hohen Arktis leuchtet überall vor mir. Die kalte Luft glitzert. Der Nordwind. Er peitscht mir Schneekristalle ins Gesicht. Die Schneefelder, die Gletscherabbrüche, die Schottermoränen und Eiskuppen. Ich weiß, sie sind da. Sie sind hier. Überall um mich herum. Sie umgeben mich. Ich habe sie so lange gesehen, dass ich nichts anderes mehr sehen kann. Mittlerweile kann ich in allem die Eiswüste erkennen, deren Teil ich geworden bin. Die Herbststürme tragen den Schnee jetzt in jeden Winkel meiner Welt, in jede Ritze der Hütte, in jeden Felsspalt. Alles deckt der Schnee jetzt zu.

Vor einigen Tagen kam ein Rentier ganz nah zur Hütte. Es ließ sich von mir nicht stören bei seiner Suche nach Nahrung. Ich ließ mich von ihm nicht stören. Es war ein unscharfer Fleck auf dem weißen Schneefeld, welches sich von hier bis zu den Abhängen des Bingtoppen erstreckt. Ein Schatten, der sich langsam durch das Weiß bewegte. Vorsichtig näherte sich das Tier, aber irgendwann drehte es ab und machte sich weiter hinten bei den Geröllhalden, die der Gletscher vor sich aufwirft, auf die Suche nach den letzten arktischen Moosen der Saison. Der scharfe Schutt wird dir dein Gebiss zerbrechen, dachte ich. Wenn du frisst, dann bringst du dich um. Wenn du nicht frisst, dann stirbst du bloß früher, schneller, schmerzloser.

Ich für meinen Teil möchte mich nicht zu Tode fressen. Ich will es dem Rentier nicht gleichtun. Ich habe in diesen Wochen gelernt, fast ohne Nahrung auszukommen. Vitamintabletten, Schmerztabletten, Magentabletten, Flatbrød-Pulver, Survival-Lunches. Mehr brauche ich nicht. Wahrscheinlich beneidet mich das Rentier darum. Es muss seine gesamte Zeit dafür aufwenden, sich einen Winterbauch anzufressen. Jeden Tag blicke ich wieder hinüber zu den Schotterfeldern, ob es nun schon tot auf den Steinen liegt. Aber man stirbt wohl nicht so schnell in der Arktis. Ob du frisst oder nicht, der Tod ist hier ein unmerkliches Gleiten hinüber ins Weiß. Kein Spektakel, sondern ein stilles Erkalten. Tagelang sah ich das Rentier noch in der Ferne. Jetzt ist es nicht mehr da, glaube ich. Zumindest kann ich es nicht mehr erkennen. Kann sein graues Fell nicht von dem grauen Schutt unterscheiden, an dem das Tier nagte.

Kein einziges Lebewesen scheint sich in meiner Nähe zu befinden.

Auf einer meiner ersten Wanderungen nach Longyearbyen entdeckte ich noch Eisbärspuren im Schnee. Lang studierte ich den mächtigen Abdruck einer Tatze. Ich kniete nieder und starrte in den Schnee hinein, spähte lange die Umgebung ab. Doch nirgends sah ich ein weiteres Anzeichen eines Bären. Es sei selten, hat man mir gesagt, dass sich die Sommerbären so weit in das besiedelte Gebiet vorwagen. Letztendlich war ich mir nicht mehr sicher, ob es der Abdruck einer Tatze oder von sonst irgendetwas war. Jedenfalls habe ich das Tier selbst nie gesehen. Schade, dachte ich. Denn ich habe keine Angst vor dem Polarbär. Selbst wenn ich kein Gewehr zur Notwehr trage, so wie es das Gesetz des Sysselmannen hier vorschreibt, habe ich keine Angst davor, auf einen Bären zu treffen. Ich würde mich nicht wehren müssen gegen ihn. Er würde mich verstehen so wie ich ihn. Wir würden uns in die Augen schauen und uns gegenseitig in Ruhe lassen. Abdrehen würden wir. Getrennte Wege gehen, der Eisbär und ich.

Manchmal höre ich die Schreie der Möwen vom Fjord zu mir heraufdringen. Über die Distanz klingen ihre Stimmen fast wie das Heulen des Windes. Die Vögel machen sich bereit zum Flug in wärmere Gebiete, wo sie überwintern werden. Bald wird es still sein hier. Noch stiller und leerer als jetzt.

Langsam beginnen sich da unten im Adventfjorden die Packeisschollen zu schließen. Sie sind mein Zeitmesser. Mein Countdown in den Norden. Noch stellt dieses Treibeis kein Hindernis für die Sabotin dar. Das Schiff kann sich mühelos einen Weg durch die Ruinenlandschaft bahnen. Das Septembereis wird es nicht aufhalten. Wird mich nicht aufhalten. Im Gegenteil: Es wird mich weiterbringen. Ich darf nur die Einfahrt des Schiffes nicht verpassen.

Das Packeis ist mein Kalender. Das Ticken meiner arktischen Uhr. Immer wieder starre ich hinunter auf den gefrierenden Fjord. Immer wieder versuche ich durch die ineinandertreibenden Schichten Weiß einen Blick auf den Meerarm zu werfen. Ich muss erkennen, wenn sich da unten ein roter Eisbrecher durch das Wasser schiebt und die Landungsbrücke des Freihafens Longyearbyen ansteuert.

An Tagen, an denen ich vor lauter Weiß, vor lauter Nebel, Schnee und Kälte nahezu gar nichts mehr erkennen kann, hält mich dieses Heft bei Sinnen. Seit ich mit Anbruch meiner Reise angefangen habe, unregelmäßige Notizen zu machen, bin ich dadurch immer wieder in der Lage, mich aufzufangen, wenn ich mich ganz im Weiß zu verlieren drohe. Schon im Viking Hotel auf der Storgata Tromsøs schrieb ich mich aus dem Delirium heraus, in das ich stürzte. Ich schrieb in Longyearbyen. In Nybyen. Schreibe in dieser Trapperhütte, wenn die Tage weder einen Anfang noch ein Ende finden. Ich weiß nicht, wie viele Tage vergehen, aber ich sehe, wie viele Eisschollen den Fjord hereintreiben und wie viele Seiten ich schon vollgeschrieben habe.

Vor ein paar Tagen habe ich aber alle beschriebenen Seiten aus meinem Heft gerissen und im Ofen verbrannt. Ich will das Weiß des Papiers nicht schwärzen. Komme mir wie ein Verräter vor. Wie ein Spion. Ich nehme das Weiß der Arktis und beschmutze es. Ich will nichts für niemanden hinterlassen. Nichts von mir. Nichts für mich. Ich schreibe meine Gedanken nur hin und wieder nieder, um die Zeit aufzuhalten, wenn sie mir zu entgleiten droht. Dann schreibe ich so, wie ich an anderen Tagen mit mir rede. So wie ich an anderen Tage in den Eisnebel rufe oder einen Rouge trinke, um wieder zu Kräften zu kommen. Wenn ich mich so schwach fühle, dass ich es kaum mehr schaffe, meinen Körper aufrecht zu halten.

Kürzlich kam ich in der Küche zu Fall. Ich stürzte und schüttete mir dabei beinahe einen Topf mit kochendem Wasser über das Gesicht. Im Eingangsbereich der Hütte blieb ich auf dem Boden liegen. Ich kauerte mich in einem Eck zusammen und genoss die Stille. Nach einiger Zeit – ich weiß nicht warum – schoss mir ein Abba-Song in den Kopf. Gimme, gimme, gimme a man after midnight. Ich bekam diesen Dreck nicht mehr aus dem Kopf. Immer mehr baute sich das Stück in meinen Gedanken zusammen. Die Geigen, das Schlagzeug, der Gesang. In endlosen Schleifen wiederholte sich das Thema. Auf jeden Refrain folgte eine neue Strophe. Ein neuer Refrain. Immer lauter dröhnte die Musik in meinem Gehirn. Ich konnte es irgendwann nicht mehr ertragen. Abba in meinem Kopf gaben keine Ruhe mehr. Sie sangen und spielten weiter. Immer weiter. Ich konnte sie nicht abschalten. Konnte gar nichts mehr anderes tun, als dieses Lied zu hören. Zuhören, wie es immer wieder von Neuem losging. Gimme, gimme, gimme a man after midnight. Die Geigen, das Schlagzeug, der Gesang. Mein Kopf *war* dieses verdammte Stück Musik. Ich dachte: Zum Teufel, jetzt liegst du da, mutterseelenallein in der Stille Spitsbergens und kannst nichts mehr anderes tun, als Abba zuzuhören, wie sie immer wieder dieses gottverdammte Lied spielen! Ich dachte, ich komme aus dieser Schleife nicht mehr heraus. Das war's, dachte ich. Jetzt stirbst du und Abba spielt die Todesmelodie.

Ich habe keine Ahnung, wie lange wir da gelegen sind, Abba und ich, aber irgendwann schaffte ich es, mich aufzuraffen. Ich schleppte mich vor die Tür und kaute grobkörnigen Schnee. So lange und so viel, bis ich mich übergeben musste. Dann kotzte ich Abba und alles andere aus mir heraus.

Fast bin ich schon dort. Ja. Ich weiß es. Doch ich muss aufpassen. Der Schein trügt. Die Ähnlichkeit täuscht.

An manchen Tagen dringt der Lärm von irgendwelchen Maschinen aus Longyearbyen bis zu mir herauf. Warnsignale sind das. Dann weiß ich, dass ich nicht wirklich dort bin, wo ich sein will. Nein, hier bin ich nicht allein genug. Bin nicht der einzige Mensch. Diese Hütte ist zwar weit und breit das einzige Gebäude, aber sie ist nicht das einzige Gebäude Svalbards. Noch brauche ich sie, aber bald ist die Zeit gekommen, wo ich auch ihr Ulmenholz nicht mehr um mich herum benötige. Auch wenn es mir manchmal vorkommt, als hätte ich es schon geschafft; ich bin noch nicht angekommen. Das hier ist nur eine Zwischenstation. Es ist nicht das Ziel der Reise.

Svalbard. Spitsbergen. Das Endalen. Karsons Trapperhütte. Ich liebe sie. Fast ist sie schon Heimat geworden für mich. Wenn ich im Harsch vor ihrem Eingang liege, denke ich schon, dass ich hier nie mehr weg will, nicht weiter will, nur mehr hier bleiben. Für immer hier liegenbleiben im Endalen. Mich zuwehen lassen vom Schnee, den der einfallende Winter auf die Insel legt. Es ist eine Verlockung, der ich widerstehen muss.

Ich habe keine Schmerzen und keine Angst vor ihnen. Keine Angst vor Bären, keine Angst vor dem Schnee. Meine einzige Angst ist, dass Abba wiederkommt. Und dass ich das Schiff verpasse. Dass ich hier nicht mehr wegkomme und mit Abba sterben muss.

Wenn ich diese Gefahr erkenne, dann schreibe ich sie in mein Heft. Und wenn ich ganze Seiten vollgeschrieben habe, dann reiße ich sie heraus und verfüttere sie an meinen Ofen. Dann blase ich meine Erinnerung als kalten Rauch in die arktische Luft.

Ich darf die Abfahrt nicht verpassen, unten im Fjord.“

„Filmregisseur. Verschiedene Produktionen. Fernsehsachen großteils. Auch Werbung hin und wieder. Da ist ja das Geld zuhause. Da kann es den ganzen Firmen noch so dreckig gehen, beim Budget für Werbekampagnen wird nicht gespart. Darf man auch nicht. Nach außen hin, da muss man sich makellos präsentieren. Glitzer. Glam. High-Tech. Sie wissen ja. Sex sells. Da ist einem nichts zu schade. Wie es innen aussieht, das ist eine ganz andere Geschichte. Das soll lieber niemand erfahren. Wenn es zu gut läuft, dann darf es der Fiskus nicht erfahren, wenn es zu schlecht läuft, dann dürfen es die Aktionäre nicht mitkriegen.“

Sebastian hatte sich in einer momentanen Laune auf dünnes Eis begeben. Mit einem Glas säuerlichem Cabernet Sauvignon in der Hand lehnte er an der Theke der Asian Bar des Frankfurter Hilton-Hotels. Jeden Dienstag ab 18 Uhr traf man sich dort zum After-Work-Clubbing. Er unterhielt sich mit einer Frau, die gleichzeitig mit ihm ihren Welcome-Drink bestellt hatte. Lächelnde Ladys in Cat-Suits hatten sie empfangen. Dahinter – ein wenig im Abseits – war ein ernster Herr in schwarzem Anzug zu erkennen. Mit einem Hörknopf im Ohr und einem Funkgerät, das er unauffällig in seiner Linken hielt. Auch er machte einen freundlichen Eindruck.

„So läuft das nunmal in unserem System. Alles Pump. Alles Abschreiben. Alles ist auf Lügen gebaut. Die Wahrheit erfährt man nie. Die kann man höchstens versuchen, irgendwo zwischen den Zeilen rauszulesen. Aber eigentlich … man ahnt ja nicht einmal, was da alles abgeht, ohne dass wir es je erfahren."

Er drehte sich zur Seite, um eine Schale Nachos zu erreichen.

„Schnell auf- und wieder zugemacht. Niemand hat's gesehen. So ungefähr läuft das. Und irgendwann fällt dann das Kartenhaus in sich zusammen. Bumms … Entschuldigung, wie war nochmal dein Name?"

Die Dame ohne Namen hatte ihn mit seinen Geschichten alleine an der Bar gelassen. Für sie gab es Besseres zu finden an diesem Abend. Der ganze Laden war auf der Balz, da musste sie sich nicht dem erstbesten Wichtigtuer hingeben.

Schwindelgefühl war neben einer Rötung verschiedener Hautstellen der Haupteffekt, den Rotwein auf Sebastian ausübte. Er bestellte ein zweites Glas. Egal, der Geschmack. Egal, der Effekt.

Er sah sich um. Menschen nippten an Cocktail- und Sektgläsern. Wippten im oder neben dem Takt aus den Lautsprechern. Ein DJ mit ärmellosem Che-Guevara-T-Shirt spielte kubanisch klingende Musik. Mit eckigen, Salsa-ähnlichen Schritten gab sich eine Handvoll Menschen den Rhythmen hin. Es sah nicht geschmeidig aus, was sich da bewegte. Die Qualität der Tänzer entsprach der des Weins. Und auch der Qualität der neuen Konversation, in die Sebastian mittlerweile geschlittert war. Kaum wagte er es, dieses von Hautunreinheiten heimgesuchte Gesicht anzusehen, das über einem langen, schlanken, kaum verhüllten Körper thronte. Mit motorischen Floskeln versuchte er dem zu entgehen, was diese Frau ihn fragte. Oder ihm sagte. Oder meinte. Was immer. Nur in kein Gespräch mit ihr verwickelt werden!

Glücklicherweise fiel es dank der lauten Musik auch leichter, eine Unterhaltung im Nichts verlaufen zu lassen, als sie aktiv voranzutreiben.

Lange konnte er den Geschmack dieses Weins nicht mehr ertragen.

Wie immer in solchen Momenten wurde der Pausenraum, die Toilette zum Zufluchtsort. Männer machten sich dort vor den Spiegeln zurecht, erneuerten das Gel in ihrem Haar und das Deodorant unter ihren Achseln. Die Luft roch nach Rasierwasser und nicht nach Urin.

In einer Unachtsamkeit pinkelte Sebastian sein linkes Hosenbein an. Der längliche, dunkle Fleck sah nicht gut aus. Doch er würde trocknen und nicht weiter stören. Die Asian Bar war dunkel genug, um solches Ungeschick zu verzeihen. Sebastians Wahrnehmung war jetzt angenehm betäubt. Ohne Hektik spuckte er ins Pissoir und beobachtete verzückt, wie die automatische Spülung seine Ausscheidungen in spiralförmigen Strudeln mit sich nahm.

Am Rand der Tanzfläche standen leicht wippend jene Leute herum, die noch nicht ganz abzutanzen wagten, stattdessen am Strohhalm ihres Longdrinks saugten und suchend um sich blickten. Sie bemerkten seinen Urinfleck nicht. Niemandem fiel auf, wie er sich jetzt unmerklich Richtung Ausgang schob. Angetrunken. Angepinkelt. Müde und zufrieden, bereit für die Belohnung: den Austritt aus der Partyzone.

Die Katzenfrauen bemerkten ihn ebenfalls nicht. Nur der Mann im schwarzen Anzug schenkte ihm einen kurzen Abschiedsblick. Du gehörst hier nicht her. Geh heim. Tu, was immer du tun willst, aber tu es daheim, wo dich niemand sieht. Schmeiß dir eine DVD ein. Iss noch eine Kleinigkeit. Trink noch ein Glas. Stell dich unter die Dusche. Schlaf ein vor dem Fernseher. Lieg nackt auf der Couch. Lieg in deinem Bett und hör dem Ticken deines Weckers zu. Dem Tropfen deines Wasserhahns. Hör das plötzliche Geräusch von der Straße. Maschinenlärm. Öffne das Fenster. Die Skyline siehst du, wenn du dich aus dem Fenster beugst. Die Wolkenkratzer sind da für dich.

Sebastian Fehr atmete die kühle Abendluft in tiefen Zügen ein.

Die Abbruchkante des Gletschers leuchtete bläulich. Sie hatte unendlich viele Augen, die ständig in Bewegung zu sein schienen. Dichtes, festgepresstes Eis. Tausende Jahre alt. Von einem Moment auf den anderen brach es weg. Als Wassertropfen oder als Gletscherbruch. Es wurde gekalbt. Stürzte ins Meerwasser. Sein Warten hatte sich gelohnt. Als Eisscholle trieb es hinaus aufs offene Meer. Trieb langsam schwankend in den Süden. Seinem Tod entgegen.

Das Bersten und Krachen von den Fjorden Spitsbergens war bis zu Karsons Trapperhütte hinauf zu hören und riss Sebastian immer wieder aus seiner Lethargie. Dann starrte er hinunter auf den Adventfjorden. Versuchte zu erkennen, ob dort noch etwas anderes trieb als die Eisschollen, die sich an den Ufern zu einer immer dichteren Eisdecke zusammenschlossen. Dem Wachsen des Packeises vertraute er mehr als der Uhr, die die Zeit dehnte und zusammenzog, wie immer es ihr beliebte. Er wollte sich lieber auf die Ankunft des Treibeises und das Schreien der letzten Seevögel verlassen, die sich sammelten für ihren Aufbruch in den Süden.

Je stiller ihre Stimmen wurden, desto näher rückte seine Abfahrt.

Alles Leben verließ jetzt das Nordenskiöldland. Die arktische Wüste bot keinen Platz dafür. Nur kurze Sommerwochen lang hatte Spitsbergen durchatmen können, nun war dieser Traum vorbei. Jetzt zeigte der Nordwind, wer der wahre Herrscher dieses Landes war.

Alle Geräusche trugen sich weit durch die klare Polarluft. Kein Baum, kein Gebäude, keine Hindernisse stellten sich ihnen in den Weg. Bis zu seiner Hütte hinauf hörte Sebastian manchmal den Lärm der Snowmobiles, die in Longyearbyen gestartet wurden. Noch waren es nur Vereinzelte, die ihren Wintereinsatz nicht mehr erwarten konnten und kurz den Motor aufheulen ließen. Wie tickende Zeitbomben lagen die „Arctic Cat"-, „Polaris"- oder „Bombardier"-Scooter unten in der Siedlung und warteten darauf, dass die Schneeschicht dick genug sein würde, um sie über die Insel zu tragen. Sobald sie sich das Eis, das im Winter alles bedeckte, zu Nutzen machen würden, wollte Sebastian von hier verschwunden sein.

Die Zeit war hier im Endalen noch freier, als sie es in Sebastians Nächten im Frankfurter Bahnhofsviertel gewesen war. Ungreifbarer als damals schon entband sie sich hier jeglicher Norm. Es waren keine Sekunden, die tickten. Keine Minuten, Tage, Wochen, die vergingen. Die Tage hatte keinen Anfang und kein Ende mehr.

Die Sonne zog ihre Bahnen tief am Himmel. In flachem Winkel warf sie ihre Strahlen auf die weißen Böden, wo sie sich brachen und ebenso flach wieder zurückgeschickt wurden. Jetzt, da weder arktischer Sommer, noch Herbst, noch Winter zu sein schien, wechselte das Wetter unentwegt. Es blieb jedoch selbst im strahlenden Sonnenschein bitterkalt, wenn Sebastian um sich blickte, die Berghänge bestaunte, seine Augen dem grellen Schneelicht so lange auslieferte, bis ihm übel wurde vor Kopfschmerzen.

Dann nahm er eine Novalgin 500 und tröpfelte sich Novesine 0.4 in die Augen. Und starrte weiter in die Wildnis, die er mit jedem Blick mehr liebte. Mit jedem Moment ging er weiter und weiter in die weißen Schneefelder hinein. Mit jedem Tag in der Wildnis entfernte er sich weiter von der alten Welt. Immer mehr verlor er sich in der Wellenbewegung der Zeit. Spitsbergen war die richtige Wahl gewesen. Er war sich sicher: Spitsbergen war eine gute Zwischenstation für seiner Reise.

Schon in Aufzeichnungen isländischer Seefahrer um 1194 wurde dort, wo sich heute Svalbards Hauptinsel Spitsbergen befindet, ein Inselland beschrieben. Daher stammt sein Name: Sval Bard. Cold Edge. Die kalte Küste.

1596 entdeckte dann der holländische Seefahrer Willem Barentsz die Svalbard vorgelagerte Bäreninsel im Norden der nach ihm benannten Barentssee. Er wurde dort in einen Kampf mit einem Eisbären verwickelt, was der Insel ihren Namen gab. Wenig später legte er an der Küste Spitsbergens an. Er war auf der Suche nach der Nord-Ost-Passage für sein Heimatland, als er auf das schroffe Eiland stieß. „Das Land ist zerschnitten, ziemlich hoch, nichts außer Berge und Gipfel. Deshalb nannten wir es Spitsbergen", schrieb er in sein Logbuch.

Im 17. Jahrhundert folgten ihm die Walfänger, Fischer und Jäger. Es begann die Jagd der Europäer auf die Wale, Robben und Walrosse der Arktis. Die rauen Kerle machten sich gegenseitig und der polaren Tierwelt das Leben zur Hölle, aber sie entdeckten neue Inseln und Küsten des Archipels. Als um 1650 der Grönlandwal ausgerottet war, zogen sich die Schlächter vom Polarmeer zurück und überließen das Schlachten den russischen und norwegischen Jägern auf Land, die nun das Gebiet für sich entdeckten und eine kompromisslose Jagd auf Eisbären, Polarfüchse und arktische Vogelarten begannen. Der Unverwüstlichste von allen schien Ivan Starostin gewesen zu sein, der 1826 in seiner Trapperhütte nach 30 Jahren auf Svalbard starb.

Doch daran gedacht, sich in diesem Gletscherland niederzulassen, hatte kein einziges Volk. Svalbard blieb bis in die Neuzeit etwas für Pioniere, ein Durchgangsland, wo man holte, was man finden konnte, und sich danach schnell wieder verzog. Erst Anfang des 20. Jahrhunderts war der amerikanische Geschäftsmann und Minenbesitzer John Munro Longyear auf das Steinkohlevorkommen Spitsbergens aufmerksam geworden und hatte mit seiner Arctic Coal Company 1906 die erste Mine, Gruve 1, die „Amerikanergruve" in Betrieb genommen. Damit war Longyear City gegründet – und eine neue Welle der Ausbeutung der Insel eingeläutet. Die Mine überlebte ihren

Gründer und hielt bis 1958. Doch wirtschaftliche Erträge fuhr sie niemals ein.

80 Millionen Jahre zuvor hatte sich Svalbard noch mitten in den üppigen, warmen Tropen am Äquator befunden. Daher stammen die Kohleschichten tief im Gestein, denn über die Erdzeitalter hinweg haben sich die reichhaltigen organischen Rückstände unter großem Druck und Hitze in Kohleflözen abgelagert. Mit der Kontinentaldrift bewegte sich das Inselarchipel in Richtung Norden, wo es heute am 80. nördlichen Breitengrad angekommen ist und langsam weiterdriftet Richtung Nordpol. In einigen hunderttausend Jahren wird es den Pol erreicht haben.

Kohlebergwerke wird es dann wohl keine mehr auf Svalbard geben. Schon nach wenigen Jahrzehnten Minenarbeit zeigte sich, dass das Steinkohlevorkommen keineswegs so üppig wie erhofft war. Sechs aufgelassene Minen der Norweger, die Longyears Kohlegruben 1916 übernahmen – aus Longyear City war Longyearbyen geworden –, und Pyramiden, die aufgegebene Minenstadt der Russen, zeugen heute davon. Die Russen fördern Kohle mittlerweile nur mehr in Barentsburg am äußeren Isfjord – und das mehr aus strategischen denn aus wirtschaftlichen Gründen. Um ihr Anrecht auf die arktische Inselwelt zu untermauern, leisten sie sich den Aufwand, den defizitären Kohleabbau weiterhin zu finanzieren, und erhalten ihre letzte Bergarbeitersiedlung auf Svalbard. Die russischen Bauten in Barentsburg sind lediglich 50 Kilometer von Longyearbyen entfernt. Aber durch keine Straße damit verbunden. Norweger und Russen sind hier Nachbarn, die sich gegenseitig ignorieren. Sie haben nichts miteinander zu tun. Beide Nationen sitzen hier nur und warten. Geben nicht auf. Verharren, weil eines Tages der Moment kommen könnte, wo man sich ärgern würde, nicht hiergeblieben zu sein. Sie behaupten ihre Stellungen und üben sich in arktischer Geduld.

Weiß. Nichts als Weiß. Eine Ruinenlandschaft aus Weiß. Saroten Retard. Kleine, in Plastik verpackte Juwelen.

In alle Knochen kroch Sebastian der Eisnebel, kroch durch seine Windstopperjacke und die Pulloverschichten. Doch die Schmerzen gehörten der Vergangenheit. Sie existierten hier oben nicht. Sie waren nicht mehr wirklich da.

Seeschwalben, Eissturmvögel, Raubmöwen. Schneehühner. Arktische Gänse. Nirgends waren sie mehr zu sehen. Die Rentiere, die weißes Moos unter weißem Schnee suchten.

Das Licht der Sonne brach sich in den Eiskristallen. Es wanderte von einem zum anderen in unzähligen Winkeln. Zog ein Netz aus Licht über den Schnee.

Es brach sich auch im Eisnebel. Von überall wurde es zurückgeworfen.

Die Irrlichter schossen durch Sebastians Schläfen. Sie durchwanderten auch dort ein Gewebe, bevor sie zurück in den Himmel geworfen wurden. Er wollte sie aufnehmen, aber sie ließen sich nicht festhalten. Enge Lichtbahnen zeichneten ihren Weg durch seinen Kopf. Salzwasser rann aus seinen Augen. Nahm die Flüssigkeit mit. Schwemmte alles weg.

Noch war es ein Fließen. Noch tropfte irgendwo Wasser. Noch tickte eine Menschenuhr im Hintergrund. Noch galt es, die Abfahrt der Sabotin nicht zu verpassen.

Sebastian wachte und schlief, bis dieser Moment gekommen war. Aß, trank, wann immer und wie lange ihm danach zu Mute war. Manchmal schlief er zehn Stunden durch, blieb nur wenige wach und legte sich dann wieder hin. Dann blieb er den ganzen Tag wach. Starrte in die Landschaft. Trank und aß Pulver. Blieb sitzen oder stehen oder wanderte. Legte sich hin, im Schnee, bis er kalt wurde, oder im Schlafsack, bis er heiß wurde.

Im September wanderte die Sonne in den frühen Morgenstunden bereits unter den Horizont. Diese kurze Dämmerung gab Sebastian ein Zeichen, dass es bald soweit sein würde, dass er sein Zwischenlager abbrechen konnte.

Eine kurze Dämmerung. Ein Dimmen des geliebten weißen Lichts. Keine Nacht. Nur ein kleiner Hinweis, dass die Erde nicht stehengeblieben war, sondern sich weiterdrehte. Dass alles weiterhin in Bewegung war, auch wenn der Einsiedler kaum noch Notiz davon nahm.

Er ließ mit sich geschehen, was mit ihm geschah. Für ihn war es mittlerweile nur noch hell. Die Sonne, die Schneefelder, die Polarluft leuchteten ihm ins Gesicht. Unentwegt. Selbst wenn er die Augen geschlossen hatte, sah er in die Helligkeit. Vielmehr: wenn er meinte, die Augen geschlossen zu haben. Denn kaum wusste er noch, was er sah und was nicht. Was war und was nicht.

„Unsere Massage wird tantrisch genannt, weil sie den ganzen Menschen – also Körper, Geist und Seele – sinnlich erfasst. Dabei folgen wir teils einem rituellen Ablauf, teils dem intuitiven Erspüren unserer Hände. Die einstündige Massage kann sowohl Elemente aus dem Reiki, dem Shiatsu, indianisch-schamanischer Heilarbeit, lichtkörperlicher Therapie, der Akupressur und der klassischen Ganzkörpermassage als auch eine gekonnte Yoni- bzw. Lingam-Massage beinhalten. Vor allem ist sie aber ein genussvolles Verwöhnritual, einschließlich einer Massage des Intimbereichs, bei der der Mensch zum Höhepunkt kommen kann, aber nicht muss.

Im Mari-Massage-Institut erwartet dich ein Team von kompetenten, schönen Frauen. Wir verfügen über gepflegte, individuell gestaltete Räume, zentral in Frankfurt gelegen. Bei unseren erotischen Ganzkörpermassagen wirst du persönlich und als ganzer Mensch angesprochen, kannst dich ganz passiv der Berührung warmer, wissender Hände hingeben. Wir berühren und massieren, führen und halten dich auf einer erotischen Entdeckungsreise zu dir selbst. Du wirst dein Herz öffnen, ganz zur Ruhe kommen und satt werden durch Berührung, eine Auszeit vom Alltag finden."

Fast vier Jahrzehnte schon war Sebastian Fehr nicht satt geworden. Hatte zugesehen, wie nichts geschah, wie er im Leben keine Spuren hinterließ. Nur die Krankheiten seiner Innen- und Außenwelt fielen ihm immer deutlicher auf. Alles war krank. Er war krank. War eine dieser kranken Gestalten geworden, die herumschlichen, herumirrten, suchten, sich verkrochen in engen Kabinen, in Kursen, in Veranstaltungen, die ihnen zeigten, was die Gesellschaft ihnen zur Aufheiterung anzubieten hatte. Einer dieser Menschen, die nicht allein waren in ihrer Vereinsamung.

Er wollte keine Kopfschmerzen mehr, die von beiden Seiten auf seine Schläfen pressten. Keine Übelkeit, wie wenn er zu schnell gegessen hätte. Keinen nervöser Magen, der keinen Grund hatte, nervös zu sein. Er wollte Veränderung.

„Als erstes gehe bitte den Flur entlang zum Badezimmer, dusche und reinige dich gründlich, bitte auch im Intimbereich. Danach entkleide dich. Lege dich auf das für dich bereitete Lager. Ich bedecke dich mit einem Seidentuch. Du darfst dich jetzt ganz dem Genießen hingeben. Es gibt nichts anderes zu tun. Ich werde weichen, achtsamen Kontakt mit deinem Körper aufnehmen, dein Energiefeld betreten und dich meines spüren lassen. Ich atme mit dir. Zusammen begeben wir uns auf eine Reise in ein tieferes Ankommen. Du spürst die Wärme, die sanfte Kraft meiner Berührung. Mit den Haaren, den Händen, einem weichen Fell, mit Federn, Seide und Düften wecke ich deine Sinne. Ich halte dich, wiege, streiche und knete dich. Dein Körper darf sich öffnen, Atemzug für Atemzug. Du wirst mit warmen Wasser gewaschen, mit zartem Lufthauch getrocknet. Geh spazieren in deinem eigenen inneren Heiligtum, im Tempel deines Körpers, in der glitzernden, überschäumenden Freude, welche dein Geburtsrecht ist. Ich entlocke dir Töne des Wohlbehagens und der Lust. Ich anerkenne dich in deiner Ekstase. Schließlich lasse ich dich ein wenig ruhen in der von uns erschaffenen Energie, in dem heiligen Raum, den ich für dich hüte."

Da waren zu viele Menschen in dem heiligen Raum. Menschen, die Hand anlegten an ihn; Menschen, die ihm Speichel und Bazillen entgegenschleuderten; Menschen, die ihm den Platz in der Welt streitig machten. Sie nahmen seinen Platz, seine Atemluft; sie machten Lärm und stanken.

Sie waren da, immer da. Unzählig viele. Überall. Sie stanken. Immer. Zu jeder Zeit. Alle gleich, auch wenn sie sich in Nuancen voneinander unterschieden. Diese scheinheilige Vielfalt machte es nicht besser.

Sie waren Menschen, zu viele an zu kleinem Ort. Er sah sie, hörte sie, roch sie, konnte Augen und Ohren, die Nase und alles andere, das ihnen ausgesetzt war, nicht fest genug verschließen, um ihnen zu entkommen. Er wollte sie nicht, wollte sie ausblenden, immer wieder. Und immer wieder waren sie da und gewannen die Schlacht.

„Die einstündige Massage kostet 145 Euro. Ebenfalls kann ein eineinhalbstündiges Wasch- & Massage-Ritual arrangiert werden, das 185 Euro kostet. Auch bieten wir Dualmassagen und Paarmassagen an. Oder auch eine gegenseitige Massage. Die Details besprechen wir am besten hier vor Ort. Du weißt, wie du uns findest?"

Sebastian blieb bei dem Gedanken hängen, sein eigenes Dasein auszulöschen, nur um die anderen in seinem Denken vernichten zu können. Er würde seine eigene Existenz ändern müssen, um nicht in ihrer zugrunde zu gehen. Er musste raus aus dem Sog, der alles mit sich nach unten riss.

Sie grinsten, sie schrien.

Auch er wollte schreien, auch er wollte grinsen, doch das konnte er nicht.

Sie waren in der Überzahl. Ständig neue Gesichter. Immer neue Fratzen mit immer dem Gleichen dahinter.

Es machte ihn krank. Sie machten ihn krank. Sie und ihre trockene, klimatisierte Luft im Funkhaus, die ihn krank werden ließ. Der Mann in der U-Bahn, der ihn annieste. Die einparfümierte Masseuse, die ihm den Hodensack einölte. Sie machten ihn krank. Sie trugen die Schuld.

Er konnte den Kampf mit einem Gegner, der so weit in Überzahl war, doch nicht aufnehmen!

Diese Krankheitserreger hatten Autos, Fernseher, Stimmen, Zigaretten, Licht, Lärm. Sie blendeten ihn. Sie ließen ihn nicht schlafen. Sie machten ihn krank, diese Menschen. Ein Gestank war das hier mitten unter ihnen, ein Gedrängel, wo sie immerzu alle durcheinanderzulaufen schienen!

„Grüß Gott. Herzlich willkommen im Kurhotel Gamstein. Wir freuen uns, Sie begrüßen zu dürfen. Wir hoffen, Sie fühlen sich wohl bei uns, Herr Fehr. Hatten Sie eine angenehme Reise?"

Das lächelnde Ehepaar Moser hatte das Gästehaus hoch oben in den Tiroler Bergen vor einigen Jahren übernommen. Innerhalb kurzer Zeit hatten sie es durch und durch modernisiert und in ein zeitgemäßes Bio-Hotel umgewandelt. Eduard Moser packte überall selbst an, wo er die Möglichkeiten dazu fand. Ein neuer Außenanstrich. Die 18 Gästezimmer mit modernem Komfort ausgestattet. Satellitenschüsseln. Ein Biotop. Ein kleiner Pool auf 1682 Metern Seehöhe. Zwei Schlammbäder. Biologische Kräuter- und Gemüsegärten, die den Eindruck erweckten, dass all die Salate und Beilagen auf der Speisekarte direkt vor der eigenen Haustür wuchsen. Lavendelöl-, Steinöl-Massagen und Erdinger Weißbier. Und vor allem ein neues Image und die Zusammenarbeit mit deutschen Touristikunternehmen. So hatte er neue Kundschaft angelockt. Nicht mehr die alten Stammgäste, die viel zu wenig Geld liegenließen. Stattdessen Großstädter, die Bergluft schnuppern wollten, sich nach Wellness sehnten, nach Biokost und Wanderurlaub.

Das Kurhotel Gamstein lag hoch über all der Enge, die Sebastian die Perspektive nahm. Stille. Ruhe. Der Herbst des Kalenderjahres hatte eben erst begonnen. Vielleicht lag oben in den Bergen ja schon Schnee. Still, weiß, kalt. Vielleicht würde er dort etwas finden.

Auf der Autobahn hatten sich lange Kolonnen gebildet. Im Schritttempo schlängelten sich die Fahrzeuge durch die Baustellen. Sebastian genoss die Abgeschlossenheit in seinem Fiat Uno. In dieser Einzelzelle hatte seine Auszeit von der Menschheit bereits begonnen. Immer noch waren die anderen zu Hunderten um ihn herum. Doch jetzt waren sie weggesperrt von ihm in ihren eigenen Käfigen. Jetzt musste er sie nicht mehr sehen, nicht riechen und ihnen nicht zuhören.

Auch sie konnten ihn jetzt nicht hören, als er mit Adriano Celentanos Musik lauthals an seiner italienischen Aussprache feilte. Allein und frei. Die Türen des Autos verriegelt. Die Fenster geschlossen. Allein mit sich und seinem Falsett.

„Azzurro, il pomeriggio è troppo azzurro e lungo per me."

„Braun ohne weiße Streifen. Seit den Anfängen des Naturismus ist Kroatien ein beliebtes Ferienziel für FKK-Anhänger. Das FKK-Camp Bunculuka ist für den textilfreien Badeurlaub eine der besten Adressen im ganzen Land. In der zum Meer hin offenen FKK-Zone kann sich jeder so bewegen, wie er sich am wohlsten fühlt. Auch in Läden und Restaurants gibt es keine Bekleidungsvorschriften. Das FKK-Dorf besteht aus einigen Anlagen mit Ferienappartements, Zeltplätzen und Bungalows. Unter den ständigen Bewohnern sind viele Deutsche, aber auch Holländer, Österreicher und Schweizer."

Belebung, Stimulation, Entspannung hatte Sebastian Fehr in dem textilfreien Camp zwei Jahre zuvor gesucht. Nackte, tief hängende Genitalien hatte er gefunden. Sie verfolgten ihn bis in den Schlaf. Nackte Menschen bereits beim Frühstücksbuffet unter freiem Himmel. Nackte Familien, Väter, Mütter, Kinder, Schwangere, Pensionisten. Jüngere, sportliche Körper, gebräunt, gepierced, tätowiert, rasiert. Als ob man ihn mit so viel Nacktheit hätte strafen wollen.

Die kroatische Sonne brannte auf seine weiße Haut. Zuerst hatte er die Kleidung noch anbehalten wollen, doch nach Kurzem schon belehrten ihn die bösen Blicke und bissigen Kommentare der anderen eines Besseren. Er musste sich ausziehen, so wie alle anderen sich ausgezogen hatten, und Deckungen aufgeben, Wahrheiten entblößen.

Verwirrt war er eingeschlafen. So tief eingeschlafen, dass er nicht bemerkte, dass der Schatten des Pinienbaums, unter dessen Schutz er sich gelegt hatte, von ihm wegwanderte. Er träumte von der Berlinerin, die am Vortag in einem Bungalow nahe der Cafeteria eingecheckt hatte. Im Traum war die Nachmittagssonne ihre Hand gewesen, die seinen Penis nicht versengte, sondern zärtlich streichelte. Glimmende Sonnenstrahlen hatten auf sein erregtes Glied gebrannt.

Als er hochschreckte, lag er mit einer schmerzenden Erektion am Strand. Zum Glück befanden sich nur wenige Besucher in seiner Nähe. Er wagte nicht, sie anzuschauen. Schnell warf er ein Handtuch über, doch es war zu spät. Das kalte Wasser seines Waschbeckens vermochte den Schmerz des Sonnenbrands nur kurzzeitig zu lindern. Die Scham blieb an ihm haften, auch als sich Tage später die verbrannten Hautschichten abzuschälen begannen.

Lieber Weiß als Braun. Lieber in der Wohnung bleiben im Bahnhofsviertel. Oder hinauf in die Berge. Wie im Jahr danach. Hinauf in das österreichische Skisportörtchen Ischgl. Thomas Bommel, ein Tontechniker, der noch einen Reisepartner gesucht hatte, hatte ihm so lange davon vorgeschwärmt, dass Sebastian sich schließlich für eine Woche in einem Ski-Hotel einmieten ließ.

Es war ein schlechter, viel zu milder Winter. Als die beiden Männer mit ihrer geliehenen Ausrüstung beim Anfänger-Skikurs im nassen Schnee festklebten, verging ihnen schnell die Lust am Wintersport. Thomas Bommel verzog sich bald in Prosecco-Bars, Diskotheken und andere Hotelbetten.

Sebastian steckte im matschigen Weiß fest. Langsam zog ihn der Tellerlift den Anfänger-Hügel hinauf. Über die verregneten Pisten konnte er nicht herunterfahren.

Er ließ Wodka-Aufgüsse in der Herrensauna über sich ergehen. Er fror im kaum beheizten Swimmingpool. Kämpfte sich durch Jägermeister-Runden in den Après-Ski-Lokalitäten. Zappte durch die gleichen Kabelfernsehprogramme, durch die er sich auch zuhause quälte.

Ein einziges Mal nur hatte er sich in Straßenschuhen auf einen Berggipfel transportieren lassen. Zwei Striptease-Tänzerinnen in der Gondel verstellten ihm die Aussicht ins Tal. In ihren abgesperrten Bereichen räkelten sich die Damen gekonnt an zwei Eisenstangen. Mit der Einfahrt in der Bergstation ließen sie ihre letzten Hüllen fallen und warfen sich schnell einen Kunstpelzmantel über. Die Fahrgäste klatschten Beifall, als sie die Kabine verließen.

Da war Sebastian die verstopfte deutsche Autobahn deutlich lieber. Im Schritttempo in Richtung alpiner Wellness. Allein in seinem Fiat. In den Bergen würde er diesmal auf keine Skifahrer, Go-Go-Girls oder DJs treffen.

Irgendwann dann freie Fahrt. Kaum Notiz nehmen von der Staatsgrenze. Ein zweites Mal nun die Tiroler Berge erklimmen. Nur einen Kaffee noch auf der Raststätte. Und dann nicht die Abfahrt verpassen.

In immer engeren Kurven schlängelte sich die Bergstraße hoch. Sebastians Laune stieg mit jedem Höhenmeter. Er kurbelte sein Fenster herunter und stieß ein euphorisches „La vita è bella" den Abhang hinunter.

Er war nicht der einzige deutsche Urlauber hier. Genauer gesagt nächtigte kein einziger nicht-deutscher Gast im Hotel. Das Herbst-Special hatte in diesem Oktober die Zimmer des Hauses nicht füllen können. Der Nebentrakt blieb geschlossen und die Urlauber liefen sich im vorderen Teil, wo sie dicht nebeneinander einquartiert waren, über den Weg.

Es waren ungefähr gleich viel Frauen wie Männer da. Die Frauen ihrer Männer, die Mütter ihrer Kinder. Es war ein Familienparadies. Hier musste man mit keinem Berg-Striptease oder nackten Berlinerinnen rechnen. Die Eltern ließen sich verwöhnen, während ihre Kinder in allen Bereichen des Hauses und Gartens spielten und herumtobten. Der hoteleigene Abenteuerspielplatz befand sich schräg vor Sebastians Zimmer, und auch von den Zimmern nebenan hörte er Kinder balgen, lachen, weinen und schreien.

Zum Abendessen wurde biologisch kontrolliertes Fleisch serviert, mit Kartoffeln und selbst angebautem Salat und Gemüse. Er spülte es freudig mit einem Zweigelt hinunter und begann in seinem stillen Glück, Italienisch mit sich und der verdutzten Tiroler Kellnerin zu sprechen. Sie hatte zwar bereits viel erlebt in ihren langen Jahren im Gastgewerbe, aber dass sich ein deutscher Urlauber hier, nur wenige Kilometer südlich von Bayern, schon jenseits der Sprachgrenze wähnte, überstieg ihren kargen Humor. Sie überließ den gut gelaunten Kerl ihrer Kollegin

Stephanie, einer ostdeutschen Saisonarbeiterin, die sich hier in den ihr fremden Bergen über die Runden brachte, indem sie ihren Landsleuten mit Ratschlägen für Ausflugsziele und Aussichtsplätze Trinkgeld aus den Taschen lockte. Von ihr erfuhr Sebastian, wo die schönsten Wanderwege, Lichtungen und Hochplateaus zu finden waren, wo Bienenzuchten und Ameisenhaufen waren und welches Wetter der Bauernkalender für die nächsten Tage prophezeite.

Bald verebbte Sebastians freundlich holprige Unterhaltung mit ihr, die sie zwischen anderen Bestellungen möglichst rasch zu Ende bringen wollte. Ihr Sächsisch wirkte ohnehin desillusionierend für Sebastian, der sich hier, nur wenig nördlich von Italien, eine andere Sprachfärbung erwartet hatte. Da blieb er lieber bei italienischen Selbstgesprächen und einem letzten Glas Rosso, das er auf dem mit Rosen und Heukränzen geschmückten Balkon seines holzvertäfelten Zimmers zu sich nahm.

Er starrte über weite, noch schneebedeckte Gipfel hinweg. So weit, dass er die Bergreihen kaum zählen konnte, die sich ihm im Schein der klaren Vollmondnacht andeuteten. Es waren verschiedenste Stufen von Blau, mit denen sich ihm die schwebende Nacht präsentierte. Eine wattierte Steinwelt lag vor ihm, tief und geheimnisvoll, gehüllt in treibende Dampfschwaden, die von einem Plateau zum nächsten zogen. Auf manchen Bergkuppen erkannte er im hellen Mondlicht sogar die Silhouetten von Gipfelkreuzen und Kapellen, verfolgte den Lauf der Nadelwälder, die sich bis an die Baumgrenze hinaufkämpften, um dann hellem Fels und leuchtenden Schneefeldern zu weichen.

Dieser Anblick, der Wein und die ungewohnte Höhenluft versetzten ihn in einen Zustand stiller Euphorie, Demut sogar. Anerkennung für die Macht dieser Natur durchfuhr ihn.

Weiß. Bläuliches Weiß.

Ein Mann im Glück des Augenblicks starrte von seinem bäuerlichen Hotelbalkon in die weiten, nächtlichen Bergkulissen.

1000 Höhenmeter unter ihm schlängelte sich die stark befahrene Autobahn durchs Tal. Unzählige PKWs und Schwertransporter warfen das Licht ihrer Scheinwerfer in die helle Nacht.

Sie machten Lärm. In der Stille, die ihn jetzt umgab, konnte er es deutlich hören. Die Nacht trug den Lärm stärker, als der Tag es vermochte. Ein ständiges Geräusch, ein Rauschen und Brummen, das sich jetzt, da er es bemerkt hatte, aufdringlich in seine Gehörgänge bohrte. Er wollte es abschalten, doch mit der Arroganz des Stärkeren setzte es sich beständig fort. Motoren und Reifen, die unaufhörlich lärmten.

Sie ließen ihn jetzt nicht mehr los. Nicht einmal hier in der kalten Höhenluft konnte er der motorisierten Gesellschaft entkommen. Selbst hier ließen sie ihn nicht in Ruhe, die anderen Menschen, diese vielen anderen Menschen. Sie ließen ihn nicht allein mit sich.

Das Summen der weit entfernten Automobile wurde lauter, während panische Gedanken ihn forttrugen. Die Poesie seines Kuraufenthalts hatte sich plötzlich gewandelt in wirre Angstzustände.

Es waren Autos da unten, Lastwägen und Sattelschlepper, Komfort-Busse und rostige Kleinkraftwagen, die sich im Dienste ihrer Menschen lärmend und stinkend durch seine blaue Märchenlandschaft drängten. Sie waren weit weg, aber sie waren so viele, dass der Lärm ihrer Maschinen sich sammelte zwischen den steilen Felsabhängen und durch die stille, klare Luft hinaufströmte zu ihm. Unablässig drang er ein in ihn. Durch seine Gehörgänge schrie er sich in ihn hinein, der Maschinenlärm.

Wieder hörte sich Sebastian beim Hören zu. Wieder gab er sich dem Belauschen von Störquellen hin. Es schien ihm, als könne er die verschiedenen Lärmquellen voneinander unterscheiden. Er beobachtete nun nicht mehr die menschenleeren Alpengipfel, sondern den Lichtfluss der Autobahn tief unten im Tal. Die kleinen Menschen in ihren kleinen Fahrzeugen waren dominanter als die große Landschaft, durch die sie sich schnitten.

Der Lärm und die Wut, die sich so plötzlich in ihm aufgebaut hatte, hallten von einer Seite seines Kopfs zurück zur anderen. Sie hallten wider und wider und dröhnten, sammelten sich, bis er es nicht mehr ertragen konnte, ihnen ausgesetzt zu sein. Er flüchtete in sein Zimmer, das ihm vorgaukelte, die letzten Jahrzehnte,

Jahrhunderte Zivilisation seien spurlos vorübergegangen. Die schwere Balkontür schloss sich mit einem knarrenden Geräusch und sperrte Nacht und Autobahn aus.

Mit dem ganzen Gewicht, das er zu tragen hatte, ließ Sebastian sich auf das mit Schnitzereien verzierte Doppelbett fallen. Unter lautem Ächzen gab die Rosshaarmatratze nach. Sie gab nach, bis seine Hüfte auf den Holzrost stieß, und ein, zwei Holzleisten herausbrachen. Ein lautes Knacken ging durch die Stube. Es war ihm, als wollte selbst das Holz ihn auslachen.

Auf 1682 Metern Seehöhe lag Sebastian Fehr jetzt und war zu müde, um wieder aufzustehen, zu schwer schon, um sich zu beschweren, zu gerädert, um sich bei der Rezeption zu beklagen. Dafür hätte sein Italienisch ohnehin nicht gereicht. Frau Moser hätte ihn nicht verstanden.

Also blieb er liegen in der jetzt eingetretenen Stille. Ein Opfer der Schwerkraft, umgeben von einem dunklen, bläulichen Schimmern. Er wusste nicht, ob das einfallende Leuchten der Nacht auf den Vollmond oder die Autobahnbeleuchtung zurückzuführen war. Die Dunkelheit leuchtete jedenfalls, und die Stille begann zu summen in seinen Ohren. Sie wurde laut. Laut und schwer, immer tiefer hing sie von der Holzdecke. Ein summender Kopfhörer, der immer fester auf seine Ohren presste. Ein stehender Ton. Immer drückender wurde er, bis er sich in Einsamkeit verwandelte.

Die Fernbedienung seines überdimensionierten Fernsehers lag in Reichweite. Sie war die Rettung aus der einsamen Stille. Ihre Tastatur entführte ihn aus seiner Verlassenheit. Energielos drückte Sebastian sich durch die 48 Kanäle, wanderte durch ein Flimmern von Talkshows, Quizshows, Realityshows, Erotikprogrammen, Sport- und Werbesendungen. Jetzt zuckte die Nacht auf dem Berg. Jetzt war die Leere seines Zimmers gefüllt.

Zu sexy Sport-Clips, wo zwei als Eishockey-Spielerinnen verkleidete Models sich auf dem Eis ihrer Spieler-Dressen entledigten und im und auf dem Eishockey-Tor mit ihren nackten kalten Körpern, Netz und Torstangen herumzufummeln begannen, unterbrochen von Telefonsexwerbungen und Partnervermittlungsangeboten, schlief er ein.

Er konnte das Eis nicht knirschen hören.

In der dünnen Bergluft fiel er in einen unruhigen, schweißtreibenden Schlaf.

Der Regen, der am Morgen einsetzte, machte seinen Zustand nicht besser. Sobald er sich ins Freie wagte, prasselten heftige Schauer auf ihn herab. Dicke Nebelschwaden und Regenwolken verdeckten nun die Fernsicht. Ein kalter Wind verbreitete die Feuchtigkeit bis in die hintersten Winkel. Selbst in sein Zimmer zog die Kälte ein. Sebastian trank Kräutertees, schluckte Schmerz- und Vitamintabletten, um ihr zu begegnen.

Am Nachmittag bezog ein englisches Pärchen das freie Zimmer neben ihm. Die blasse Frau trug einen schreienden Säugling im Arm. Das Baby schrie sich mit hochrotem Kopf die Strapazen der Anreise und des abrupten Klimawechsels aus seinem Körper. Lauthals beschwerte es sich. Schrie sich über den Flur hinein in Sebastians Kopf, als seine Eltern es wortlos und entmutigt ins Zimmer trugen. Schrie sich hinein in die Nerven seiner Eltern, die sich bald gegenseitig anschrien in ihrer Verzweiflung. Alle schrien sie sich an. Alle schrien sie durch die Holzwände in Sebastians Zimmer hinüber, alle drei. Bis auch Sebastian dem Schreien nahe war. Er drehte den Fernseher lauter in der Hoffnung, dass er ihn in eine bessere Wirklichkeit entführen könnte. Er öffnete die Balkontür und vertraute darauf, dass der Regen und die nasse Autobahn die Geräuschkulisse des Nachbarzimmers zu übertönen vermochten.

Eine feuchte Kälte kroch durch die offene Tür. Tief in Sebastian wurde es kalt. An seiner Oberfläche haftete der Lärm.

Dann war er allein in der hölzernen Sauna-Box. Allein mit 107 Grad Celsius. Gleichmäßig rann der feine Sand der Sanduhr durch einen engen Glaskanal. Wie um seinen Körper zu bestrafen, schüttete Sebastian alle paar Minuten einen neuen Mentholaufguss über die glühenden Kohlen. Mit dem Schweiß tropfte die Verzweiflung aus seinen Poren. Auf seinem unebenen Bett kollabierte er später mehr, als dass er sich zum Schlaf ausstreckte.

So lag er am nächsten Tag in dem Zimmer, das er langsam zu hassen begann. Erst zum Abendessen erschien er in der Wirtsstube. Auf dem Programm stand „Tyrolean Candlelight-Dinner". Hand in Hand saßen wenige Pärchen an kleinen Tischen in dem schummrig, nur mit Kerzenlicht beleuchteten Raum. Sie flüsterten sich Liebenswürdigkeiten zu. Zumindest konnte man das vermuten. Die Engländer waren noch nicht dabei. Statt Kindern sah man nur Babyfone neben den Tellern liegen. Manchmal waren Kindergeräusche aus ihnen zu hören. Ein Seufzen, das den Sensor aktivierte, ein Ruf, eine laute Bewegung. Blecherne Klänge, die die Eltern jedesmal kurz innehalten ließen. Oben schliefen die Kleinen oder zappten sich durch das Fernsehprogramm. Unten in der Wirtsstube war die leise Konversation ihrer Eltern von romantisch-lieblicher klassischer Musik untermalt.

Sebastian saß allein an seinem Tisch mit einer sanft flackernden Kerze, einer Portion Tiroler Berglamm und einem Kännchen Kamillentee. Er wollte zurück auf die Autobahn. Unten im Tal. In seinem Fiat, wo ihm niemand zu nahe treten konnte. Selbst ein Scheinwerferlicht sein. Eine Lärmquelle. Ein Licht in Bewegung. Mit geschlossenen Fenstern und Türen, die Wind, Lärm und Regen aussperrten. Das andere aussperrten. Andere aussperrten.

Zurück in die Frankfurter City, diese Stadt, die ihm nach all den Jahren zwar nicht heimisch geworden, aber mittlerweile wohl das Heimischste war, das er sich vorstellen konnte.

Vor über zehn Jahren war Sebastian hier, nach seinem Germanistikstudium in Münster, als Praktikant beim Rundfunk gelandet. Er hätte es weiter bringen können als zum Produktionsassistenten, aber fehlender Ehrgeiz und Menschenscheu waren ihm dazwischengekommen. Sobald auffallende Freundlichkeit nötig gewesen wäre, um sich für eine neue Position zu empfehlen, war er hineingerutscht in eine Lethargie, in der ihm plötzlich alles gleichgültig erschien. Fatalistisch hatte er sich lieber aufgegeben als hochgekämpft. Lieber abgekapselt als emporgehoben.

Sebastian hasste es, wenn Leute sich in den Vordergrund drängten. Er wollte nicht sein wie sie. Drängen, sich aufdrängen, vordrängen. Solche Bewegungen erschienen ihm unsinnig. Denn wo immer er hindrängen würde, dort würde er auch auf nichts Interessanteres stoßen als dort, wohin er es bereits geschafft hatte. Sein Wecker tickte und würde weiterticken, überall weiterticken, egal, wo man ihn hinstellte. Das Wasser würde tropfen, bis es irgendwann gefror. Er hatte sich eingefunden in einem kleinen Leben und wollte nicht mehr heraus aus ihm. Er lebte, bis er eines Tages nicht mehr leben würde.

Aufregung hatte Sebastian als Kind bereits in unglücklichen Dosen genossen. Danach wollte er nicht mehr auffallen. Nicht auffallen, umfallen, aufstehen müssen. Einfach bleiben.

„Die Welt dreht sich auch ohne dich, Sebastian. Ihre Bewegung ist wie eine Achterbahnfahrt. Nach vorn hinunter und im Kreis herum. Da musst du gar nichts dazu tun, mein Lieber."

Schon von seiner Großmutter, bei der er den Großteil seiner Kindheit verbracht hatte, nachdem seine Eltern verunglückt waren, hatte er die Lektion gelernt, dass das Überleben als Leben reichen musste. Am Leben bleiben, so unkompliziert und komfortabel wie möglich. Den Aufwand gering halten. „Die Bescheidenheit ist dem Spektakel vorzuziehen", hatte Oma gesagt. Hatte sie ihm vorgelebt. Die Normalität sei das höchste Ziel. „Klammer dich fest an sie, Sebastian. Lass sie nicht los." Sie wusste, wovon sie sprach. Die Großmutter war eine große, eine zähe Frau gewesen.

Ihr Ehemann war von der Ostfront nie heimgekehrt. Niemand hätte ihr zuvor ein eigenständiges Leben zugetraut. In einem zerstörten Europa stand sie mit ihrer 10-jährigen Tochter vor dem Nichts. Doch an diesem Nichts hatten sich die beiden stark gemacht. Schnell war Sebastians Mutter erwachsen geworden. Sie wurde als Erwachsene gebraucht und nicht als Kind, egal wie jung sie war. Für eine Kindheit blieb ihr keine Zeit.

Die beiden Frauen hatten immer schon eine starke Einheit gebildet. Nun wuchsen sie endgültig zusammen und nie mehr wieder auseinander. Nichts konnte zwischen ihnen stehen. Auch

Schwiegersohn und Enkelsohn hatte Sebastians Großmutter nicht zwischen oder mit ihnen, sondern höchstens neben ihnen gesehen. Nicht einmal, als der Autounfall knapp 30 Jahre später ihr diese Tochter nahm, mit der sie eins geworden war, konnte sie diese Trennung vollziehen. Sie reagierte darauf nach außen hin kühl und sachlich, ja beinahe kalt. Nun, da sie ein weiteres Mal etwas in ihre Hände nehmen musste, das keine Sentimentalitäten erlaubte, nahm sie es auf: Sebastian, das 8-jährige Kind, das nun niemanden mehr hatte, keinen Vater, keine Mutter, keine Familie, nur sie. Nur diesem Kind zuliebe machte sie sich nach außen hin noch ein weiteres Mal stark. Noch ein Jahrzehnt hielt die 73-jährige Frau durch. Als der Bub erwachsen war – mit 18 musste er doch endgültig auf eigenen Beinen stehen können –, ließ sie sich endlich fallen in einen schnellen Tod, wie wenn sie so rasch wie möglich hinüberkommen wollte zu ihrer toten Tochter, um endlich diese erzwungene Trennung auf Zeit zu beenden.

Hatte sie im Krieg ihren Ehemann verloren, so war das ein tragisches, jedoch keineswegs überraschendes, unübliches Ereignis gewesen. In jedes Haus war zu dieser Zeit der Tod eingezogen. Überall hatte der zerstörerische Krieg Furcht und Schmerz verbreitet. Jahrelang hatte sie Zeit gehabt, sich mit der Tatsache abzufinden, dass ihr Mann von der Front nicht mehr zurückkehren würde. Über Jahre hinweg war sie bereits von Leid und Tod, von Verzweiflung, Angst und Trauer anderer umgeben gewesen, ehe sich die Gewissheit einstellte.

Als das Schicksal dann drei Jahrzehnte später erneut zuschlug und ihr ein zweites Leben, die Tochter und den Schwiegersohn nahm, hatte sie sich auf dieses Entsetzen nicht vorbereiten können.

Sebastians Eltern waren in diesem Herbst 1973 von einem Theaterbesuch im heimischen Braunschweig nicht mehr zurückgekehrt. Er hatte geschlafen, allein, zuhause in seinem Bett, als sein Vater mit zu viel Alkohol im Blut den herannahenden Lastwagen auf einer Einfahrt der Stadtautobahn übersehen hatte.

Mitten in einem angeheiterten Gespräch wurden seine Eltern von einem Dutzend Tonnen zermalmt.

Ihr Leben war von einer Sekunde auf die andere vorbei gewesen. Aus heiterem Himmel. Aus eigener Schuld.

Nach einem grellen Quietschen, das die Zeit zum Stillstand brachte, einem trockenen Knall und einem Gleiten auf zerbrochenem Metall, Blech, Gummi, Glas und Knochen fand der Lastwagenfahrer ein zerquetschtes Fahrzeug unter sich, das er mit seinem Lkw mitgerissen hatte, bis er schräg an der Leitplanke zum Stehen kam.

Sebastian, das hinterbliebene Einzelkind, hatte weitergeschlafen. Am nächsten Morgen wurde er statt in die Schule in die Notfallambulanz gebracht, wo man nichts mehr hatte tun können für seine Eltern.

Seine Großmutter wusste, wie dringend er sie nun brauchte. Sie machte sich stark für ihn, wie sie sich 30 Jahre zuvor für seine Mutter stark gemacht hatte. Noch einmal musste sie in ihrem Leben ein vom Tod verfolgtes Kind zu rascher Selbstständigkeit erziehen. Noch war Zeit, sich ein weiteres Mal aufzubäumen. Sie erlaubte sich und ihm den Kummer nicht. In ihren Augen war das Leben ein Überleben, das man sich mit Gefühlsausbrüchen nur erschwerte.

Sie lehrte Sebastian, dieses Leben durchzustehen, es auszusitzen. Dieses Leben nach den Toten. Sie hatte gelernt, es hinzunehmen. Auch er würde es lernen. Sie lehrte ihn, die Kindheit abzulegen und sich mit dem Leben abzufinden. Doch sie lehrte ihn nicht zu verzeihen.

Sebastians Vater trug die Schuld an dieser Tragödie. Er hatte seine Frau – ihre Tochter – mit in einen sinnlosen Tod gerissen. Nie würde man ihm das verzeihen können. Er wurde mit dem Vergessen bestraft. Ausradiert. Ausgelöscht aus der Erinnerung. Ein Tabu. Es wurde ignoriert, dass er gelebt hatte. Kein Wort wurde ihm mehr beigemessen. Dieser Mann durfte nicht mehr erwähnt werden. Zu viel Unheil hatte er über dieses Haus gebracht.

Der Mathematikprofessor Georg Fehr hatte in den 60er-Jahren ein Kind gezeugt und wurde acht Jahre später alkoholisiert hinter dem Lenkrad eines Autos zum Selbstmörder und Mörder der Mutter dieses Kindes. Das reichte als Biografie. Er trug mehr Schuld, als er jemals Verantwortung übernehmen hatte können. Er hatte mehr zerstört, als er geschaffen hatte. Ein Mensch, den es besser nie gegeben hätte. So einfach las sich sein Nachruf.

Georg Fehr folgte damit seiner Familie in die Vergessenheit. Seinen Eltern, die längst verstorben waren, der Vater im Krieg und die Mutter im Altersheim. Und seinem einzigen Bruder. Einem Gesicht, an das er sich selbst kaum erinnern hatte können. Ein Gesicht, das seit den 40er-Jahren in Südamerika verschwunden war. Über diesen vergangenen Bruder war ebenfalls nie gesprochen worden. Auch er hatte Schuld auf sich geladen im Krieg, so wurde vermutet. Schuld, so groß, dass man sich besser nicht an sie erinnerte. Auch er war vergessen. Ob tot oder lebendig; es machte keinen Unterschied.

Mit dem tödlichen Knall auf der Braunschweiger Stadtautobahn waren alle Erinnerungen ausgelöscht worden. Verboten worden. Dieser eine Moment hatte es Sebastian unmöglich gemacht, je einen Vater zu haben.

Nur die Großmutter noch. Mit ihr begann er, das Davor zu vergessen.

Ein verblichenes Bild ihres gefallenen Ehemannes stand verstaubt in ihrem Wohnzimmer. Längst schon war es niemandem mehr aufgefallen.

Die traurige, unvollkommene Liebe zu seiner Mutter hing jedoch im ganzen Haus. Beinahe schon greifbar lastete sie auf den beiden Hinterbliebenen. Auch wenn die Mutter aus seinem Leben verschwunden war, vermengte sich ihr Gesicht mit dem seiner Großmutter. Bis es das gleiche war. Dieselben Augen, derselbe Ausdruck. Dieselben Händen, die ihn berührten. Wenn seine Großmutter ihn berührte, wie seine Mutter es getan hatte.

Es waren zehn Jahre des Schweigens in diesem Wolfenbütteler Häuschen, wo die zwei Menschen nach dem Unfall nebeneinander lebten. Großmutter und Enkelsohn. Der eine zu jung, die andere zu alt, eine tote Generation zwischen ihnen. Zehn Jahre, in denen sie lernten zu vergessen und ein Leben ohne Vergangenheit zu führen. Der eine wuchs hinein in dieses Leben, die andere starb aus ihm heraus.

Sebastian lebte es schließlich weiter, auch als seine Großmutter es nicht mehr tat. 1984 war sie eingeschlafen und nicht mehr wieder aufgewacht. Ein drittes Mal war der Tod in ihrem Häuschen eingezogen. Endlich hatte er sich als vernünftig erwiesen und genommen, was bereit dafür war. Endlich hatte sie aufgeben dürfen. War die Zeit gekommen.

Die Härte war aus dem Gesicht der Großmutter gewichen, als sie zu guter Letzt nun hatte einschlafen dürfen, ohne jemals wieder wach werden zu müssen.

Auf dem Totenbett lag seine Mutter.

Und Sebastian stand jetzt in der Welt, bereit, alleine dazustehen.

Allein.

„Ja, klar. Auch ich bin ein Kind der Zivilisation. Daran kann ich nichts ändern. Man kann doch nicht für etwas verantwortlich gemacht werden, wo man ungefragt hineingesteckt wurde. Aber das heißt noch lange nicht, dass man nicht Wege heraus finden kann aus diesem Stadium. Ich fühle mich nicht mit dieser Welt verwandt. Ich musste bislang eben Teil von ihr sein. Ob ich wollte oder nicht. Aber ich fühle, dass eine Änderung kommen wird."

Die Spaghetti Bolognese auf seinem Teller waren mittlerweile kalt geworden, so lange hatte er schon referiert.

Sein Gegenüber hingegen saß nur da und aß. Schweinebraten mit Beilagen. 4 Euro 90. Unversehens war er in dieses Tischgespräch verwickelt worden. Egal. Das kannte man schon. Der Fehr, der sprach tagelang fast nichts und dann redete er sich plötzlich in einen Strudel hinein. Hörte nicht mehr auf. Pech zwar, wenn man gerade dann in seine Nähe geraten war. Aber eben auch egal. Man musste ja nicht teilnehmen daran. Der Fehr verlangte nie einen aktiven Gesprächspartner. Der redete von selbst. Und mit sich selbst. Nur Zuhören musste man. Oder zumindest so tun als ob. Mit einem Ohr hinhören. So lange, bis man fertig gegessen hatte. Bis man aufstand und wieder ging. Und vorher noch hin und wieder eine kleine Zwischenfrage. Damit machte man dem Mann eine Freude.

„Aber du bist doch auch Teil der zivilisierten Menschheit. Du lebst doch auch hier, machst Schmutz und Lärm und Gestank, fährst Auto, schaust fern. Du kannst dich doch nicht ausnehmen."

Das reichte als Anstoß. Möge es dem Kerl genug Futter geben um weiterzureden. Und ihm selbst genug Zeit, um in Ruhe aufessen zu können.

„Ach, das brauche ich doch alles nicht. Fernseher, Auto, Computer. Pah! Gut, ich habe teilgenommen. Lange genug. Aber ich kann das auch wieder abschalten. Ich kann es und ich werde es.

Nein, wirklich, ich fühle keine Mitschuld, wenn die Menschheit sich einem Ende im Überfluss entgegenschleudert. Das soll sie ohne mich tun. Ich glaube nicht an Kollektivschuld. Es gibt kein Kollektiv. Es gibt nichts großes Gemeinsames. Zumindest nicht mit mir.

Du hast schon recht. In gewisser Weise bin auch ich ein Teil davon. Aber ich habe keinen Anteil daran. Ich merke zwar, wie ich in eine rasanten Abwärtsbewegung mitgerissen werde. Aber ich bin bloß ein Wasserstoffmolekül im diesem Strudel. Ich sehe ihn nach unten wirbeln. Wenn du so willst, dann bin somit auch ich ein Bestandteil wie die anderen Bestandteile auch. Ein mikroskopisch kleiner aber. Ich mache keinen Unterschied. Ich bin höchstens die miteinberechnete Fehlerquote. Wenn man alles dazu zählen will, auch alles, was nicht funktioniert, dann bin auch ich dabei. Dann ist alles dabei. Und alles in gewisser Weise verantwortlich. Ja, dann werde auch ich nicht nur mitgerissen, sondern reiße auch ich mit. Dann trage ich Schuld ohne Verschulden. Aber daran glaube ich nicht. Man kann das nicht so sehen. Nein, Peter. Ich gehöre nicht dazu. Jetzt schon nicht mehr. Aber irgendwann dann gar nicht mehr, selbst wenn man mich hineinnehmen will. Dann wird man mich nicht einmal finden können, um mich dazuzuzählen. Nein. Ich bin kein Teil und kein Fehler. Kein positives oder negatives Teilchen. Ich stehe neben diesem Kreislauf."

Die Mittagspause würde bald vorüber sein. Und damit auch sein Geschwafel.

Peter Daiml saß Sebastian still gegenüber. Er hatte seinen Hunger schon fast gestillt. Noch eine letzte Gabel, einen letzten Bissen.

„Seit die Menschheit sich die Natur untertan gemacht hat, hat sie doch begonnen, sich aller Natur zu entledigen. Je größer ihre Gier wird, desto eiliger hat sie es. Je ausgefeilter ihre Hilfsmittel werden und je irrwitziger ihre Errungenschaften, desto schneller jagt sie voran. Und desto planloser. Ein gigantischer, wildgewordener Chaot ist sie, der sich selbst vorantreibt, ohne zu wissen wohin. Und auch ohne zu wissen warum. Es wird ja nichts mehr verbessert, der Fortschritt ist doch schon lange keine Weiterentwicklung mehr. Das ist kein Fortschritt und kein Rückschritt. Das sind nur Ausfallsschritte. Ein Wanken, ein Schleudern, ein Fallen.

Ich will jedenfalls nicht mehr einfach so weitergetrieben werden in diesen freien Fall. Ich sehne mich nach einem Stillstand. Einem Ende der Zivilisation, wenn du so willst. Auch wenn das jetzt ziemlich düster klingt. So meine ich es gar nicht."

Peter Daiml schob seinen Teller beiseite.

„Wir sind doch inzwischen so weit entfernt von unserem Ursprung, dass wir uns dorthin nur mehr zurückheucheln können. Zurückschwindeln in mikroskopisch kleinen Dosen, in kleinsten, erzwungenen Einheiten, in Wellness-Momenten, in irgendwelchen esoterischen Nischen."

„Wer war denn bei diesem Ursprung wo aufgesprungen, wer abgesprungen? Wer wohin gesprungen?", hätte Peter Daiml fragen wollen, aber die Mühe einer solchen Diskussion wollte er nicht auf sich nehmen. Nicht jetzt, wo sich das letzte Stück Schweinebraten in seinem Magen zu zersetzen begann. Eine träge Ruhe überkam ihn.

Doch Sebastian sponn weiter an seinen Gedanken. Höchstens eine Scheinwelt könne noch aufgebaut werden. Eine Lüge, die aus Partikeln biologisch abbaubarer, genmanipulationsfreier Zonen bestehe. Aus Restbeständen vergessenen Wissens. Eine Parallelwelt aus Staub vergangener Zeiten, der leise aufgewirbelt werde im ständigen Umbruch; Schmutz, der sich nicht ganz wegwaschen lasse.

Mit diesem Dreck würde er nun jedoch alleine reisen müssen. Peter Daiml war aufgestanden und in Richtung Kaffeemaschine und Süßspeisentheke verschwunden.

„Ja, vielleicht könnte ich tatsächlich alleine verreisen?", überlegte Sebastian. „Allein, ich und der Schmutz …"

Schmutzflecken, Fehler, Verstecke, Ecken, Nischen, die in der künstlichen Hetze von der Zivilisation übersehen wurden, Versäumnisse des Menschen bei der Unterwerfung seiner eigenen Natur. Sie wurden für Sebastian zur stillen Hoffnung. Er hatte sich zwar auf keine Reise einlassen wollen. Doch nun erkannte er, dass er keine Wahl hatte. Er musste eine Reise machen. Eine Reise weg von den Menschen. Er wollte darauf vertrauen, dass der Mensch nicht allem und allen sein Imperium aufzwingen kann. Bei allen Operationen unterliefen den Menschen Fehler, und immer verabsäumten sie, aus Fehlern zu lernen. Der Fortschritt immer mit einem Rückschritt verbunden. Ständig übersahen sie Details. Vielleicht konnte auch er übersehen werden? Er und der Schmutz. Ein Detail, das man vergaß. Eine Kleinigkeit, so nichtig, dass niemand bemerkte, wenn sie fehlte. Er wollte nicht gänzlich desinfiziert werden, nicht ganz gesäubert. Selbst wenn er Teil der Maschine war, Teil des Auslaufmodells Mensch, der seine Koordinaten nicht mehr einzuschätzen wusste und nicht ernst nahm, dass die Zeit unaufhaltsam gegen ihn spielte.

„Sie wollen die Uhr nicht ticken hören. Sie wollen nicht anerkennen, dass ihre Sonne bereits die Lebensmitte überschritten hat, dass ihre Sonne sich aufbläht, wächst und wächst und eines Tages explodieren und sterben wird. Und mit ihr alles, das wir kennen und begreifen können. Sie leben. als ob sie niemals sterben müssten, diese Menschen. Sie nehmen sich ernst trotz ihrer Lächerlichkeit."

„Und du? Nimmst du dich etwa nicht ernst? Bist du etwa kein Mensch?", dachte Peter Daiml. Er hatte das letzte Stückchen Käsekuchen mit einem Schluck Kaffee hinuntergespült. Jetzt durfte er zurück ins Studio.

„Ja, ja … so ist es wohl … So, ich muss jetzt los."

Sebastian jedoch nahm sich weiter ernst. Jetzt, wo er endlich etwas gefunden hatte. Endlich einen Gedanken, der sich lohnte.

„Wir beziehen die Welt auf uns. Wir haben Probleme, die keine sind. Wir erregen uns über Geringfügigkeiten. Auch ich bin etwas Kleines, das sich überschätzt, natürlich. Du hast schon recht. Auch ich kann wie sie nur etwas Unverständliches von meiner Position aus zu interpretieren versuchen. Aber das will ich wenigstens möglichst selten tun", gab er Peter Daiml mit auf den Weg.

Allein saß er an seinem Tisch in der Kantine. Alle Teller außer seinem waren abgeräumt. Nur wenige Essensreste klebten auf der Tischoberfläche.

Überträgt man alle Evolutionsabschnitte der Erdgeschichte, diesen außergewöhnlichen, von Zufällen gepeitschten Prozess, in den Zeitraum eines Kalenderjahres, destilliert man also 12 Monate aus ungefähr 16 Milliarden Jahren, so tritt das erste menschenähnliche Wesen erst am 31. Dezember gegen 21:30 Uhr in Erscheinung. Zweieinviertel Stunden später betritt der Homo sapiens die Weltbühne. Und erst die letzten Sekunden des Jahres nützt er, um sich und seine Welt in die Zivilisation zu treiben. Irgendwann bald im neuen Jahr wird er wieder verschwunden sein. Wenige Sekunden sind vergangen in einem Jahr des Erdballs, der selbst nur ein unscheinbares Staubkorn ist, blind und unwissend durch ein großes Ganzes treibend. Sebastian Fehr betrachtete sich als eine dieser Sekundenfliegen, die unbemerkt herumirren, bevor sie unbemerkt aufhören zu fliegen, bevor sie liegenbleiben irgendwo, leblos zerfallen, ohne etwas zu hinterlassen. Ein Nichts, ein unbedeutender Zufall in einer Ganzheit, die es nicht begreifen kann. Ein Nebenprodukt der Evolution. Ein Nichts, das sich nur leider nicht bloß als Nichts fühlen kann. Ein größenwahnsinniges Nichts.

Seit Jahren schon langweilte Sebastian das Mensaessen in der Rundfunk-Kantine. Nirgends aß man günstiger als dort. Selbst wenn er zuhause gekocht hätte, wären ihn die Zutaten teurer gekommen. Und immer fand sich irgendein Tisch mit einem freien Platz und einem über die Jahre bekannt gewordenen Gesicht. Man setzte sich dazu und aß ein weiches, warmes Etwas in sich hinein. Nur in Militärverbänden und Pfadfinderheimen war das Essenfassen noch effizienter. Schnell wurde man abgefüllt und sobald sich ein Hauch an Sättigung einstellte, versorgte man sein halbvolles Tablett wieder, legte eine zerknüllte Serviette auf die Essenreste, um das Übriglassen zu kaschieren, und machte sich aus dem Staub.

Sie ekelte ihn an, diese Kantine, die ihn nahezu täglich mit Kohlehydraten, Fetten und Eiweiß gerade ausreichend versorgte, um noch ein paar Stunden weiterzuarbeiten. Er hasste sie, und erst jetzt fiel es ihm auf.

Und doch hatte er das *Eat and Art*, an dem er auf seinem Weg zur Arbeit täglich vorbeiging, noch nie ernsthaft als Alternative in Erwägung gezogen. Immer wieder war er bei der resoluten Kassiererin der Kantine gelandet mit seinem schäbigen Tablett, hatte seine Mitarbeiter-Magnetkarte gezückt und sich einen kleinen Betrag von seinem Konto abbuchen lassen.

Das Bistro *Eat and Art*, und Corinna Walters darin. Das war die Rettung, die ihn aus dieser täglichen grauen Mittagsstunde befreien sollte.

Er hatte Corinna, eine Studentin, die beim Rundfunk Praxis für ihren Bachelor in Medientechnik sammelte, erst kürzlich bei einer Produktion über György Ligeti kennengelernt. Sie waren sich nähergekommen, weil sie beide mit Ligetis polyrhythmischen Kompositionstechniken, seinen mikropolyphonen Grundsätzen, Chorwerken und Klavieretüden wenig anzufangen wussten.

Sebastian brauchte Abwechslung von der Kantine. Er brauchte eine Frau. Eine Frau nur für sich in dieser einen Mittagsstunde. Eine Frau, auch wenn sie noch so jung war, dass man sie eher als Mädchen bezeichnen sollte. Es reichte ihm, wenn sie halb so alt wie er war und mit ihm zu Mittag aß.

„Isst du gerne Fisch?“, hörte er sie hinter der kleinen, in Plastik eingeschweißten Speisekarte heraus fragen.

„Wenn er frisch ist, ja“, hörte er sich antworten und wusste dabei gar nicht, warum er das sagte. Er hatte sich noch nie überlegt, ob er gerne Fisch aß. Er aß ihn eben, oder er aß ihn auch nicht. Aber jetzt mochte er ihn, solange er frisch war. Er war zufrieden mit seiner Einsicht, und beide gaben sie ein nickendes, wissendes Lächeln zur Bestätigung.

„Vor nicht so langer Zeit hat es sogar noch Lachse im Rhein gegeben“, wusste er jetzt noch dazu und befürchtete sogleich, dass diese Information ein wenig oberlehrerhaft geklungen haben mochte. „Vielleicht sind sie dann ja auch den Main hochgewandert, bis hierher", fügte her hinzu, noch bevor Corinna Walters einen Kommentar abgeben hätte können, und lächelte wieder. Sebastian nahm sich vor, von nun an nachzudenken, bevor und nicht nachdem er etwas sagte.

Lieber weiter das Gegenüber betrachten – soweit es eine lässige Zurückhaltung erlaubte.

Ihr leichtes oranges Hemd hatte dünne Träger, kaum merklich und doch sehr aufreizend in der Art, wie sie immer wieder über ihre Schulter rutschten. Und Corinna sie mit einer kurzen Bewegung zurückschob. Und dabei schnell über ihre junge Haut strich, bis sie mit dem schwarzen Träger ihres BHs deckungsgleich zu liegen kamen. Wo die stabileren Träger ihres BHs wiederum hinführten, dort wagte er mit seinen Augen nicht lange zu verweilen. Lieber mit dem Glas Perrier spielen, das vor ihm stand. Sebastian hatte das Glück, sich auf das Herumspielen mit seinem Glas und das Betrachten ihres Körpers konzentrieren zu können, denn Corinna hatte die Konversation inzwischen in die Hand genommen.

„Kommst du aus Frankfurt?"

Es war angenehm, dass die bewusst unspießige Atmosphäre im Produktionsstudio von vornherein ein Duzen zwischen allen Beteiligten voraussetzte. Das förderte den Teamgeist und baute Barrieren ab, die einer erfolgreichen Produktion hinderlich sein hätten können. Die Hierarchie im Studio wurde verdeckt gehalten und trat nur zu Tage, wenn Entscheidungen gefällt wurden.

Auch Corinna Walters kam aus einer mittelgroßen Stadt in der Leere Mitteldeutschlands, hörte er sie berichten. Es war nicht Braunschweig, sondern Göttingen. Aber hätte genauso gut Braunschweig sein können. Mit denselben Einkaufszentren, Straßennamen, Fußgängerzonen, Baggerseen und Kino-Komplexen. Und doch war es nicht Braunschweig mit seiner Anordnung dieser Dinge, den Schulen und Gesichtern, die ihnen ein wenig Gesprächsstoff bieten hätten können. „Zum Glück", dachte

Sebastian, „hat sie trotzdem genug Ideen für ein Gespräch", und folgte fasziniert dem Auf und Zu ihres Mundes.

„Meine Eltern haben mir nie echten Fisch zu essen gegeben, nur Fischstäbchen, weil sie Angst hatten, dass ich mich an den Gräten verschlucken würde. Es ist ja auch wirklich gefährlich, einen ganzen Fisch zu essen, mehr Arbeit als Genuss, findest du nicht?"

Kurz war er in Gedanken zu seinen Eltern abgedriftet. Er konnte sich nicht mehr erinnern, ob sie ihm Fisch mit Gräten zu essen gegeben hatten. Bei seiner Großmutter hatte es jedenfalls nur Fischstäbchen gegeben, tiefgefroren, grätenfrei.

Mit bedächtigen Bewegungen aß er den Zuchtlachs, der vorgab, ein Wildlachs zu sein, und die Sahne, die vorgab, Meerrettich zu enthalten. Corinna aß ihren Zuchtlachs wie einen Wildlachs. Das Verhältnis der Preise zur Qualität in diesem Bistro hielt dem Vergleich zur Rundfunkkantine nicht stand. Beinahe wollte er es sagen, doch es war nicht die passende Stimmung für Negatives. Er dachte es lieber nur. Er dachte überhaupt viel mehr in sich hinein, als er aus sich heraus sagte, dachte er in sich hinein. Doch er gefiel sich in seiner Rolle, und sie gefiel sich in ihrer. Sie gefiel ihm in ihrer Rolle, und es machte den Anschein, als ob auch er ihr in seiner gefiele. Seine Stille schien Klugheit auszustrahlen, seine Eintönigkeit ein dunkles Geheimnis zu verbergen, das sie zu entdecken suchte. Nun, da er zu feig war, das Ruder in die Hand zu nehmen, vertraute er auf das Erwachen ihres Jagdinstinkts. Mit kryptischer Zurückhaltung wollte er sie aus der Reserve locken, das war seine einzige Chance. Bereitwillig legte er sich als Beute aus und wartete mit der Geduld des Älteren auf seine eigene Eroberung.

Ob er denn Alkohol trinke, hörte er sie fragen, während er das Rollenspiel analysierte. „Ja, natürlich, aber jetzt ist es mir noch ein wenig zu früh am Tag", war die smarteste Antwort, die ihm in den Sinn kam.

Es gäbe eine wunderbare Cocktailbar nicht weit von hier, wusste Corinna. Sebastian folgte der Begeisterung in ihren Augen. Am Freitag, wenn die Ligeti-Produktion zu Ende ging und sie ihren letzten Tag im Rundfunk absolviert hätte, könnten sie doch dort gemeinsam einen Abschiedsdrink nehmen.

„Endlich eine Bar, in der ich nicht allein herumstehe, bis ich irgendwann heimgehe“, dachte Sebastian. In der Manier eines Gentlemans übernahm er die Rechnung. Und er würde sie auch im Sausalitos Freitag Nacht übernehmen. Es war ihm ein Vergnügen.

Sebastian hob seine Wohnungstür mit einem leichten Druck an. Nur so ließ sich die Tür nahezu ohne ein Geräusch öffnen. Leise und schnell schloss er sie hinter sich zu.

Die gläsernen Hochhäuser sahen still zu ihm herüber. Ihre tausend Augen starrten ins Leere. Tausende Münder lärmten in ihnen.

Die Wolkenkratzer waren festgebunden und musste die Reise der Menschheit im Stillstand angekettet unternehmen. Sie mussten ertragen, wo sie hingestellt wurden, ertragen, was mit ihnen geschah, was in ihnen geschah, was um sie herum geschah. Sebastian hätte sie gerne mitgenommen. Irgendwohin. Weit weg. Doch er wusste nicht wohin. Es musste doch andere Länder, andere Orte, andere Städte geben. Plätze, die leerer waren, versteckte Winkel, die noch nicht ergriffen waren von den Klauen der Menschheit, Nischen, die übersehen wurden im Wettlauf gegen die Zeit. In ihren Schreckenssekunden musste die Zivilisation doch einige Stellen übersehen haben, Orte, die anders geblieben sind. Orte, die leerer waren. Orte, die stiller waren.

Oder waren sie alle gleich? Waren überall die selben tausend Augen? Die selben tausend Münder? Der selbe Lärm? Überall?

Sebastian dröhnte der Kopf vom Lärm, verstopfte ihm die Nase und drückte ihm auf die Brust.

Die anderen, die anderen, die anderen waren schuld, ja! Sollten sie sich doch selbst in den Untergang stürzen. Warum mussten sie ihn dabei mitnehmen? Er war nicht eingeladen worden, hatte nie nach einer Einladung gefragt. Er stürzte mit ihnen, fiel, stürzte, ließ sich fallen ohne aufzuschlagen. Fiel, fiel, fiel mit ihnen. Er stürzte Seite an Seite mit dem Mann, der vor ihm grünlichweißen Schleim auf die Straße gespuckt hatte, von dem Sebastian minutenlang nicht mehr wegsehen hatte können. Er nahm ihn mit in seinem Fall. Er nahm den Köter mit, in dessen verkrusteten Kot er getreten war. Er fiel mit seinem Nachbarn und dessen verfluchten Asthma-Attacken, die sich Tag und Nacht durch die alten Hauswände trugen. Immer besser begann Sebastian sie zu hören, begann ihnen zu lauschen, hörte, wie sie sich mit dem Ticken der Uhr und den Wassertropfen vereinigten im Warten auf dem nächsten Knall. Er belauschte sie wie das Mädchen, das Kaugummi kauend neben ihm saß und in ihr Handy brüllte. Jedes Wort verfolgte er, ohne dass er es je hatte hören wollen. Das Pickelgesicht mit der hysterischen Stimme wurde Teil seines Lebens. Er musste teilhaben an ihren Problemen, Plänen, Meinungen und Ansichten. Er wollte nicht hören, aber er hörte. Er lernte ihren Namen kennen und den ihres Freundes und die Namen ihrer Freundinnen. Er wusste, wo sie in der vorigen Nacht gewesen war, wo sie an diesem Abend hinzugehen gedachte, kannte ihre Hände, roch das Parfüm, mit dem sie ihren Schweiß überdeckte. Er fiel mit ihr, fiel mit ihnen allen. Würde er ankommen in seinem Fall, würde er zersplittern in sie alle. Doch er kam nicht an.

Sebastian fiel, bis er in seinem Badezimmerspiegel landete. Er sah sich an. Ein verbrauchter Mann. Gealtert. Nicht unattraktiv.

Womit war er denn bloß gealtert, fragte er sich. Womit hatte er sich denn nur verbraucht? Ein halbes Leben auf Sparflamme lag hinter ihm und hatte Falten gerissen in ein unerfülltes Gesicht.

Er sah sich an, sah seine Augen, die so wenig erst gesehen hatten und nun das Sehen bereits verlernt zu haben schienen. Zu wenig war zu viel gewesen. Er hatte sich verbraucht, ohne sich je zu gebrauchen, nutzlos abgenützt.

Sebastian sah seinen trockenen Mund und sagte zu ihm: Nein. Halt. Stopp. Das will ich nicht. Nicht jetzt schon. Oder genauer gesagt: Basta. Adesso basta. No mi piace. Non voglio. Non ne ho voglia. Immer noch ließ er sich in Selbstgesprächen in primitives Italienisch rutschen. Keine Frau hatte er im Italienischkurs gefunden, keine Grammatik, aber wenigstens ein paar Floskeln waren bei ihm hängengeblieben. Eine stümperhafte Ausdrucksform und ein Gefühl, das diese Sprache mit der Ausweglosigkeit seiner Situation verband. Italiano. Solo italiano. Solo. Sollte er es wenigstens selbst mit sich reden, wenn es schon sonst niemand mehr tat. Mit „Ciao bello" begrüßte Sebastian sich selbst zuhause, sobald die Wohnungstür lautlos ins Schloss gefallen war und er seinem Spiegelbild an der Badezimmertür begegnete. Ciao bello. Come va?

Seine Stimme wurde hoch. Oft überschlug sie sich, wenn er ins Falsett schlüpfte, damit sein Italienisch authentischer klang, italienischer klang, exotischer und heiterer in aller Tristesse. Es war eine gekünstelte Heiterkeit, doch sie riss ihn aus seiner Lethargie, aus seinem Ärger über eine gekünstelte Welt.

Er hörte sich beim Reden zu. Das war besser, als sich beim Hören zuzuhören, so wie er es in den Nächten tat. Sebastian hörte sich und musste schmunzeln. Was für ein Idiot er doch war. Er nickte sich gutwillig zu. Grinste sich an. Lachte über die Einfältigkeit. Verharrte vor seinem Spiegelbild, minutenlang, sodass er die Stellung seiner Vorderzähne für eine Weile beobachten konnte. Er sah, wie schlecht er sich rasiert hatte, wie sich Furchen zwischen seinen Augenbrauen gebildet hatten und immer tiefere Falten seine Mundwinkel schattierten.

„Seltsam, wie ich aussehe", dachte er. „Strano." Zwei Gucklöcher waren da in seinen Kopf gestanzt, die ihn anstarrten, während er durch sie hinausstarrte. Er sah ein Bild von Sebastian Fehr, das seinen Grimassen gehorsam folgte; einen Untergebenen, der ausführte, was man ihm befahl; einen Film, den man jederzeit abschalten konnte, wenn er zu langweilig wurde, zu plastisch, zu unrealistisch.

Sebastian bemerkte nicht, wie lange er sein fernes Ich betrachtete. Es amüsierte ihn. Er sah sich von vorne, wo er einen traurigen, melancholischen Eindruck machte. Seitlich von links wirkte er lebendiger. Das Licht fiel besser ein von dieser Richtung und spielte vorteilhafter mit seinen Konturen. Auch wenn die Proportionen verzerrt wurden. Von schräg rechts erschien er gehetzter, getriebener, in einer Bewegung gefangen. Je weiter er den Kopf in diese Richtung drehte, desto deutlicher schien sich eine Unrast abzuzeichnen. Ja, so glich es einem Schnappschuss von einem Mann mit einem Auftrag. Nur mit was für einem?

Bald verkrümmte er seinen Hals so weit, dass er sich kaum mehr sehen konnte. Schon schmerzten seine Augenäpfel, weil er sie bis zum Anschlag in die Ecken zwängte. Nun senkte er den Kopf so tief, dass er sich dabei im Spiegel gerade noch beobachten konnte. Diabolisch wirkte er jetzt, als seine Pupillen sich unter seinen Augenbrauen vergruben. Die graue Haut runzelte sich auf der Stirn.

Verschiedene Stellen seines Kopfes waren seltsamerweise behaart, auch wenn man dort keinen Haarwuchs vermutet hätte. Mitten auf der rechten Wange stand ein einsames, langes Haar und auf den Schläfen hatten sich – unmerklich zwar, aber bei genauer Betrachtung deutlich sichtbar – kleine Büschel gebildet. Aus seinen Nasenlöchern wucherten dicke, gebogene Haare, die sich wie Unkraut besonders um seinen linken Nasenflügel krümmten. Wie die Wildwüchse seiner Koteletten glichen sie eher den widerspenstigen Borsten der Schambehaarung als dem weichen Haarwuchs, den er auf dem Kopf erwartet hätte. Doch hier hatten sich schon weitaus mehr graue Haare eingeschlichen als in seinem Schambereich. Haare, die farblos aus farbloser Haut sprossen.

Auf anderen Partien wiederum war seine Kopfhaut glatt und zart. Weißlich schimmerte sie durch zufällig liegengebliebene Strähnen hindurch, die fettig aneinander klebten. Es war wenig Farbe zu entdecken, als er seinen Kopf nun betrachtete, wenig zu sehen, das er sehen wollte.

Er schloss seine Augen. Stand in seinem Badezimmer mit geschlossenen Augen vor seinem Spiegel.

Er lachte sich selbst an. Der Speichel zog dünne Fäden zwischen seinen Vorderzähnen und seiner Zunge. Er riss den Mund so weit auf, dass diese Fäden rissen und sich in sich selbst zusammenzogen. Er streckte seine Zunge heraus, so weit er konnte. Der Zungenrücken hatte viele kleine Risse und trug einen dicken, weißen Belag. Manchmal, wenn ihn dessen pelziger Geschmack anwiderte, putzte Sebastian die weißlichgraue Schicht aus Speiseresten, weißen Blutkörperchen, verhornten Zellen und Bakterien so gut es ging mit der Zahnbürste weg. Doch jetzt bestaunte er nur die verschiedenen Nuancen zwischen Weiß, Gelb, Braun und Rot, die er in seinem Mund entdecken konnte.

In zuckenden Kreisbewegungen ließ er seine Zunge durch die Luft tänzeln, bis sie sich zu verkrampfen drohte. Ihre Wurzel rieb an seinen unteren Schneidezähnen, als er sie immer näher an das Spiegelglas führte. Schließlich berührte ihre Spitze die Spitze ihres Spiegelbildes. Sebastian Fehr küsste sich selbst und verspürte zu seiner Verwunderung leichte Erregung dabei. Der Mann stand im dämmrigen Licht seines Badezimmers und küsste das kalte Glas seines eigenen Spiegelbilds.

Sebastian zog sich möglichst leger an, als er am Freitag zur Arbeit ging. Er würde nicht mehr heimkommen, bevor er sich abends mit Corinna Walters traf. Jeans, Hemd, Jacke, alles blau oder schwarz. Ein unauffälliger Benützer der U-Bahn, der gedankenversunken am Bahnhofskiosk in die Auslage schaute, während er auf seinen Zug wartete.

Sein Blick blieb an einer Spezialausgabe des „National Geographic"-Magazins hängen, einem Sonderheft „Faszination der Arktis". Das Nordlicht erstrahlte auf dem Titelblatt. Die Farben der Aurora Borealis erhellten Windungen seiner Hirnrinde, denen er bislang noch keine Bedeutung geschenkt hatte. Ihre Strahlen brachen sich in ihm, vervielfachten sich und drangen bis in Tiefen durch, die er nicht in sich vermutet hatte.

Im Bann des Nordlichts fand er sich plötzlich wieder, als sein Zug einfuhr und er ihn wieder ausfahren ließ. Sebastian entschied, den nächsten zu nehmen und sich das Heft zu kaufen. Ein weiterer Zug passierte unbemerkt vor seiner Nase, als er auf einer Bank sitzend das Magazin in seinen Händen anstarrte.

Die Arktis lag vor ihm. Weit, kalt und still.

Er begriff ihre Dreidimensionalität. Er spürte die Tiefe des Raums unter der Oberfläche. Die Welt um ihn herum hörte auf, sich zu bewegen. Sie erzeugte keine Zentrifugalkraft mehr, die ihn in ihrer Bahn hätte halten können. Plötzlich war er ihr entkommen.

Sebastian blätterte durch die bunten Seiten, die von der weißen Welt hoch im Norden erzählten. Er blätterte bis ganz hinauf in den mathematischen Norden. Bis zu dem Punkt, wo es nur mehr eine Himmelsrichtung gab, nämlich Süden. Wo es nur mehr hinunter ging auf alles, was wir als unsere Erde kannten. Er tauchte unter im eisigen Meer und wieder auf am nördlichsten Punkt, den unser Globus zu bieten hatte. Am höchsten und einsamsten Fleck unserer Welt. Dem Pol, der immer stillstand, während sich die Erde um ihn drehte. Das nördliche Ende der Erdachse. Dort, wo die Meridiane sich vereinigen. Ein Zentrum, das niemanden brauchte, um Zentrum zu sein. Ein Mittelpunkt, der alles, das zu ihm kam, in eine andere Richtung wieder fortschickte, um weiter Mittelpunkt zu bleiben. Der Stillstand einer ewigen Drehung.

Der fünfte Zug in seine Richtung hatte die Türen vor ihm geöffnet und geschlossen, als er beim Glossar der arktischen Fachbegriffe angelangt war. Über Aurora, die römische Göttin der Morgenröte, las er dort, über boreale Wälder mit Kiefern, Fichten und Lärchen, und über das Rückstrahlungsvermögen der Erdoberfläche, die Albedo. Die Meeresoberflächen, las er dort, besitzen eine äußerst niedrige Albedo, während Schnee, Eis und Wolken den Großteil der Sonnenstrahlen reflektieren. Sinkt die Albedo, so erstrahlt die Erde nicht mehr im einfallenden Licht, sondern nimmt es vermehrt auf, schluckt es und erwärmt sich. Je weniger Eis und Schnee, desto weniger Albedo, desto mehr Wärme, desto weniger Eis und Schnee.

Was für eine Albedo Frankfurt am Main wohl hatte, überlegte Sebastian. Wie *weiß* war es hier? Er stieg in seinen Zug. Die Türen schlossen sich mit einem Pfeifton hinter ihm. Nein, eine hohe

Albedo konnte diese Stadt nicht haben. Noch nie hatte sie ihn geblendet. Sie nahm und gab nicht wieder ab. Sie schluckte, was sie bestrahlte. Sie schluckte und schmolz, strahlte nicht zurück. Doch sie hatte ihm wenigstens diesen einen hellen Moment geschenkt, aus dem hinaus er mit dem Zug nun in die Dunkelheit des Tunnels rauschte.

Das *Sausalitos* war zum Bersten voll mit guter Laune. Mit trunkener Glücklichkeit, die ihre Freude aus heiseren Kehlen herausschrie und aus feuchten Poren herausschwitzte. Eine glückselige Masse drängte sich an der hölzernen Bar, ihre Gläser klirrten, ihre Körperteile dampften.

Der Grund dieser Hysterie mag die Happy Hour gewesen sein, in der ein Glas Margarita für nur 3 Euro aufgefüllt wurde. Krüge mit Margaritas standen herum und Eiskübel voller „Desperados", die von durstigen Studentenkehlen ausgesogen wurden wie Babyfläschchen von hungrigen Säuglingen.

Die Augen der Barkeeper leuchteten. Sie waren betrunken von ihren eigenen Mixturen und von der Euphorie, die man ihnen entgegenbrachte. Sie waren die Popstars im Rausch des Erfolgs und der Alkohol ihr Instrument. Ihr Publikum, großteils Studenten, die ihnen Geld und Freude entgegenwarfen, waren die After-Work-Clubber von morgen. Sebastian ließ sich von der Kraft und Begeisterung, die hier dem Betäuben der Sinne entgegengebracht wurde, bereitwillig anstecken.

„Screaming Orgasm. Das könntest du nehmen. Oder einen Sex on the Beach", schrie ihm Corinna zu. „Ich bestell mir noch eine Margarita."

Ja, einen Corinna schreienden Orgasmus wollte er haben, dachte er für sich. Wieder war er ins Denken verfallen und sie ins Reden.

Als er halb auf seinem Barstuhl lehnend seinen dritten Orgasm schlürfte, hievte sich Corinna in die Höhe und setzte sich auf die Theke. Sie wurde dabei weder vom Personal gehindert noch von den eng andrängenden anderen Gästen, die rasch ihre Drinks in Sicherheit brachten. Im Rampenlicht der Bar fühlte sie sich augenscheinlich wohl, lachte und sang nach links und rechts, saugte an ihrem Strohhalm und rieb mit ihren Beinen im Rhythmus an Sebastians Hose.

Es tat gut, mit diesem Mädchen hier zu sein. Wenn sie sich wegdrehte, wie ein Kontorsionist verbog, um eine Limette zu holen oder eine paar Sätze mit jemandem auszutauschen, gaben ihr kurzes T-Shirt und ihre tiefsitzenden Jeans einen Ausblick auf ihre Hüften. Man sah ihr mit einem schwarzen Tattoo verziertes Gesäß und den darübergespannten G-String-Tanga, ein eng anliegendes Leopardenmuster, das sich kaum erkennbar zwischen ihre Gesäßhälften einfädelte. Ein Stückchen Seide, das mehr Fleisch freigab als es bedeckte.

Andere G-Strings hatten sich inzwischen ebenso auf die Theke gesetzt und ein Stöckelschuh war neben Sebastian auf den Boden gefallen. Da rutschte Corinna schnell, ein wenig torkelnd, aber dennoch geschmeidig, herunter und landete auf seinem Schoß. Sie lachten über den dabei verschütteten Drink. Corinna lachte und gab ihm einen kurzen Kuss. Als er sie am Becken hielt, damit sie nicht wegrutschen konnte, küsste sie ihn ein weiteres Mal, umzüngelte zärtlich die Spitze seiner Zunge.

Nach ein paar letzten Schlucken ihres Longdrinks nahm sie ihn mit zu sich. Sie wohnte nicht weit entfernt. Ihre Mitbewohnerin war gerade verreist. Sie würden niemanden stören. Niemand würde sie stören.

Schon hatte Sebastian ein Glas „Beam & Cola“ in der Hand, an dem er beiläufig nippte, als er in Corinnas Zimmer auf sie wartete. Es war ein sauberer, geräumiger Raum in einer modernen Neubauwohnung, minimalistisch eingerichtet, mit mehreren Spots ausgeleuchtet. Die Lichter waren gedimmt, sodass die intime Stimmung einer Bar entstand. Der Raum schien unbenützt zu sein. Ein nahezu antiseptischer Geruch lag in der Luft, vermischt mit dem Duft ihres Parfums. Das Bett schien frisch bezogen, jeder Einrichtungsgegenstand war ordentlich an seinem Platz. Noch aufgeräumter als in seiner eigenen Wohnung kam es Sebastian hier vor. Doch das Mobiliar war offensichtlich nach ästhetischen Gesichtspunkten verteilt, nicht wie bei ihm, wo sich die Gegenstände rein ihrer praktischen Verwendung nach anordneten.

Ob er ein wenig tanzen wolle, rief Corinna ihm zu und tippte an der Stereoanlage herum. Der warme Rhythmus amerikanischer Popmusik erklang, über den sich gehauchte Chöre lasziver Frauenstimmen legten.

Corinna hatte sich ihrer Jeans entledigt und stand nun in ihrem Leopardentanga vor ihm. Ihr knappes Höschen spannte sich über einen glatten, rasierten Körper.

Als sie sich an ihn schmiegte und sanft im Rhythmus wippte, nahm sie seine Hand und führte sie unter ihr Hemd. Er streichelte langsam über ihre Tätowierung. Ihr Bauchnabel trug ein Piercing, an dem er mit kurzer Verwunderung hängenblieb und befürchtete, daran gerissen zu haben. Sanft bettete er es wieder ein. Auch Corinna fuhr mit ihrer Hand jetzt unter sein Hemd.

Schnell zog sie sie jedoch wieder heraus. Sie wich ein wenig zurück, als sie sich daran machte, mit beiden Händen die oberen Knöpfe seines Hemds zu öffnen.

„Oh Gott“, entfuhr ihr, „deine Brust ist ja ganz behaart!“

Sie knöpfte sein Hemd noch weiter auf, um sich zu vergewissern. Ekel schien sie zu überkommen.

Ein schütterer Bewuchs krummer Härchen spross unter Sebastians Hemd. Als er als Teenager die ersten Haare auf seiner Brust entdeckt hatte, war er stolz darauf gewesen, denn es hatte lange gedauert, bis seinem spärlichen Bartwuchs noch weitere männliche Behaarung gefolgt war. Seither hatte er sich nie wieder Gedanken darüber gemacht, was auf seiner Brust, unter seinen Achseln oder in seinem Schambereich wucherte. Mit spürbarer Distanziertheit öffnete Corinna sein Hemd nun ganz, um einen Blick auf Sebastians Achseln werfen zu können. Büschel von gekräuselten Achselhaaren bekam sie zu sehen, feucht vom Schweiß der Nacht.

Ob er unten womöglich auch behaart sei, fragte sie ängstlich.

„Ähm … ja … ist das denn so schlimm?“, stammelte er langsam und leise.

Ungläubig lächelnd erklärte sie ihm, dass sie so etwas eben noch nie gesehen hätte. Es war ihr unbegreiflich, dass ein zivilisierter Mensch sich so wenig um seine Körperkultur sorgte. Das sei eine Frage der Hygiene. Wer weiß, was da alles wuchere unter diesem Pelz. Was da alles hängenbleibe und ein Eigenleben entwickle. Läuse, Parasiten, Pilze, Bakterien. Ihr würde übel bei der Vorstellung. Das wäre ja fast so, wie im Mittelalter, wo sich die Menschen nie gewaschen hätten. Und wie früher, als die Männer noch nicht beschnitten waren.

„Nicht beschnitten?“, stotterte er verwundert.

Man stelle sich vor, was sich unter der Vorhaut alles ansammle, sprudelte es hysterisch aus ihr heraus. Er habe sich aus Hygienegründen doch hoffentlich beschneiden lassen, fragte sie vorsichtig nach einer kurzen Überlegungspause.

Sebastian musste die Frage nicht beantworten.

Er hatte Beschneidungen bislang nur als religiöse Riten und Traditionen anderer Kulturen verstanden. Orthodoxe Juden, Moslems oder afrikanische Stämme beschnitten ihre Kinder im Rahmen einer vorgeschriebenen Zeremonie. Aber das mussten doch moderne, westliche Menschen nicht anstellen lassen mit sich? Christen, Atheisten, hier in Deutschland, im alten Europa? Aus Hygienegründen hätte er nie an eine solche Prozedur gedacht.

Die Welt hatte sich an ihm vorbeibewegt.

Sein gedankenversunkenes Schweigen hatte Corinna bereits zu viel verraten. Sie hatte ihre Hose wieder angezogen. Perplex und stumm stand Sebastian mitten im Raum, als sie sich ins Bad zurückzog und die Tür verriegelte. Er war jetzt allein mit der Musik, die sinnlich und sinnlos aus den Lautsprechern plätscherte. Allein mit den Gesängen unbehaarter Sängerinnen. Allein mit sich und seiner Verwunderung.

War er tatsächlich in seiner Einsamkeit ein solch verfilztes, verkrustetes Wesen geworden? Eine Pennergestalt, dahinvegetierend in einer Parallelwelt voller Schmutz?

Er fragte sich, ob die gesamte Gesellschaft einem krankhaften Hygienewahn verfallen war, oder ob nur er selbst stehengeblieben war auf dem Niveau eines Höhlenmenschen, ein archaischer Typ, unzivilisiert, derb und primitiv. War Corinna eine paranoide Einzelerscheinung, oder war die Welt um ihn herum anders, als er sie immer eingeschätzt hatte? Wollte sie nur seine Haare und seine Vorhaut nicht, oder ging es ihr um etwas völlig anderes? Hatte sie Angst vor dem Schweiß und den Bakterien, oder fürchtete sie etwas anderes? Trieb sie nur an irgendeiner Oberfläche oder verstand er einfach die Tiefe ihrer Welt nicht? War da etwas anderes oder war da einfach nichts?

Er knöpfte sein Hemd zu und steckte es in seine Hose. Ein Tier, das sich anzog. Kleider über ungewaschener Haut, Baumwolle auf einem Dickicht aus verkrümmten Haaren.

Corinna war frisch angezogen wieder aus dem Badezimmer gekommen. Sie war ein Frauenbild aus seinen Filmen in den Sexkabinen. Er sah sie jetzt zum letzten Mal.

Es tue ihr leid, meinte sie verlegen. Aber mit so etwas habe sie wirklich nicht rechnen können.

Auch er hatte mit so etwas nicht rechnen können.

Immer noch stand er dumm im Raum. Eine leicht gebückte, in Gedanken versunkene Verlierergestalt. „Ist sie krank oder bin ich krank?“, überlegte er. „Will ich denn überhaupt gesund sein, wenn Natürlichkeit die Krankheit ist? Bin ich nicht lieber ein kranker Mensch als einer, der das Menschsein abgelegt hat, abgewaschen, abgeschnitten?“

Vor ihm stand ein junger, gesunder Mensch. Ein schöner Mensch, mit dem er nichts gemein hatte. Glatt. Sauber. Unbehaart. Und er selbst war der verlauste, stinkende Hund, dem sie jetzt nahelegte, sie allein zu lassen. Sie war müde und wollte schlafen. Es sei nett gewesen, ihn kennengelernt zu haben.

Der Straßenköter schlich hinaus in die Nacht.

Er war erleichtert, als die Eingangstür hinter ihm ins Schloss fiel; erleichtert, dieser Situation entkommen zu sein. Verwirrt, aber nicht deprimiert. Verstört, nicht zerstört. Während er durch die Straßen schlich und sich seine Gedanken ordneten, wandelte sich seine Schmach in Stolz. Er konnte die Schuld an diesem unglücklichen Aufeinandertreffen nicht bei sich finden. Perfektionismus am eigenen Körper, das konnte Sebastian nicht nachvollziehen. Da bevorzugte er das Animalische, bevorzugte das Mineralische dem Menschlichen.

Er dachte an den Nordpol.

An das Eis, das ihn driftend umgab.

Das Fell des Eisbären war vergilbt, verklebt zu gelblichen Strähnen, flauschig und weiß an manchen Stellen, ausgerissen und bräunlich an anderen. Er war schön, wenn er einsam und majestätisch über die Eisfelder trottete. Er hatte Zeit und Kraft. Macht. Der Polarbär musste sich von niemandem sagen lassen, dass er schmutzig war. Er lebte und überlebte in seiner Welt aus Eis – schmutzig, so wie auch das Eis und der Schnee um ihn herum nicht weiß und sauber waren. Es waren Nuancen zwischen Weiß, Grau, Gelb, Braun und Schwarz. Dunkles Eis und helles Eis. Weißer Schnee und bräunlicher Schnee. Frisches Fell und altes Fell. Mit Krusten von altem Blut, den Jagdverletzungen eines Eisbärenlebens. Wenn er aus dem kalten Wasser stieg, hinterließ er Pfützen. Salziges Wasser tropfte von seinen Schultern, schäumender Speichel hing von seinen Mundwinkeln. Niemand ekelte sich davor. Niemand ekelte sich vor seiner Behaarung. Niemand hatte sich davor zu ekeln. Nur mit der Flinte konnte der Mensch sich gegen den Eisbären behaupten.

Die gutgläubigen Robben hingegen waren mit langen Holzkeulen zu Hunderttausenden abgeschlachtet worden. Riesige Kolonien fielen dem Robbenschlag zum Opfer. Ihr wertvolles Fell wurde nicht einmal beschädigt, wenn sie friedlich den tödlichen Schlag über sich ergehen ließen, der unzählige Nachbartiere der Reihe nach bereits gerichtet hatte.

Corinna Walters war die Robbe und er der Eisbär, dachte Sebastian. Sie lebte und erkrankte in der Kolonie. Er hingegen würde seinen eigenen Weg gehen. Das war das Gesetz der Natur. Das Gesetz einer Natur – zu Eis und Stille gefroren –, mit der er eins werden wollte. Mit der Polarnacht würde Corinna unter das Eis gedrückt werden. Weggedrückt. Und er würde oben bleiben. Im Eis.

Mit stolzem Schritt zog er durch die dunklen Straßen, der Mann, der Bär, zufrieden und gestärkt.

Von dieser Nacht an begann sich Sebastian Fehr in seine Eiswelt einzuleben. Er suchte nach einem Land ohne Vegetation, ohne Zivilisation. Er wollte nichts abschneiden müssen. Keine Haare, keine Vorhaut. Er wollte keine Menschen, die sich deodorierten. Keine Frauen, keine Männer. Er wollte sich selbst spüren in einer Welt aus schmutzigem Weiß. Er wollte fühlen, wie seine Körpertemperatur sank. Bis minus 1,8 Grad. Dann sollten sich schmutzige, kleine Eiskristalle auf dem Salzwasser bilden, aus dem er bestand. Auf diesem Eisschlamm ließ er sich treiben in seinem tiefen, ruhigen Schlaf. Jetzt hatte die Zeit des Nordens begonnen. Sebastian musste sich nicht beeilen. Nur treiben lassen. Die arktische Drift würde ihn mitnehmen, bewegen, tragen. Er musste sich jetzt nicht mehr dagegen stemmen. Der Eisschlamm wurde zu Eisbrei, in den er seine Finger bohrte. Salziges Wasser war darin eingesperrt. Er bohrte es frei und sah, wie es zu Boden sank.

Wie Stalaktiten hängen die langen Eiszapfen unter den Packeisfeldern, wenn das Eiswasser im Polarmeer gefriert. Kurze Zeit überdauern diese Tropfsteingebilde unterhalb der Wasseroberfläche. Dann fallen sie ab. Ihr kaltes Wasser sackt auf den Grund des polaren Meeres und wird von einer Tiefenwasserströmung mitgenommen. Die Wassermoleküle beginnen ihre Reise, einen Weg, eine Bewegung vom Pol zurück zum Pol. Vom Eis zum Eis. Herum um den Erdball. Hinunter zum antarktischen Kontinent treibt sie der zirkumpolare Strom. Vorbei an Afrika hinunter in den Süden. Und wieder zurück. An der Hitze vorbei zurück in die Kälte. 1000 Jahre sind sie unterwegs, bis sie wieder zurück im Nordeis sind. Eis werden. Stillstehen. Hinauf, was ruhen will. Weg, was fließt.

Auch der Nordpol selbst ist in Bewegung. Würde er Spuren hinterlassen, hinterließe seine Wanderung eine spiralförmige

Figur auf der gefrorenen See. Die Erdachse kreist im Siebenjahreszyklus um ihren Ausgangspunkt. Sie legt dabei einen Weg von ungefähr elf Metern zurück. Es ist ein unmerkliches Gleiten. Ein „Wobble", der nie zum Stillstand kommt und doch der einzige Stillstand ist, den die Menschen haben: der Stillstand an den Enden der Erdachsen.

Sebastian glitt über das Meereis in seinen Träumen, aus denen er nie wieder erwachen wollte. Sein Pleistozän hatte begonnen. Seine Eiszeit, die erste Zeit, in der er er selbst sein konnte. Der Rest der Welt war weit entfernt. Begraben unter einem 3,5 Meter dicken Packeispanzer.

Dumpf hörte er noch Geräusche aus der anderen, der unangenehmen Außenwelt hervordringen. Die Welt, die sich selbst verloren hatte. Die keinen Kreislauf beschrieb, sondern einen geradlinigen Weg in den Untergang. Sebastian wollte ihn nicht mitgehen. Er streckte sich aus auf seinem Bett aus Eis und folgte der polaren Drift. Er spürte die Detonationen gewaltiger Eismassen unter sich.

Treffen unüberbrückbare Gegensätze aufeinander, so können sie sich nicht gleich vermischen. Sie müssen sich erst ändern. Anpassen aneinander.

Sebastian spürte diese Konvergenz, als er seine bisherige Existenz zurückzulassen beschloss. Er fühlte die Annäherung an den Pol, die Vermischung mit dem Eis, die Übereinstimmung. Corinna Walters und er würden nicht mehr aufeinandertreffen. Sie, die anderen und er. Doch noch spürte er sein Gewicht und das Gewicht der anderen. Noch spürte er sein menschliches Gewicht. Er war schwer, wo er doch schwerelos sein wollte. Die Welt war schwer, wo sie doch hätte leicht sein können.

Unablässig drückt die Erdkruste hinein in den flüssigen Erdmantel. Bis zu 70 Kilometer misst sie unter den Kontinenten, knapp zehn unter den Ozeanen. Wie Floße treiben die Lithosphären-Platten auf dem weichen Gestein der über hundert Kilometer dicken Astenosphäre. Wie ein Schiff taucht die Kruste gerade so weit in das tiefer liegende flüssige Material des Mantels, bis die verdrängte Flüssigkeit ihrem Eigengewicht entspricht.

Wenn sie die flüssige Schicht verdrängt, auf der sie lastet, verdrängt die Welt sich selbst gleich mit, überlegte Sebastian. Irgendwann wird sie ihrem eigenen Druck nachgeben müssen, kentern, untertauchen. Sinken. So wie die Wassermoleküle ins Tiefenwasser hinabsinken und aufgenommen werden von einer Strömung, eintreten in den scheinbar ewigen Zyklus.

4000 Meter unter der Meeresoberfläche ging Sebastians Eis auf seine Reise. Wo es der Endlosschleife dieser Zirkulation entkommen konnte, kämpfte es sich an zufälligen Stellen wieder empor. Dort taute das Meereis zu kilometergroßen Polynias, zu riesigen freien Wasserflächen auf. So lange, bis die Polarwinde Eis- und Wasserschichten wieder weit genug trennen und das klirrende Gesetz der Polarregionen exekutieren.

Was nicht zusammengehört, muss sich absetzen voneinander.

Sebastian Fehr musste sich absetzen von Corinna Walters, von Dieter Begmann, Charlotte Kinsmuth, Peter Daiml, Thomas Bommel und wie sie alle hießen. Absetzen von der anderen Welt jenseits seiner Eisgrenze.

Die Grenzen waren jetzt gezogen. Die Grenzen froren ein.

Wasser, Salz, Eisbrei, Eisschlamm. Die Wälder waren bereits so weit entfernt von ihm, dass er sich an ihr Grün nicht mehr erinnern konnte. Er hatte ihren Geruch vergessen. Im Traum war er vorgedrungen an die äußerste Treibeisgrenze und ließ sich treiben auf mattgrauem Weiß. Nur die Algen unter ihm trugen noch deutliche Farben. Sie bildeten einen grünlichbraunen Belag an der Unterseite der Schollen. Sie färbten die Firnflächen rötlich und gelb. Eisalgen. Schneealgen. Wenn die Polarnacht zurückkehrte, würden sie sich ablösen. Zusammenwickeln. In langen Fäden und Knäueln in der Strömung treiben. Verschwinden im Eismeer. Als letzte Farbe verschwinden.

Sebastian lag ausgestreckt auf dem Algeneis. Er wollte für immer liegenbleiben im trüben Licht. Kalt werden. Ruhe haben. Doch in seiner Arktis gab es keine Stille. Unaufhaltsam tosten die Kollisionen verschiedener Schichten unter ihm. Sie schmiegten sich nicht sanft aneinander. Sie wurden aufeinander zugeschoben, ineinandergedrückt. In ihm.

Gewaltige Eismassen rieben sich aneinander und wölbten sich, brachen ein, türmten sich auf zu furchteinflößenden Eisbergen. Eisgeröll polterte mit roher Kraft herab auf ihn. Seine Kanten waren scharf. Sie zeichneten tausende Ecken. Der Lärm dieser Kräfte erschreckte ihn. Ein Tosen, ein Knacken, Klirren, Brummen. Ein Rauschen, das tief hinein in seine Gehörgänge floss. Sebastian konnte seine Ohren nicht mehr verschließen. Sie hatten eine andere Welt gehört und wollten jetzt nicht mehr weghorchen. Seine Hände waren eingefroren. Er konnte sie nicht mehr zu seinen Ohrmuscheln führen.

Erst als er erwachte, hatte er Ruhe. Doch er ruhte nicht in sich. Er würde nicht mehr ruhen in sich, bis sich dieser Kampf der Welten entschieden hatte. Sebastian Fehr mit seinen 39 Jahren war weit gekommen in dieser Nacht.

Jetzt lag er in der Stille. Ihm war heiß von all der Kälte.

Das Wasser tropfte aus dem Wasserhahn. Es war nicht gefroren. Der morgendliche Verkehr begann langsam einzusetzen. Zögerlich zuerst. Straßenbahnen, Pendlerzüge, Frühaufsteher mit Hunden. Kirchenglocken. Einsatzfahrzeuge. Bald kamen PKWs dazu. Schlangen von ihnen. Endlose Schlangen, die sich durch die Straßen zwängten. Die Fahrer waren schläfrig und in Eile. Sie hetzten zu ihren ersten Terminen. Hupten sich den Weg frei. Sie hupten Sebastian heraus aus seiner Eiswelt.

Die Wohnung um ihn herum war ihm nicht vertraut. Obwohl er schon jahrelang hier lebte, war sie ihm fremd. Zu viele Stellen verbarg sie im bläulichen Morgenlicht. Überall schien sie Begrenzungen zu haben, die er nicht sehen konnte. Seine Wohnung gab ihre Geheimnisse nicht preis. Sofern sie überhaupt Geheimnisse hatte. Sofern sie überhaupt etwas anderem diente als der Zweckdienlichkeit, mit der sie ausgestattet war. Sie war Beton, Glas, Klebstoff, Tapete. Billiges Pressholz. Lieblos furniert.

Er wachte auf in ihr. Sie war sein Lebensraum. Nicht die endlosen polaren Eisfelder.

Sebastian stieß an Ecken, Kanten, Grenzen. Alle paar Meter. Hindernisse, die sich in seinen Weg stellten. Menschen sprachen hinein. Autos, Flugzeuge, Fernseher. Menschen sahen zu ihm hinein, aber er wusste nicht, wie weit sie sehen konnten. Die Uhr tickte und das Wasser tropfte. Nichts war gefroren.

Er war noch nicht zu Eis erstarrt. Noch fühlte er das warme Blut in seinem Körper zirkulieren. Bis in die Fingerspitzen hinein, bis unter seine Vorhaut war er Mensch. Noch. Ein alter Mann und ein junger Mann. Ein gealterter Geist in einem jungen Körper. Ein gealterter Körper über einem jungen Geist gestülpt. Zu jung und zu alt.

Er stand auf und wusch sich das Gesicht. Wusch sich den bräunlichen Eisschlamm von der Haut. Im Spiegel zeigten seine Augen undefinierbare Farben. Sie trugen das Blau des Polarmeeres in sich, das Gelb der Algen, das Rot der Wunden und das braune Grün der nördlichsten Baumstämme, die sich dem Klima der Tundra noch zu widersetzten wagten. Er wusch sie wach mit dem Frankfurter Leitungswasser.

Es war ein weiter Weg von hier bis in die Arktis. Doch Sebastian hatte ihn bereits betreten. Hatte das Ende der Achse gesehen. Und wollte nicht mehr zurück.

Die Cornflakes knisterten unter der kalten Milch, die er über sie goss. Er zerbrach die knusprigen Stücke und zermatsche sie zu einem milchig-braunen Brei.

Auf seinem Weg zur Arbeit traf Sebastian auf viele Gesichter. Immer die gleichen und immer die anderen. Sie drängten sich dicht an ihn im überfüllten Waggon der U-Bahn. Ein Exhibitionist stand neben ihm. Ein graues Gesicht auf einem zu groß geratenen Körper. Die Augen starrten ins Leere. Flackerten kurz auf, als die Gestalt sich offensichtlich unter ihrem schäbigen Mantel befriedigte.

Sebastian wollte diesem Menschen nicht zu nahe sein. Rasch stieg er bei der nächsten Station aus. Mit ihm eine Gruppe

Italiener, die sich aufgeregt unterhielten. Er verstand nicht, was sie sagten. Hörte sie bloß reden, laut reden, Sprachlärm verbreiten. „Italien ist doch auch nur voll mit Menschen, die sich aneinanderdrängen. Glattrasierte Körper in Tangas und bleiche Gesellen in schäbigen Mänteln", dachte Sebastian. Italien brauchte er nicht. Kein eisiger Polarwind, der die Exzesse der Zivilisation verwehte, herrschte dort über das Land. Kein Eisbär streifte allein durch sein Territorium, durch ein Gebiet, dessen Grenzen sich unaufhörlich verschoben. Italien war kein Land, dessen Grenzen dem ewigen Driften der Eisschollen ausgesetzt waren, eingefroren in Packeis und mobil in seiner eisigen Starre. Die Italiener in der U-Bahn hatten gelacht über den Exhibitionisten, sich mokiert über ihn, aber in Sebastians Augen waren sie selbst nicht weit von ihm entfernt. Sie befanden sich höchstens in einem anderen Stadium der Entwicklung. Sie alle fielen gemeinsam.

Als sie vor ihm wegfielen, verloren sie an Farbe. Mit jedem Tag verblichen sie. Lange hatte es gedauert, bis Sebastian erkannt hatte, dass er gerade dieses Verbleichen brauchte. Er wollte die Farben nicht, die ihn umgaben. Die Farben, die ihm vorgaben, Farben zu sein. Je weniger Farben, desto deutlicher sah er sein Ziel, desto freier wurde er. Nur mehr Weiß wollte er sehen. Das Fehlen anderer Farben.

Das satte Grün des Rasens wurde zum grünlichen Flimmern der Eisalgen unter ihm. Das schwarz glänzende Leder seines Sofas wurde zum gräulichen Geröll der Gletscherzungen, auf denen er saß. Die weiße Dispersionsfarbe seiner Wohnzimmerwände löste sich auf in einen Eisnebel, der die Konturen verwischt, die man hinter ihm zu erkennen glaubt.

Sebastian fiel hinein in seinen Spiegel, behauchte auf das Glas so lange und fest, bis er sein Spiegelbild nur mehr verschwommen erahnen konnte. Er wischte mit der Hand darüber. Wischte sich allmählich weg. Wischte seine Tage weg, bis sie nur mehr ein nebliger Schleier waren, der ihn umgab. Farbschicht um Farbschicht wischte er weg. Jahresring um Jahresring. Er verlor sein Alter, sein zu frühes Alter und seine zu späte Jugendlichkeit.

Wischte sich weiß. Schicht um Schicht verloren die Farben an Deckungskraft. Zug um Zug wurde seine kleine Welt weißgewaschen. Weiß.

Der Horizont der Polarmeere hellt sich auf, wenn sich hinter den Wellen eine Eisdecke schließt, denn das Eis reflektiert das Licht stärker als das Wasser. Dieser Eishimmel hatte nun zu leuchten begonnen. Die hohe Albedo der Eislandschaft vor Sebastian strahlte deutlich am Horizont, während alle anderen Farben verblichen. Sie strahlte deutlich, wenn auch weit entfernt.

Und hinter ihm verdunkelte sich der Wasserhimmel.

Was hinter ihm lag, ging unter in salziger, rauer See. Es berührte ihn nicht mehr. Der Eisblink vor ihm schien näher, schärfer, greifbarer. Zum ersten Mal hatte Sebastian einen Tag vor und eine Nacht hinter sich. Der arktische Sommer war hell. Jede Minute davon wollte er sehen, erleben, leben. Sein. Jetzt endlich hatte er ein Ziel vor Augen: das Nichts. Die Änderung des Jetzt, das endgültige Loslassen des Davor. Ein Gehen in das weiße Nichts.

Zum ersten Mal in seinem Leben spürte Sebastian Kraft durch seinen Körper fließen, als er sich im Internet, in Abenteurerreisebüros und Survival-Ausrüstungsgeschäften über Ziele und Möglichkeiten im arktischen Norden informierte. Er hatte den Weg ins Weiß betreten. Hinauf in den Norden. Hinein ins Eis. Jetzt hatte er eine Zukunft. Und eine Vergangenheit, die er zurücklassen konnte.

Die Menschen um ihn herum waren bereits Teil dieser Vergangenheit. Er erinnerte sich nicht mehr an sie. Wenn sie ihn bedrängten, ersoffen sie bereits im Wasserhimmel hinter ihm. Sebastian spürte sie nicht mehr. Er sah ihnen teilnahmslos zu, beneidete sie nicht und bedauerte sie nicht. Brauchte sie nicht. Sie und ihre Errungenschaften. Er würde sie verlassen, diese Welt.

Selten nur nahm er noch eine Zeitung in die Hand. „Mein Mund macht dich froh“, stand in einer Erotikannonce. Kurz war er an den rot gezeichneten Lippen hängen geblieben. Für 50,- Euro hätte eine Jugendliche ihn gerne oral befriedigt. Ohne Kondom und egal, wie stark behaart oder unbeschnitten er war. Sie interessierte ihn nicht. Sie war nicht mehr in seiner Welt. Ein dicker Eispanzer erhob sich mächtig zwischen ihr und ihm.

Er sah die Hochglanzplakate im Wasserhimmel, die Singles zu Großveranstaltungen lockten. Ü-30-Karibik-Partys, Playboy-Clubbings und Blind-date-Partybusse. Mehrzweckhallen mit Blowjob-Motto-Partys, Gogos, halbnackten Kellnerinnen und Fellatio-Visuals. Ladys mit freien Eintritt. Sebastian brauchte sie nicht. Er brauchte nur noch ein wenig Zeit zur Vorbereitung seines Ausstiegs. Denn das plante er jetzt: seinen Ausstieg aus der Welt, sein Einfrieren im ewigen Eis.

Er wollte einen geeigneten Ort dafür finden. Einen Platz, wo er sich hinsetzen, ausstrecken und warten konnte, bis er in Ruhe einfror. Kalt, starr, Eis wurde, Teil einer eisigen Landschaft. Zugedeckt mit Schneemassen und Eiskristallen. Eingegraben in Kälte und Stille. Weiß.

Wenn die Kerntemperatur seines Körpers unter 31 Grad gesunken war, würde sich sein Blut verdicken und aufhören, durch seine Bahnen zu fließen. Ihm würde heiß werden, unerträglich heiß. Aus der Hitze seines Eispanzers würde er das polare Weiß verschwinden sehen. Nur mehr Schlafsucht würde ihn dann durchströmen, ein scharfes Brennen. Er würde glühen. Doch seine Hitze würde das Eis nicht schmelzen. Er würde in Bewusstlosigkeit tauchen, in wunderbare Bewusstlosigkeit, losgelöst vom Gestern, Morgen und Jetzt. Weg war dann Frankfurt, Braunschweig, Kroatien, Tirol. Sie. Er. Nur mehr die wenigen Sekunden zählten, die er wahrnehmen konnte. Sie dehnten sich aus. Dehnten sich in die Unendlichkeit. Sie begleiteten ihn zum Stillstand. Zum Stillstand am Ende der Erdachse.

Bei 27 Grad Körpertemperatur tritt der kalte Tod ein, die kalte Geburt in eine erstarrte Welt. Das Ende der Bewegungen im Körper. Das Einfrieren von Atem, Herz und Blut. Das Ende des Kreislaufs. Es würde sein Eintreten in die polare Landschaft sein, deren Bestandteil er würde. Kurze Zeit würde sein Atem als

Frostdampf noch in winzigen Eiskristallen sein Gesicht umhüllen. Feine Eisnadeln würden zärtlich klirren in der schneidenden Luft. Dann würden seine Augenlider vereisen und sich für immer schließen. Er würde sich ganz aufnehmen lassen von der Arktis. Ewig würde er in ihr bleiben. Würde ihre Kälte nicht mehr spüren. Würde sie nicht fürchten, denn er würde ein Teil von ihr sein. Ein Stück Natur. Ein Brocken. Ein Klumpen. Fels. Gefroren und still.

Sebastian wollte genau diese Metamorphose. Diesen Schritt in ein Leben, das ihm besser erschien als der Alltag, den er bislang kennengelernt hatte.

Der Mann mit seinem Plan bunkerte sich jetzt ein mit Lesematerial über das Eis, mit Schriften über polare Entdeckungsfahrten, mit Berichten über arktische Eiswanderungen, mit wissenschaftlichen Abhandlungen und Abenteuerromanen. Er schloss sich ein im Eis. Driftete auf Treibeisfeldern in der endlosen, stillstehenden Bewegung des Pols. Schritt am nördlichen Ende Europas über die Gletscherzungen Spitsbergens und über die graue Landmasse des kargsten, von Leben am gründlichsten befreiten Archipels der Erde: dem Franz-Joseph-Land.

Ein schroffes Terrain im höchsten Norden. Das nördlichste europäische Festland, das aus dem Eismeer ragt. Sein Kap Fligeli auf der Rudolf-Insel ist der nördlichste Landpunkt Europas. 81°51'. Jenseits davon gibt es nur noch gefrorenes Wasser. 900 Kilometer lang. Keine 500 nautischen Meilen bis zu jenem Punkt, wo der geografische Nordpol sein Wobble auf dem Treibeis beschreibt. Jener gleitende Endpunkt der Erdachse, dessen Grundgebirge 427 Meter an den Meeresspiegel heranreichen. Sie sitzen dort fest, während er in sieben Jahren elf Meter wandert. Sitzen fest auf dem tausende Meter tiefen Grund des Polarmeerbeckens.

4300 Meter unterhalb des Meeresspiegels haben russische Wissenschaftler Anfang des 21. Jahrhunderts eine Titanium-Flagge ihres Landes verankert. Mit zwei Mini-U-Booten, der MIR-1 und MIR-2, haben sie die Fahne versenkt und in das Gestein des

Lomonossow-Rückens gerammt. Sie beanspruchten ihn dadurch als Teil des russischen Kontinentalschelfs. Kilometer unterhalb der Eisdecke des Nordpols stellten sie ihre Besitzansprüche, wollten sich riesige Erdöl- und Gasressourcen sichern, die man tief im Boden des Nordpolarmeers vermutete. Schon waren die Dänen ins Packeis aufgebrochen, um ihrerseits zu beweisen, dass der Lomonossow-Rücken mit Grönland verbunden und somit die halbe Arktis dänisches Staatsgebiet sei. Seit bald hundert Jahren tobte schon der Streit, wem der Pol gehört.

Im September 1909 behaupteten sowohl Robert Peary als auch sein Rivale Frederick Cook, den Nordpol in getrennten Expeditionen von der kanadischen Ellesmere-Insel aus erreicht zu haben. Zweifelhafte Beweise legten die beiden Amerikaner für ihre Taten vor. Peary – von dem Gedanken besessen, bei seiner sechsten Arktisexpedition endlich sein Lebensziel zu vollenden und als erster die amerikanische Flagge auf dem Nordpol zu hissen – war in manische Depressionen gerutscht und schlichtweg einem Wahnsinn verfallen. Die Vorstellung, dass Cook, der schon ein Jahr vor ihm mit einer kleineren Expedition aufgebrochen war, vor ihm angekommen sei, raubte dem von Ehrgeiz zerfressenen Abenteurer den Verstand. Vor seinem letzten Streckenabschnitt trennte er sich von allen weißen Begleitern – in seinem Denken hieß das: von allen Menschen. Er nahm nur seinen treu ergebenen farbigen Diener mit – der sich schriftlich dazu verpflichten musste, keinerlei Aussagen zu machen – sowie vier Inuit, die keine Standortmessungen durchführen oder beurteilen konnten, und 40 Schlittenhunde. Auch Cook hatte seine Expedition bewusst ohne Zeugen durchgeführt. Etukishook und Ahwelah, die zwei Inuit, die ihn auf seiner vermeintlichen Eroberung des Pols am 21. April 1908 begleiteten, konnten die Behauptungen ihres Expeditionsleiters nicht bestätigen. Wollten es nicht. Wollten nicht hineingezogen werden in diesen aberwitzigen Streit der weißen Männer.

So gab es nach der Rückkehr dieser Helden genügend Anlass für Spekulationen und Intrigen. Beide Rivalen stützten ihre

Behauptungen nämlich auf Fotos, die sich im Nachhinein als gefälscht erwiesen. Sie bezogen sich auf verlorengegangene oder verstecktgehaltene Tagebücher und Reiseberichte, in denen die entscheidenden Angaben und Seiten fehlten. Und sie behaupteten, auf den letzten Streckenabschnitten Tagesleistungen von 70 Kilometern und mehr vollbracht zu haben – eine völlig utopische Geschwindigkeit, die selbst von modernen, bestens ausgerüsteten Expeditionen nicht erreicht wird. Dadurch provozierten sie die bis heute anhaltende Debatte um die Frage, wer denn nun als erster den Nordpol beschritten habe, diesen nie exakt bestimmbaren Wanderpunkt auf den Eisfeldern der Arktik.

War es etwa gar Matthew Henson, der schwarze Diener Pearys, der mit seinem Herrn die Polarexpedition vollendete? Er war zehn Jahre jünger als der durch Zehenamputationen und Blutarmut stark behinderte Peary. Er war ein hervorragender Hundeschlittenführer und sprach die Sprache der Inuit perfekt. Er besaß die astronomischen Fähigkeiten zur Positionsbestimmung. Doch im rassistischen Amerika zu Beginn des 20. Jahrhunderts durfte natürlich keinem Schwarzen, keinem Leibeigenen, keinem Untermenschen diese glorreiche Tat zuerkannt werden. Die Polbezwingung, die in widersprüchlichen Angaben nachträglich auf den 6., 7. oder 8. April 1909 datiert, ja im Logbuch des Entdeckers gar nicht vermerkt wurde, wurde Peary zugeschoben. Die Expeditionsfotos, über hundert Filme, die der mundtote Diener entwickelt hatte, wurden beschlagnahmt und geheimgehalten. Denn „ein Schwarzer" trug laut Peary „nicht das Urerbe an Kühnheit und Unternehmungsgeist in sich".

Auch der deutschstämmige Cook, dessen Familienname „Koch" erst während des Sezessionskriegs ins Englische übersetzt wurde, verstrickte sich mit seiner Behauptung, im Jahr zuvor den Pol bezwungen zu haben, in ungeheuerliche Widersprüche. Er rettete auf seinem Rückweg zwar sein Leben mit einem achtmonatigen Gewaltmarsch und einer Überwinterung in einer Steinhöhle unter steinzeitlichen Bedingungen, nicht jedoch seine

Messinstrumente und Originalunterlagen. Als in den folgenden Jahren die öffentliche Polemik zwischen den beiden Konkurrenten und denen sie jeweils unterstützenden geografischen Institutionen immer drastischere Züge annahm, flüchtete Cook nach Nepal, Borneo und Indien, wo er als deutscher Spion im Ersten Weltkrieg vom englischen Geheimdienst verhaftet wurde. In den 20er-Jahren landete er wegen irreführender Werbung für seine Erdölfirma sogar fünf Jahre in einem texanischen Gefängnis. Bis zu seinem Lebensende kämpfte er weiter für seine Anerkennung als Poleroberer. Vergebens.

War es also doch erst der große Südpolentdecker Roald Amundsen, der mit Lincoln Ellsworth und General Umberto Nobile am 12. Mai 1926 als erster auf dem Luftweg und wissenschaftlich absolut nachweisbar den Nordpol erreichte? Bei Feststellung der Koordinaten 90 Grad Nord hatten sie ihr Luftschiff, die Norge, auf 180 Meter Flughöhe hinabgelassen und dutzende norwegische, amerikanische und italienische Flaggen abgeworfen. Bald waren sie von Sturm und Packeis vertrieben.

Oder waren Alexander Kusnezow und eine Gruppe russischer Wissenschaftler die rechtmäßigen Eroberer des Pols? 1948 waren sie mit einer von Stalin ausgestatteten Expedition zum Pol geflogen und hatten den begehrten Punkt offiziell als erste Menschen betreten.

Oder war es gar erst der unbekannt gebliebene Amerikaner Ralph Plaisted, der mit einem Schneemobil am 20. April 1968 als erster unbestritten den Pol auf dem Landweg erreichte? Oder der britische Entdecker Sir Wally Herbert, der am 6. April 1969 als erster mit Hundeschlitten zum Nordpol gelangte? Er, der feststellte, dass das Unterfangen, den Nordpol exakt bestimmen zu wollen, dem Versuch gleichkomme, den Fuß auf den Schatten eines vorüberfliegenden Vogels zu setzen.

Sebastian las die Abenteuergeschichten der kühnen Entdecker mit wachsendem Interesse. Seine Faszination war nicht nur für die Natur der weißen Wildnis entbrannt, sondern auch für die Menschen, die sich ihr gestellt haben. Er saugte ihre Berichte auf, verinnerlichte sie. Mochten sie Legenden oder Fakten sein. Jenseits der Packeisgrenze verlor sich ohnehin die Linie zwischen Wahrheit und Fantasie. Der Frostdampf verwischte die Konturen. Eisnebel legte sich über die Geschichte. Die unmenschlichen Herausforderungen, die die Arktis an ihre Bezwinger stellte, ließen deren Berichte immer wieder in Mystik verschwimmen. Ihr Ziel, der Nordpol, blieb unangreifbar. Unbezwingbar. Er wurde zu einer Frage des Glaubens. Und Sebastian glaubte an ihn. Er war da, der Nordpol. Musste da sein. Hoch oben auf 90 Grad Nord.

Doch dort, wo der Norden mit einem Schritt zum Süden wurde, da entzog er sich dem menschlichen Verständnis. Da hatte das Kalenderjahr nur mehr einen Tag und eine Nacht. Da gab es nur mehr eine Himmelsrichtung, nur eine Zeitzone. Da überdehnte der äußerste Punkt der Erde das menschliche Begreifen von Raum und Zeit. Der geografische Pol. Errechenbar, doch nicht begreifbar.

Auch der magnetische Pol, auf den die Kompassnadel wies, war nicht greifbar. Bevor vor ungefähr 730.000 Jahren die letzte Polumkehrung stattgefunden hatte, war er der Südpol der Erde gewesen. In ein paar tausend Jahren würde die nächste Erd-Umpolung stattfinden, doch noch wanderte der magnetische Pol westwärts durch die kanadische Arktis. Der geomagnetische Nordpol hingegen, die Mitte des Erdmagnetfeldes, befand sich gegenwärtig über dem nordwestlichen Grönland.

Sebastian las vom nördlichen Unzugänglichkeitspol – ein Punkt im Nordpolarmeer oberhalb Alaskas, der in allen Richtungen am weitesten vom Festland entfernt war – und vom Himmelsnordpol, der astronomischen Verlängerung der gedachten Linie durch die Erdachse, die beinahe den Polarstern berührte.

Die Nordpole. Menschenleer. Befreit von allem Leben. Die Zirkumpolardrift des nördlichen Packeises. Der Wobble. Das Gleiten, das Driften, die Stille. Das alles wurde zur Religion Sebastians. Er glaubte an den Pol. So wie Peary und Cook daran geglaubt hatten, ihn betreten zu haben. So besessen wie sie war auch er nun, hinauf ins Land des ewigen Eises zu kommen.

Sebastian schritt über die Treibeisfelder, als er die Berichte der arktischen Pioniere las. „Inveniam viam; aut faciam" – „Ich muss einen Weg finden oder mir einen schaffen". Das Lebensmotto, das Robert Peary 1899 in einen Balken der Fort-Conger-Hütte auf der Ellesmere-Insel bei Grönland geritzt hatte – ans Bett gefesselt und acht seiner Zehen amputiert –, wurde zu Sebastians Lebensinhalt. Einen Weg ins Franz-Joseph-Land finden und nicht mehr wieder zurückkehren.

Der Pol ist bloß ein Wanderpunkt im endlosen Eismeer. Als Kreis mit einem Meter Durchmesser auf dem Treibeis wird er heute verstanden. Die Entdecker um die Jahrhundertwende wussten dies noch nicht. Ihr Pol hätte ein Vulkan, eine Insel, ein Loch, ein Berg sein können. Man vermutete sogar, dass er sich auf dem sagenhaften Petermann-Land befände, das sich vom Franz-Joseph-Archipel gen Norden erstrecken sollte. Doch Sebastian wusste dank der Entdeckungen der Pioniere, deren Aufzeichnungen er verschlang, dass sich jenseits des Franz-Joseph-Lands nur mehr der arktische Ozean bis zum Ende der Erdachse erstreckte.

Und sollte die Klimaerwärmung so voranschreiten, wie es Wissenschaftler und Journalisten in diesen Tagen voraussagten, dann könnte dieser Ozean in ein paar Jahrzehnten ein Meer wie viele andere sein. Keine berstenden und krachenden Eisplatten mehr, die sich auf ihm auftürmten, sondern Wasser. Kaltes, schwarzes Wasser, in dem der Nordpol versunken war.

Das Franz-Joseph-Land war die nördlichste Landmasse, die hinaufragte zu diesem Meer. Sie wollte Sebastian erreichen.

Die Franz-Joseph-Inseln. Verlassen von Mensch, Tier und Gott. Vom Schnee zugeweht, zu Eis gefroren. Kegelberge, Basalttürme, Schluchten und Klippen, die ohne ein Pflanzenkleid auskommen.

Sie sollten seine Landschaft werden. Kalkschiefer, Thonglimmerschiefer und dunkler Dolerit sein Bett. Auf ihm wollte Sebastian sich ausstrecken. Breitmachen und einfrieren. Zusammenwachsen mit dem Plagioklas, dem Augit, dem Eisen und

Chlorit. Für immer einfrieren darauf. Erstarren in eine Zukunft, die er jetzt hatte. Er lebte nicht mehr in einer Gegenwart und ließ keine Vergangenheit mehr hinter sich, sondern träumte sich hinein in einen Sarg aus Eis, der ihn nie mehr auftauen und zurückgeben sollte.

Seine neue, ewige Heimat sollten die Felsblöcke des Franz-Joseph-Lands werden. Stein und Eis, in blendendes Weiß getaucht. Ein arktischer Wind, der darüber hinwegwehte. Er würde der einzige permanente menschliche Bewohner dieser Inseln werden. Gefroren, wie alles andere an ihnen. Kalt, hart, still. Er würde der einzige Bürger dieser öden, dürftigen, in Kälte erstarrten Welt werden, die für ihn kein Hoheitsgebiet Russlands war und keine Entdeckung einer österreichischen Nordpol-Expedition aus dem Jahre 1873, sondern schlicht seine nächste Heimat, seine einzige Heimat. Kein Menschenbesitz waren diese Inseln, sondern bloß gefrorenes Land. Mit einem gefrorenen Einwohner. Sebastian Fehr. Insulaner aus dem Binnenland, einziger Anrainer dieser fremden Welt.

Kein anderer Mensch hatte diese Inseln bislang dauerhaft bewohnt. Auch wenn das Archipel in den Jahrzehnten nach seiner Entdeckung immer besser kartografiert wurde, hatten die Expeditionen Anfang des 20. Jahrhunderts die Franz-Joseph-Inseln lediglich als Ausgangspunkt für internationale Vorstöße zum Nordpol benützt. Vergeblich.

Die Amerikaner Walter Wellman und Evelyn Briggs Baldwin steuerten auf dem norwegischen Robbenfänger Frithjof 1898 zwar die Hall-Insel inmitten des Archipels an, auf dessen Kap Tegetthoff sie ihr Basislager errichteten. Doch die Expedition, auch wenn sie weitere geografische Erkenntnisse brachte, wurde zu einem Desaster, ähnlich dem folgenden Versuch, den Nordpol zu erreichen, des Herzogs der Abruzzen, Luigi Amadeo von Savoyen. Dieser schaffte es zwar auf der Stella Polare bis in die Teplitz-Bucht der nördlichsten Insel, Ostrow Rudolfa, aber alle weiteren Vorstöße Richtung Nordpol erwiesen sich als sinnlos. Drei Männer blieben für immer verschollen und etliche Finger waren erfroren, als sich die Mannschaft im September 1900 endlich ins nordnorwegische Hammerfest retten konnte. Ihr Kapitän Umberto Cagni hatte bei einem wahnsinnigen Vorstoß mit einem Schlitten bloß den 86. Breitengrad erreicht. Er und seine Begleiter waren dabei nahezu verhungert und verdurstet. Nachdem ihre letzten Vorräte zu Ende gegangen waren, hatten die Männer ihre Hunde verspeist. Mit Opium hatten sie die Schmerzen ihrer Erfrierungen betäubt. Mit Kokain, das sie sich in die Augen tröpfelten, die Schneeblindheit gemildert. Noch ein Jahr später suchte der norwegische Kapitän Støkken erfolglos im Eis des Franz-Joseph-Lands nach seinem vermissten Sohn, der von der Abruzzen-Expedition nie heimgekehrt war.

Der New Yorker William Ziegler schickte 1901 und 1903 sogar zwei Landsleute auf separaten Expeditionen vergeblich ins Eis. Weder der unverwüstliche Evelyn Briggs Baldwin noch der Fotograf Anthony Fiala konnten das Nordpolarmeer bezwingen. Die Dampfyacht America erreichte auf ihrer ersten Fahrt bloß die kleine Alger-Insel im Süden des Archipels, wo das Camp Ziegler errichtet wurde – eine Hütte, an deren Außenwänden die Expeditionshunde innerhalb kurzer Zeit durch Parasitenbefall zu Grunde gingen und über dessen löchrigem Dach Jahre später die sowjetische Flagge wehen sollte. In einem zweiten Versuch schaffte es Fiala wie der Herzog der Abruzzen nur in die Teplitz-Bucht und nicht weiter in den Norden. Dort zerbrach das Packeis die America. Die Mannschaft überstand in drei verschiedenen Lagern zwei sinnlose Winter, bevor 1905 endlich ihr Rettungsschiff Terra Nova gesichtet wurde.

Selbst zwanzig Jahre später hatte die British Arctic Expedition 1925 von Grettir Algarsson und F.A. Worseley auf dem Schoner Island nicht mehr Erfolg. Ende August wurde sie von dickem Eis vor der größten Insel des Archipels, Ostrow Georga, zurückgedrängt.

Die Sowjetunion, die sich im Jahr darauf das Franz-Joseph-Land eigenmächtig aneignete, unterhielt zwar jahrzehntelang Wetterstationen auf wenigen verstreuten Inseln, aber als dauerhaft erwies sich keine Besetzung dieser menschenfeindlichen

Welt. Gegen Ende des Kalten Krieges schon waren die Hütten und Container verlassen und verfallen.

Nur er würde dort bleiben können. Nur ihn würde dieses karge Land dulden. Nur er, Sebastian Fehr, würde ewig dort leben dürfen. Zu einem Mineral gefroren. Still und unbemerkt. Vom Kalkschiefer aufgenommen. Unterlage geworden, auf die der polare Sturm seine Schneewechten auftürmen konnte.

Ein Stück Land im Polarkreis. Ein Stück Franz-Joseph-Land.

Niemandem würde er Bescheid geben, wenn es soweit war. Er würde einfach nicht mehr zurückkehren in seine alte, von Krankheit befallene Welt. Vom Erdboden verschwunden sein und zu neuem, anderem Boden verwandelt.

Nur hatte Sebastian sich noch nicht entschieden, wo genau er kristallisieren wollte. Die 191 Inseln des Franz-Joseph-Archipels stellten ihn vor die Qual der Wahl. Sie erstreckten sich über 20.000 Quadratkilometern im Polarmeer. Etliche Felszüge, Kalkberge, Gletscher, Küsten und Buchten boten sich ihm an. Es würde schwierig sein, eine Entscheidung zu treffen.

Er wollte nichts dem Zufall überlassen und begann sich so gründlich wie möglich vorzubereiten. Mit großer Sorgfalt studierte er die Karten seines zukünftigen Heimatlandes und wurde ungeduldig in der Vorfreude auf seinen Umzug. Zum ersten Mal in seinem Leben hatte ihn eine wahre Begeisterung ergriffen. Eine Leidenschaft. Zum ersten Mal hatte er einen Sinn und ein Ziel in seinem Leben erkannt. Der Umzug in die Arktis. Das erfrorene Leben auf einer Insel des Franz-Joseph-Landes. Der Moment der Einfrierung. Was für ein faszinierender Ausblick!

Kopfzerbrechen bereitete ihm nur die Entscheidung, für welche Insel er sich entscheiden sollte. Semlja Georga, die größte Insel des Archipels, erschien ihm zu überlaufen, zu bekannt, als Anlaufstelle der wenigen Forschungs- und Touristenschiffe in den kurzen Sommerwochen ebenso wenig als Ruhestätte geeignet wie Ostrow Gukera mit seiner meteorologischen Station. Dort gab es sogar einen Friedhof und eine aus zwei Containern bestehende Wetterwarte. Diese Vorstellung entrüstete Sebastian.

Zu weit vorgedrungen war die Menschheit schon. Er würde sich beeilen müssen.

Semlja Wiltscheka hingegen wirkte zu groß und unübersichtlich, Ostrow Ronser oder Ostrow Eva-Liv zu abgelegen. Auch Ostrow Rudolfa, die nördlichste Insel, erschien ihm mit ihren steilen Klippen zu unnahbar. Er wollte ja nicht sterben, bevor er sein gesetztes Ziel überhaupt erreichte. Ostrow Winer Nejstadt wiederum erinnerte ihn zu sehr an das übervölkerte Mitteleuropa, dem er ja entfliehen wollte. Der Boden Semlja Alexandrys taute im arktischen Sommer für seinen Geschmack zu sehr an. Ostrow Stolichki war phasenweise bevölkert mit Walross-Kolonien.

Nein, es war nicht leicht, sein Wunschland zu finden. Aber es musste sich ein geeigneter Platz finden lassen. Ein geeigneter Platz, um einzufrieren. Ein Platz für ihn.

Ostrow Brjusa sollte es sein, entschied er schließlich. Ostrow Brjusa. Oder notfalls das zugänglichere Ostrow Nortbruk, falls er es nicht bis Ostrow Brjusa schaffen würde.

NORDPOLARMEER
Alpharücken
Makarowbecken
Lomonossowrücken
Eurasiabecken
Nansenrücken
Frambecken
Nordpol
Laptewsee
SEVERNAJA ZEMLJA
KOMSOMOLEC
OKTOBER-REVOLUTIONS-INSEL
BOLŠEVIK
SCHMIDT
PIONER
Woroninrinne
Sankt-Anna-Rinne
FRANZ-JOSEPH-LAND
ALEXANDRA-LAND
GEORGE-LAND
GRAHAM BELL
MACKENZIE KING
ELISABETH-INSELN
SVERDRUP ISLANDS
Cape Columbia
Alert
Lincoln See
PEARY LAND
KNUD-RASMUSSEN-LAND
Kap Morris Jesup
Independence Fjord
Danmark Fjord
Packeisgrenze im Sommer (August)
SPITSBERGEN
NORDAUSTLANDET
KVITBYA
Svalbard (Norwegen)
Barentsburg
EDGEØYA
Sørkapp
NOVAJA ZEMLJA
NOWAJA SEMLJA
Barentssee
Barents-
senke
BÄRENINSEL (Norwegen)
Belgica-Bank
Danmarks Havn
KÖNIG-FREDERIK-VIII-LAND
KÖNIG-CHRISTIAN-X-LAND
(Dän.)
Grönland-becken
Grönlandsee
Packeisgrenze im Winter (April)
Mohnrücken
Scoresbysund
Kap Brewster
JAN MAYEN (Norwegen)
Nordkap
Hammerfest
Murmansk
Tromsø
VESTERÅLEN
LOFOTEN
Bodø
Norwegen-becken
Norwegensee
Nördlicher Polarkreis
ISLAND
Reykjavík
Treibeisgrenze
Halten-bank
NORWEGEN
SCHWEDEN
FINNLAND
Kemi
Oulu
Luleå
Umeå
Vaasa
Helsinki
Turku
Tallinn
Trondheim
Ålesund
FÄRÖER (Dän.)
Färöbank
SHETLAND-INSELN
ORKNEY-INSELN
Bergen
Oslo
Uppsala
Stockholm
Örebro
Norrköping
GOTLAND
ÖLAND
Riga
Kaunas
Stavanger
Kristiansand
Göteborg
Ålborg
Malmö
DÄNEMARK
København
Ostsee
Nordsee
HEBRIDEN
Wick
Aberdeen
Glasgow
Rockall

„Das Franz-Joseph-Land ist ein außergewöhnliches Ziel, eine atemberaubende arktische Kulisse. Die Reise dorthin wird Ihnen eine unvergessliche Erfahrung bleiben, Herr ..., Entschuldigung, wie war nochmal Ihr Name?"

Es war wenig Betrieb im Reisebüro Nordic Winds, das sich auf Individualreisen, auf Abenteuertrips, Trekkingtouren und Aktivurlaube in den hohen Norden spezialisiert hatte. Herr Claasen konnte sich reichlich Zeit für seine Kundschaft nehmen.

„Fehr. Sebastian Fehr."

„Ja, Herr Fehr, ich kann Ihnen zu dieser Wahl nur gratulieren. Das Franz-Joseph-Land haben bislang nur äußerst wenige Touristen betreten. Bis vor wenigen Jahren noch blieb dieses Erlebnis ausschließlich wenigen Forschern, Expeditionsteams oder russischen Militärs vorbehalten. Doch wir hier bei Nordic Winds verfügen mittlerweile über die nötige Infrastruktur, über die Erfahrung und das technische Know-how, Sie sicher dorthin – und selbstverständlich auch wieder zurück! – zu bringen.

Ich muss Sie aber darauf hinweisen, Herr Fehr, dass wir für solch ein spezielles Ziel, zumal es sich um ein Naturschutzgebiet und streng behütetes russisches Territorium handelt, kein wirklich individuelles Paket schnüren können. Ihre Reise wird in ein pauschales Package eingebunden sein müssen. Auf anderem Weg ist dieses abgelegene Archipel nicht zu erreichen. Individualtourismus existiert auf Franz-Joseph-Land noch nicht."

Sebastian blätterte in verschiedenen Prospekten, die Herr Claasen ihm zuvor herausgesucht und in die Hände gedrückt hatte. Mit einem Ohr hörte er den Reiseagenten weiterreden.

„Wir bieten wundervolle kombinierte Schiffs- und Flugreisen an, all inclusive, die wir in Kooperation mit unseren Partnern in Skandinavien und Russland organisieren. Sie können alle Formalitäten über uns abwickeln lassen, müssen sich um nichts sorgen und können die spektakuläre 12-tägige Schiffsreise in vollen Zügen genießen. Machen Sie das Beste aus Ihrer Zeit und Ihrem

Geld, Herr Fehr. Mit großem Vergnügen und großer Sorgfalt stellen wir Ihnen ein Programm zusammen, das ideal an Ihre Bedürfnisse angepasst ist und trotzdem den Ansprüchen eines solch außergewöhnlichen Reiseziels gerecht wird."

Im farbig glänzenden Prospekt vor sich hatte Sebastian die Seiten gefunden, die die Reiseroute durch das Franz-Joseph-Archipel beschrieben.

„Der Reisetermin für die Franz-Joseph-Land-Expedition ist dieses Jahr zwischen 23. Juli und 5. August. Außerhalb dieses Termins ist leider aufgrund der klimatischen Bedingungen keine Reise möglich. Innerhalb dieses Zeitraums aber können Sie zwischen zwei Varianten wählen. Eine startet am Montag, die andere Sonnabend. Davon abgesehen, dass Sie bei Route B zwei Extratage in Helsinki verbringen können, sind die beiden Reisemöglichkeiten nahezu identisch. Wir bringen Sie per Flugzeug nach Helsinki und weiter nach Murmansk. Dort werden Sie auf dem modern ausgestatteten Eisbrecher MV Grigoriy Michejew einschiffen, ein komfortables Schiff der Extraklasse, speziell für polare Gewässer ausgerüstet. Die Michejew verfügt über 23 Außenkabinen, ein ausgezeichnetes Bordrestaurant, eine Bar, Sauna und Sanitätsstation. Die russischen Kapitäne – Sie werden es wissen, wenn Sie sich bereits näher mit der Materie auseinandergesetzt haben – gelten als die sichersten Navigateure durch das arktische Eis.

An Bord wird Russisch und Englisch gesprochen, aber selbstverständlich ist auch eine deutschsprachige Reiseleitung anwesend, die Sie zu jeder Zeit über Wissenswertes über die Region, über die Entdeckungsgeschichte sowie über Flora und Fauna informiert, während Sie auf der Michejew in vollem Komfort durch die Barentssee fahren. Innerhalb von zehn Tagen werden Sie – soweit es die Witterung und das Eis ermöglichen – alle sehenswerte Orte des Franz-Joseph-Archipels besichtigen können."

Sebastian hatte die fettgedruckten Höhepunkte der Schiffsreise bereits überflogen und bestätigte mit einem in die Lektüre vertieft wirkenden Kopfnicken seine Aufmerksamkeit am Vortrag

Herrn Claasens. Bell-Insel. Hooker-, Nortbruk-Insel. Vogelfelsen Rubini-Rock. Kap Norwegia. Wilczek-Land. Kap Tegetthoff.

„Sie werden erleben, wie sich die Michejew, angetrieben von 24.000 PS, eine Passage durch meterdickes Eis bahnt. Zodiacs – motorisierte Schlauchboote – und sogar Hubschrauberausflüge bringen Sie an Land. Und all dies ist selbstverständlich im Preis inbegriffen, ebenso wie die Vollpension an Bord, die Flughafentransfers und Hotelnächte. Sie werden Walrosskolonien, Robben und Wale vor die Kamera bekommen, und mit großer Wahrscheinlichkeit auch die Herrscher der Arktis, die Eisbären."

Der fettgedruckte Basispreis pro Person war Sebastian Fehr auch nicht entgangen. 8690,- Euro, bei einer Mindestteilnehmerzahl von 60 Personen in 3-Bett-Außenkabinen, mit etlichen, schon auf den ersten Blick ersichtlichen Zuschlägen und nicht im Preis inbegriffenen Zusatzkosten wie Versicherungen, Visagebühren, Steuern, Spritzuschlägen und ähnlichem.

„Gibt es denn wirklich keine andere Möglichkeit, zum Franz-Joseph-Land zu kommen?"

„Ich habe Ihnen ja bereits mitzuteilen versucht, dass es sich hierbei um ein äußerst exklusives Reiseziel handelt, Herr Fehr. Es gibt keine Schnäppchen. Ich kann Sie höchstens auf den Frühbucherbonus aufmerksam machen. Wenn Sie bis Mitte April buchen, bekommen Sie eine Vergünstigung von 150,- Euro pro Person."

„Es geht mir nicht nur ums Geld. Ich dachte bloß eigentlich nicht an eine Gruppenreise mit 60 anderen deutschen Kreuzfahrern. Ich will ja nur nach Franz-Joseph-Land fahren. Ohne Unterhaltungsprogramm, ohne Animation. Ich möchte meine Ruhe, verstehen Sie."

„Ich verstehe, Herr Fehr. Aber zum Gelingen einer solchen Reise ist die Bereitschaft, mit der Gruppe ein gemeinsames Ziel zu erreichen, ein wichtiger Bestandteil. Der persönliche Erfolg einer derartigen Reise hängt stark von einer positiven Einstellung sowie von Toleranz und Offenheit eines jeden Teilnehmers der Gruppe gegenüber ab. Die Arktis und ähnliche menschenfeindliche, extreme Reiseziele sind keine Orte, die man alleine bereist.

Man fährt dort nicht hin, um seine Ruhe zu haben, sondern um sich selbst in einer Gruppe zu bestätigen. Sie werden sehen, Herr Fehr, wie das Gruppengefühl mit jedem Tag in der arktischen Wildnis wächst. Sie werden – falls Sie alleine reisen – diese Reise mit 60 fremden Personen antreten und nach zwei Wochen – das garantiere ich Ihnen – mit 60 neuen Freunden zurückkehren. Freunde, mit denen Sie etwas gemeinsam erlebt haben, das Sie nie mehr wieder vergessen werden. Bei solch gemeinschaftlichen Erfahrungen werden langandauernde Beziehungen geknüpft, die mehr wert sind, als es in Geld auszudrücken wäre."

„Aber ich will doch gar keine neuen Freundschaften! Sie verstehen mich nicht. Ich will nur ein Land sehen. Berge, Felsen, Klippen, Eis und Schnee. Tiere vielleicht. Aber keine Menschen mit Kameras, keine Menschen, keine neuen Freunde. Niemanden!"

„Es tut mir leid, Herr Fehr. Natürlich werden Sie nicht mutterseelenallein ins Franz-Joseph-Land reisen können. Das ist gänzlich unmöglich. Ich versuche es Ihnen ja zu erklären. Nicht einmal Nansen, Jackson, Amundsen hätten eine solche Expedition alleine durchstehen können. Sie werden sich in eine Gruppe eingliedern müssen."

„Nansen, Jackson, Amundsen!" Jetzt riss Sebastians Geduldsfaden. „Was erzählt mir dieser Schleimer von den großen Polarforschern. Mir, der ich alles über sie gelesen habe. Was weiß der von ihren Leistungen!", dachte er verärgert.

Für die Großtaten der norwegischen Entdecker Fridtjof Nansen und Hjalmar Johansen hatte Sebastian mittlerweile eine fanatische Leidenschaft entwickelt. Alles, was sich über ihre sagenhafte Nordpolexpedition in Erfahrung bringen ließ, hatte er aufgesogen. 1895 hatten sie den Plan verfolgt, sich auf dem selbstgebauten Schiff Fram vom Packeis einschließen und auf der Eisdrift zum Nordpol transportieren zu lassen. Als sie stattdessen immer weiter davon weggetrieben wurden, versuchten die beiden in einer verzweifelten Aktion, mit Hundeschlitten den Pol zu erreichen. Schließlich blieb ihnen jedoch nur der Rückzug in einem

Kajak, mit dem sie auf die bis dato unbekannten Nordostküsten des Franz-Joseph-Lands stießen. Sie hatten keine Ahnung, wo sie gestrandet waren, und vermuteten immer noch das sagenhafte Gillis Land, das sich in der damaligen Vorstellung östlich bis nach Svalbard erstrecken sollte.

Die beiden Pioniere überlebten dank dem Fleisch von 19 erlegten Eisbären und Walrossen einen polaren Winter in einer Erdhöhle der nördlichen Franz-Joseph-Insel Ostrow Dzheksona. Mit Walrossknochen und -zähnen hatten sie ihr Winterloch ausgegraben. Sie legten es mit Eisbärfellen und Moos aus und deckten es mit Walrosshäuten und einem Treibholzstamm zu, den sie am Strand fanden. Die zwei Männer ernährten sich dort monatelang ausschließlich von Bären- und Walrossfleisch und Tran. Zu Weihnachten kratzten sie mit Messern den Schmutz von ihrer Haut und drehten das Innere ihrer verdreckten Kleidung nach außen. Zu Neujahr entschieden sie, das formelle Sie abzulegen und begannen sich zu duzen.

„Wo wir sind, wird immer unerklärlicher", vermerkte Nansen in seinen Aufzeichnungen. Im Mai 1896 verließen sie ihr erbärmliches Lager in der Absicht, über das vermeintliche Gillis Land Spitsbergen zu erreichen. Stattdessen durchquerten die beiden Umherirrenden in einem unvorstellbaren Kraftakt das ihnen unbekannte Archipel gegen Süden. Dort stießen sie im Sommer per Zufall auf der Nortbruk-Insel auf Elmwood, das Basislager der britischen Jackson-Harmsworth-Expedition, die sich zeitgleich auf Franz-Joseph-Land befand, ohne vom nahen Überlebenskampf der beiden Norweger zu wissen.

Sebastian hatte diese Abenteuergeschichten mehrfach gelesen. Immer wieder sah er die Szene vor sich, wo sich die beiden Expeditionsteams wie durch ein Wunder auf dem Kap Flora Nortbruks trafen. „Aren't you Nansen?", fragte Frederick George Jackson. „Yes, I am Nansen", war die Antwort der bis zur Unkenntlichkeit verschmutzten Gestalt. Ein monatelanger Austausch über die unterschiedlichen Entdeckungen der beiden Teams begann. Eine weitere Polarnacht fiel über die Nortbruk-Insel. Doch diesmal überdauerten die norwegischen Forscher die Kälte und Dunkelheit im unvergleichbar höheren Komfort Elmwoods.

Nach Jahren im Eis brachte Jacksons Expeditionsschiff, die Windward, die ausgemergelten Abenteurer im August 1897 zurück nach Norwegen und London. Elmwood wurde dem erbarmungslosen arktischen Klima überlassen.

Bis heute stehen die vier Hütten, oder besser: das, was von ihnen übriggeblieben ist. Bretterverschläge und verrostete Öfen. Das, was gegen Sturm, Eis und Polarbären über ein Jahrhundert standhaft geblieben ist.

Sebastian wollte genau dorthin. Nach Elmwood. Doch dieser besserwisserische Reiseagent von Nordic Winds konnte ihm offensichtlich keinen Rat geben, auf welchem Weg er dieses Ziel erreichen könnte.

„Ich will mich nicht in eine Reisegruppe eingliedern müssen, verdammt noch mal!", fluchte er in sich hinein. „Genau deshalb will ich ja weg von hier. Genau deshalb will ich ja dorthin. Endlich nicht mehr eingegliedert sein. Endlich raus aus der Zivilisation!"

„Ja, raus aus der Zivilisation wird Sie die Michejew sicherlich bringen. Bis zu einem gewissen Grad eben. Raus aus dem Alltag. Ja. Aber deshalb müssen Sie noch nicht jeglichen Komfort aufgeben. Sie werden froh sein, wenn Sie sich auch in der Arktis noch einen gewissen Standard erhalten können. Es ist unser ausdrückliches Ziel, unseren Reiseteilnehmern selbst auf solchen Expeditionen einen komfortablen Tagesablauf zu ermöglichen."

„Das ist doch keine Expedition! Jetzt hören Sie auf! Das hat doch damit nichts zu tun. Das ist ein Touristenschiff. Eine Kreuzfahrt. Eine Bummelfahrt. Das hat doch nichts mit Aussteigen zu tun."

„Aussteigen? Nein, natürlich nicht. Wer will denn schon in der Arktis aussteigen! Man kann froh sein, wenn man diese einzigartige Naturkulisse von der Nähe zu Gesicht bekommt. Ja, sie sogar betreten darf! Doch in keinem Fall werden Sie zu

Ihrem eigenen Schutz gerade dort auf eine erfahrene Reiseleitung verzichten können. Ohne die Begleitung qualifizierter und fachkundiger Experten wäre eine solche Fahrt unvorstellbar. Die Sicherheit unserer Kunden hat selbstverständlich oberste Priorität.

Ich befürchte, Herr Fehr, Sie haben sich vielleicht ein falsches Ziel für Ihr Vorhaben ausgesucht. Wenn sie einfach wegkommen wollen, alleine sein, dann bieten sich andere Ziele an. Leichter zu erreichende Ziele. Die hohe Arktis ist viel zu gefährlich, als dass man sich als einfacher Aussteiger an ihr versuchen könnte. Individualtourismus ist dort nicht denkbar. Da würde ich Ihnen eher die entlegenen Gebiete entlang der irischen Westküste empfehlen. Wir haben dorthin schon mehrfach alleinreisende Abenteurer und Aussteiger vermittelt. Wenn Sie Einsamkeit suchen, dann wäre das wohl mehr nach Ihrem Geschmack. Zelturlaube in Irland. Mit dem Fahrrad. Tagelang müssen Sie dort mit niemandem reden, sehen nur Wiesen, Schafe, Klippen. Wäre das vielleicht interessant für Sie? Warten Sie, ich habe hier irgendwo einen Prospekt über Reiserouten durch Irland und Wales. Wenn Sie sich kurz gedulden?“

Doch Sebastian Fehr wollte sich nicht gedulden. Er wollte nicht mehr warten auf Menschen, reisen mit Menschen, reden mit Menschen, sein mit Menschen. Mensch sein. Wiesen sehen. Das grüne Irland. Was bildet der sich ein!

Mit zwei Prospekten unter dem Arm hatte Sebastian sich schnell verzogen. Dieser Mensch wollte ihm doch nur das arktische Niemandsland verkaufen. Ihm sein Stückchen neue Heimat ausverkaufen. Solche Profitgeier brauchte er nicht.

Im Gegenteil: Er musste schneller hinauf, als sie ihre Schiffe mit 60 Aktivurlaubern hinbringen konnten. Der Wettlauf um das Franz-Joseph-Land hatte begonnen.

Auf seiner Suche nach anderen Wegen ins Eis stieß Sebastian bald auf die unübersichtliche Website eines russischen Polarinstitutes, das Fahrten in die nördlichste russische Provinz anbot, zu den Territorien des Franz-Joseph-Lands. Dreimal jährlich schien ein Eisbrecher dieser Gesellschaft mit Sitz in St. Petersburg die norwegische Inselgruppe Svalbard anzusteuern, um in der Siedlung Longyearbyen auf der Hauptinsel Spitsbergen Proviant, Forscher und Touristen an Bord zu nehmen für die Weiterfahrt zum Franz-Joseph-Archipel. Dreimal jährlich schienen diese russischen Wissenschaftler und Militärs in Longyearbyen abenteuerlustige und zahlungsfreudige Mitreisende zusteigen zu lassen auf ihren Fahrten zu den entlegenen, aber strategisch wichtigen Hoheitsgebieten ihres Landes.

Die Website war undurchsichtig, wirr und voller unklarer Informationen, aber immerhin teilweise in Englisch gehalten. Hier wollte jemand Westler ansprechen, wollte Euros und Dollars ins Land holen, das war augenscheinlich. Doch dass derjenige nicht die hiesigen Gesetze der freien Marktwirtschaft beherrschte und mit der Informationssucht der Mediengesellschaft zu jonglieren wusste, war ebenso unübersehbar. Umso besser! Je weniger massentauglich dieses Angebot gehalten war, umso interessanter war es für Sebastian Fehrs Vorhaben. Je weniger man sich hier um Formalitäten und professionelle Promotion-Arbeit kümmerte, desto günstiger für einen Mann, der auf dem Schiff nur in den höchsten Norden gelangen wollte, dort verschwinden und niemals wieder zurückkehren.

Das St. Petersburger Arctic Museum.

Er würde ihnen Geld in die Hand drücken. Bar. So viel sie wollen. Geld zählte nichts mehr für ihn. Solange sie ihm nur keine unnötigen Fragen stellten und ihn nicht hin- und zurückbringen wollten, zusammengepfercht mit einer Gruppe reisewütiger Aktivurlauber, deren Teil er zu werden hatte. Man sollte ihn in Ruhe einsteigen und aussteigen lassen. Und dann nicht wieder einsteigen, wenn das Schiff die Rückreise antrat. Dann würde er nicht mehr an Bord gehen. Dann würde er bereits im Eis verschwunden sein, endlich angekommen, endlich daheim.

Dieses St. Petersburger Unternehmen schien genau das Richtige zu sein.

Die Preisliste, die er auf der Seite fand, war undeutlich. 4950,- Euro. 7865,- Dollar. Weitere Zahlen in Rubel, Dollar oder Euro. Man konnte nicht genau erkennen, was welche Kosten verursachte. Doch in jedem Fall schien man einiges zu zahlen müssen. Und war man dazu bereit, so versprach das Arctic Museum, einen genau dorthin zu bringen, wo man hinwollte. Ostrow Brjusa. Ostrow Nortbruk.

Ein Eisbrecher namens Sabotin schien im Auftrag dieses Instituts dreimal jährlich von Longyearbyen zu genau diesen Inseln auszulaufen und Passagiere an Bord zu nehmen, die die Reise im Vorhinein bezahlten.

Mitte März bereits sollte die erste dieser Fahrten losgehen. Sobald das Licht zurückkehrte nach Spitsbergen – rund 1000 Kilometer südlich des Nordpols gelegen. Schon kurz nach dem Sol Dag, wenn am 16. Februar die Sonne nach einer fast viermonatigen Winterpause zum ersten Mal wieder am südlichen Himmel des Svalbard-Archipels erschien, für wenige Minuten freilich nur und sofern es die Wolkendecke erlaubte. Dann schon wollte die Sabotin laut den Informationen im Web am Kai Longyearbyens ablegen. Mitte März, wenn die meisten Fjorde und Schiffspassagen rund um diese nördlichste Inselgruppe Norwegens noch zugefroren waren und kein anderes Schiff die Mühsal auf sich nahm, durchs Eis zu brechen, wollte dieser russische Eisbrecher bereits seine erste planmäßige Fahrt gen Norden antreten. Sich durchs Eis bohren. Es aufbrechen, da, wo es noch nicht von selbst aufzubrechen begann.

Der März war mit einer Durchschnittstemperatur von Minus 26 Grad der kälteste Monat des Jahres. Da wurden die Rekordtemperaturen von bis zu 46 Grad Kälte gemessen. Das Eis lag noch meterdick auf Land und Meer. Erst im April begannen sich die Temperaturen über die Minus-20-Grad-Marke zu heben. Im Mai noch etwas höher, und erst in den Sommermonaten Juni, Juli, August pendelten sie sich um die Null Grad ein, bevor sich im September bereits wieder Winterkälte und Polarnacht ankündigten.

Doch all diesen Wetterstatistiken zum Trotz schienen die Russen im März eine erste Eisfahrt zum Franz-Joseph-Land zu unternehmen. Dabei vertrauten sie wohl auf den konvex geformten Eisbrecherbug der Sabotin und die Launen des Klimas über Svalbard. Die beinahe ständig herrschenden Winde und Stürme drehten dort in unvorhersehbare Richtungen. Sie brachen, nahmen und brachten das Eis, den Schnee und wärmere oder kältere Luftdruckgebiete. Da die Corioliskräfte, die auf der rotierenden Erdkugel atmosphärische Bewegungen ablenken, in der Nähe des Pols deutlich stärker wirken als anderswo, fiel oder stieg das Barometer auf Spitsbergen unglaublich schnell. Innerhalb weniger Stunden konnten sich die Wetterbedingungen vollständig ändern. Deshalb schien es den russischen Schiffsbetreibern egal zu sein, wann sie sich auf diese riskante Fahrt über die Arktik einließen. Man musste ohnehin stets auf das Schlimmste vorbereitet sein. Und den Russen schien in den von ihnen beanspruchten Polarregionen nichts unmöglich zu sein, nichts zu verwegen. Auf Spitsbergen hatten sie ja sogar eine ganze Kohlearbeiterstadt erricht, die sie nach jahrzehntelanger Ertraglosigkeit 1998 einfach wieder aufgaben. Eine wunderbare Infrastruktur samt Schule, Kindergarten, Schwimmbad und Kinosaal fiel dort am Isfjorden seither in sich zusammen. Verlassener Beton. Hinterlassener Schrott. Eine Lenin-Statue, die langsam unter ihrem Kältemantel zerbrach.

Doch Sebastian hatte diesen ersten Termin bereits verpasst. Schon war mit dem März ein erster Geschmack des Frühlings über Frankfurt hereingebrochen. Schon hatten die Menschen um ihn herum mit den ersten, unerwartet warmen Frühlingstagen noch heftiger zu lärmen begonnen, als sie es im Winter taten. Und dort oben, 3155 Kilometer, 1704 nautische Meilen nördlich von ihm, war die Sabotin ein erstes Mal ausgelaufen und hatte sich auf den Weg ins Wunschland gemacht. Während auf 78°13' Grad nördlicher Breite, Kompassrichtung 3,0 Grad Nord von ihm ein erster Weg durchs Eis gebrochen wurde, zeigten sich in Frankfurt am fünfzigsten Breitengrad die ersten Vorboten eines milden Frühlings.

Eine erste Chance hatte Sebastian vertan.

Nun entwickelte sich der arktische Frühling schnell.

Nach den alles Leben erstickenden Monaten der Polarnacht über Spitsbergen wurden im Polarkreis die Tage rasch länger. Und ab dem 19. April schon schien die Mitternachtssonne auf das weiße Gletscherland, auf diese arktische Schneewüste. Ende Mai steuerte laut Auskunft der Website des Arctic Museums die Sabotin ein zweites Mal im Jahr den Hafen Longyearbyens an.

Dort war noch längst nicht alles Eis geschmolzen. Die 24-Stunden-Sonne, wenn auch hell und strahlend – sofern nicht von Nebelbänken oder Wolken verdeckt –, besaß noch wenig Wärme und taute die Schneefelder und Eisblöcke nur oberflächlich an. Noch kein anderes Schiff mit Touristen an Bord steuerte um diese Jahreszeit solch nördliche Gebiete an. Und auch die Fischkutter und Trawler hatten noch keine Chance, ihre Netze in die Polarmeere zu tauchen. Die Touristenschiffe legten in Longyearbyen erst zwischen Ende Juni und Anfang August an. Dann waren die Fjorde fast überall befahrbar und konnte Spitsbergen mit großer Wahrscheinlichkeit umrundet werden, ohne dass man befürchten musste, vom Treibeis eingeschlossen zu werden. Dann war die große, kurze Saison Svalbards. Sein Sommer. Wenige Wochen, wenn das Leben auf diese abgelegenen Inseln zurückkehrte. Doch die Sabotin kümmerte das nicht. Und Sebastian Fehr kümmerte das auch nicht. Für sie beide war Spitsbergen nur Zwischenstation.

Sebastian würde versuchen, rechtzeitig bis Ende Mai in Longyearbyen zu sein, um auf dem russischen Eisbrecher seine letzte Reise anzutreten. Zuerst gegen Norden, entlang der Westküste Spitsbergens durch lockeren Eisschlamm hindurch bis hinauf zur Moffen-Insel am 80. Breitengrad. Und von dort in nordöstlicher Richtung, an Nordaustlandet vorbei, an Kvitoya vorbei, hinüber durch die Barentssee nach Franz-Joseph-Land. Drei, vier, fünf Tage auf See. 409 nautische Meilen. Nur 758 Kilometer. Auf Wasser. In Eis. Durch die Packeisfelder brechen. Die Franz-Joseph-Inseln erreichen. Ostrow Brjusa. Nortbruk.

Es blieben Sebastian nur mehr zwei Monate bis zur nächsten Abfahrt der Sabotin. Das war knapp. Er hatte noch viel für seinen

Ausstieg vorzubereiten. Zwei Monate, um sein altes Leben zu beenden und ein neues anzufangen. Zwei Monate, um sich mit dem einzudecken, was er für dieses Neue benötigen würde. Zwei Monate, um nach Longyearbyen zu gelangen, seinen letzten Zwischenstopp. In der Eiswüste Spitsbergens wollte Sebastian die polare Welt betreten. Dort wollte er sein altes Leben abschütteln und ein letztes Mal noch Mensch sein. Eine kurze Übergangsphase bloß. Ein paar Tage durchatmen vor der folgenden, der letzten seiner Reisen, der Fahrt, die er von dort aus dann auf der Sabotin ins Franz-Joseph-Land unternehmen wollte. Die letzte Fahrt hinaus aus dem Menschsein, hinein ins Mineral.

Spitsbergen war zwar abgelegen, aber in den Sommermonaten gut zu erreichen. Mit fünf wöchentlichen Flügen der Scandinavian Airlines war sie zwischen Mai und September an das „Paris des Nordens“, wie sich die nordnorwegische Stadt Tromsø selbst nannte, angeschlossen. Freilich war Tromsø selbst nur eine kleine Insel im Nordmeer, die dank großzügiger Eingemeindung umliegender Fischerdörfer auf 50.000 Einwohner kam und sich deshalb als Stadt bezeichnen durfte – als einzige Großstadt innerhalb des Polarkreises. Tromsø wurde nicht umsonst „die Pforte zum Eismeer“ genannt. Die Eismeerstadt. Sie war das Sprungbrett nach Spitsbergen. Von ihrem Langnes-Flughafen aus würde Sebastian den Frühling und die alte Welt verlassen.

Eine Stunde und vierzig Minuten Flugzeit über die Barentssee. Tausend Kilometer nördlich nach Longyearbyen: eine Ansammlung von Stelzenhäusern, die sich als Hauptstadt Svalbards bezeichneten. Eine Bergbausiedlung am Ende der Welt, deren Minen einstürzten. Zwei unbenannte Sackgassen, sechs der sieben Steinkohlegruben verlassen. 1300 Einwohner, kein einziger von ihnen permanent.

Ja, auch wenn es noch so abgeschieden von der Welt wirkte: Longyearbyen konnte er bequem erreichen und sich dort von der Zivilisation verabschieden. In Longyearbyen würde nicht mehr viel von den Menschen Europas übrig sein. Bloß der Abschied von ihnen.

Der Ort war ein Provisorium. Nichts war dort auf Dauer geplant. Die Menschen jederzeit bereit, wieder abzureisen. Und auch Sebastian Fehr würde wieder abreisen. Weiterreisen. Auch für ihn war Longyearbyen nur ein Teilziel, ein flüchtiger Zwischenstopp. In diesem arktischen Kaff würde er einen Platz in einer Kabine der Sabotin erkaufen, damit er Ende Mai seine Reise in den Norden fortsetzen konnte.

Sollte ihm dies aus irgendeinem Grund nicht gelingen, so hätte er nur noch eine weitere Chance, nach Ostrow Brjusa zu kommen: Anfang September, wenn der russische Eisbrecher seine letzte jährliche Fahrt zu den Franz-Joseph-Inseln unternahm. Das Petersburger Polarinstitut nützte dann noch auf das letzte kurze Zeitfenster, wo sich bis Mitte Oktober die Sonne immer tiefer auf den Polarhimmel senkte. Die letzten kurzen Wochen im Jahr, wenn die schwache Sonne es in immer flacheren Bahnen noch schaffte, über den südlichen Horizont zu steigen.

Der kurze arktische Herbst. Der frühe arktische Herbst. Der schon im August einzusetzen begann. Wenn die Sonnentage schnell kürzer wurden und die Sonnennächte dem diffusen Dämmerlicht wichen. Wenn die ersten Schneestürme aus nördlicher Richtung mitleidlos das kurze Blühen des arktischen Mohns beendeten und die Flechten mit frischem Weiß bedeckten. Wenn die Eisschollen sich wieder enger aneinanderschoben, aneinanderwuchsen und die tosende Gischt unter sich begruben. Das war die Zeit der letzten Fahrt der Sabotin. Spätestens dann musste Sebastian an Bord dieses Schiffes sein, um sich noch absetzen zu können auf den Felsen des Franz-Joseph-Landes, auf Basaltgeröll, das dann eins wurde mit dem Polarmeer. Alles fest, starr und still. Alles Eis. Und mitten im Eis ein gefrorener Mann.

Es war noch ein langer Weg bis zum 80. Breitengrad.

Jetzt im März waren dort die Stunden zwischen 8 und 16 Uhr nach der ewig wirkenden Polarnacht, der Mørketiden, endlich wieder von Tageslicht erhellt. Seit Ende Oktober war die Sonne unter dem südlichen Horizont verschwunden geblieben. Zwischen Mitte November und Februar war sie nicht einmal auf sechs Grad unter den Horizont herangekommen – zu wenig, um der Region im Polarkreis auch nur Dämmerlicht zu spenden. Zweieinhalb Monate hatte ingen dag geherrscht, kein Tag, nur die Polarnacht. Nun aber verlief die Rückkehr der Sonne in großer Eile. Innerhalb von zwei Wochen war die Sonnenscheindauer von null auf acht Stunden gestiegen. Ab Ende April schon würde die Sonne bis in den August gar nicht mehr untergehen. Ein kurzer, intensiver Sommer. Doch auch dann ging es schnell mit dem Lichtwechsel. Rasch fiel das Land zurück in die Dunkelheit. Und wenn sich im Oktober die Sonne endgültig wieder unter den Horizont verzog und Mørketiden die Inseln mit Schwärze umhüllte, dann würde Sebastian bereits seine Umwandlung vollzogen haben.

Noch saß er aber in der Frühlingswärme Mitteleuropas. Saß in einem Arztzimmer im Frankfurter Bahnhofsviertel.

„Diese Kopfschmerzen, die mich seit Jahren plagen, gehen mir an die Substanz. Die Hälfte der Zeit kann ich nicht mehr richtig arbeiten. Ich schlucke Aspirin und Paracetamol, doch es bringt mir kaum Erleichterung. Ich habe gelernt, mit den Schmerzen bis zu einem gewissen Grad umzugehen, aber um mich endlich wieder normal ins Alltagsleben einzuklinken, bräuchte ich stärkere Medizin, Schmerzmittel, die direkter eingreifen. Medikamente, auf die ich mich verlassen kann."

Es klang ziemlich überzeugend, was dieser etwas befremdlich wirkende Patient von sich gab. Doch Dr. Obhammer hatte derlei Gestalten schon viel zu oft gesehen. Jeden Tag strömten sie in seine Praxis. Abgemagerte Freaks, die wirres Zeug redeten und schnell wieder verschwanden, sobald sie ein Rezept ausgestellt bekommen hatten. Augen, die seine Augen mieden. Blicke auf den Boden. Schweißgeruch. In den vielen, langen Jahren seiner Arbeit als praktischer Arzt hatte er gelernt, mit ihnen umzugehen. Als er in den 80er-Jahren seine Praxis in der Niddastraße, unweit des Frankfurter Hauptbahnhofs, eröffnet hatte, versuchte er mit seinen Patienten noch ausführliche Gespräche zu führen, bevor er eine Diagnose erstellte. Er riet primär zu alternativen Heilmethoden und achtete darauf, Medikamente so gering wie möglich zu dosieren. Doch bald schon wurde ihm klar, dass der Großteil seiner Patienten keine Erkrankten waren, die gesund werden, sondern Kranke, die ihr Kranksein lediglich vergessen wollten. Das Gros seiner Patienten waren Kunden, die nur seine Unterschrift auf einem Rezept benötigten, aber ansonsten jede Hilfe ablehnten.

Und es waren viele. Immer mehr, denen er mit Einzelgesprächen nicht nahekommen konnte. Würden sie den Freibrief zum Medikamentenmissbrauch nicht von ihm kriegen, dann würden sie sich die Rezepte eben wo anders besorgen.

Bald schon konnte er ihre immergleichen Lügen nicht mehr hören. Schmerzen hier und da. Eine allerletzte Packung noch, Herr Doktor. Nur für den Notfall. Man habe ein Vorstellungsgespräch und müsse ohne sichtbare Symptome auftreten. Man verliere den Job ohne diese Bestätigung.

Sein Wartezimmer war voll von diesen Silhouetten. Ungeduldige Typen, die sich am liebsten unsichtbar machen würden. Zu ihnen gesellten sich Hausfrauen und Alte, die sich im Lauf ihres Lebens zwar langsamer, aber schließlich auf einen ebenso überdosierten Medikamentenkonsum gesteigert hatten, dass sie nicht mehr leben konnten ohne die Pillen, die Dr. Obhammer ihnen verschreiben sollte.

Und es waren alles in allem angenehme Patienten. Sie forderten keine Zeit, keine Geduld. Kein medizinisches Fachwissen. Sie wussten, was sie wollten. Wussten, was sie brauchten. Mit den Jahren kam Dr. Obhammer zu der Einsicht, dass kein Arzt es besser hätte wissen können als sie selbst.

Es war ja schließlich ihr Leben. Sie waren nicht seine Kinder. Sie waren Kunden. Je schneller er ihnen ein Rezept ausgestellt hatte, desto schneller waren sie zufrieden. Und desto schneller hatte er sein Geld verdient. Einige drangen gar nicht mehr in sein Behandlungszimmer vor. Die Sprechstundenhilfe wusste inzwischen, was zu tun war, wem wie zu helfen war, und sie wahrte die nötige Diskretion. Sie wusste, welche Apotheken sie welchen Patienten zu empfehlen hatte. Sie wusste, wann und wann nicht sie die Wünsche der Leute uneingeschränkt erfüllen konnte.

Was sollte Dr. Obhammer sich also darüber noch den Kopf zerbrechen, wenn er doch ohnehin nichts ändern konnte an dem Schicksal dieser Wesen.

„Ich weise Sie darauf hin, dass Sie sich, um sicher zu gehen, um welche Art Kopfschmerzen es sich handelt, einer Kernspintomographie unterziehen sollten. Es scheint sich um klassische Migräne zu handeln, aber es ist nicht von vornherein auszuschließen, dass es sich nicht um Spannungskopfschmerzen, Cluster-Kopfschmerzen, eine Entzündung oder – ohne jetzt den Teufel an die Wand malen zu wollen – einen Tumor handelt, oder gar vielleicht um Schmerzmittelkopfschmerzen, die auftreten können, wenn sie bereits lange Analgetika zu sich nehmen."

Dr. Obhammer leierte dieses Routinesätzchen nüchtern und sachlich herunter, so wie er es bei jedem neuen und ihm fremden Patienten zu tun pflegte. Man wusste ja nie, wen man da vor sich hatte. Und dass die Menschen in seinem Behandlungszimmer nie die ganze Wahrheit sagten, das hatte er in seinen vielen Jahren als praktischer Arzt immer wieder bestätigt bekommen.

„Da haben Sie sicher recht, Herr Doktor. Aber ich bin mir hundertprozentig sicher, dass es eine Form von sich mit dem Alter verstärkender Migräne ist. Ich habe mich bereits mehrfach durchchecken lassen und viel Erfahrung mit meinen Kopfschmerzen gesammelt. Mittlerweile kann ich auch damit umgehen. Nur bräuchte ich Arzneimittel, die mir verlässlich den Schmerz nehmen, wenn ein akuter Migräneanfall droht. Ich bräuchte etwas, das mir Halt gibt und mir hilft zu funktionieren."

„Ach, so einer ist das. Auch gut. Umso schneller bin ich ihn wieder los und umso leichter kann ich ihn als Stammkunden gewinnen", dachte Dr. Obhammer, ohne eine Miene zu verziehen. Er durfte es dem Mann jetzt nur nicht zu leicht machen. Ein gewisses Bedenken, ein gewisses Verantwortungsbewusstsein musste spürbar bleiben. Der Patient durfte schließlich nicht den Respekt vor seinem Arzt verlieren.

Nach näherer Schilderung der Schmerzzustände Sebastians hatte er jedoch bald genug gehört. Mit jedem Berufsjahr mehr auf dem Buckel brachte er weniger Geduld auf, die üblichen Arzt-Spielchen mitzuspielen.

„Ich kann Ihnen natürlich Tramal-Tabletten empfehlen“, sagte er schließlich, während er schon zu seinem Bürotisch ging und damit den Eindruck erweckte, den Fall diagnostiziert zu haben. „Ein starkes Medikament, das ohne Betäubungsmittelrezept erhältlich ist. Es handelt sich dabei jedoch um ein opioides Analgetikum. Ein Opiat also. Einige Menschen haben ja bei Opium-haltigen Mitteln die meiner Meinung nach unberechtigte Angst, dass die Anwendung zur Sucht führen könnte. Darauf muss ich Sie hinweisen. Alternativ könnte ich Ihnen Novalgin verschreiben, ein nicht-opioider Schmerzstiller, wenn Ihnen das lieber wäre.

Bei der Behandlung von akuten Migräneattacken haben wir in letzter Zeit auch große Erfolge mit Triptanen gemacht, die direkt an den Gefäßen und Nervenden den ausgeschütteten Botenstoffen entgegenwirken. Das sind jedoch sehr teure Medikamente, und Ihre Krankenkasse wird sie Ihnen nur finanzieren, wenn Sie sich zuvor einer gründlichen neurologischen Untersuchung unterziehen.“

Wie zu erwarten war, hatte sein Patient kein Interesse an einer derartigen Untersuchung. Stattdessen murmelte er ein paar undeutliche Sätze und rang um eine möglichst überzeugende Argumentation, um gleich beide erstgenannten Mittel zu bekommen. Er wisse ja nicht, ob er besser auf opioide oder nicht-opioide Schmerzmittel anspräche.

Tatsächlich suchte Sebastian keine Heilung. Wenn er Schmerzen verspürte, dann schluckte er sie mit Schmerzstillern weg. Je mehr er lernte, sich nicht mehr zu spüren, desto weniger würde er Schmerzen spüren bei seiner Einfrierung. Und auf diesen einen großen Moment bereitete er sich vor und konditionierte seinen Körper, lähmte ihn vorsorglich. Der Plan war einfach und klar: Den Körper immer mehr betäuben, damit Schmerzen ihm schließlich bei der Durchsetzung seines Vorhabens nicht mehr im Weg stünden. Damit sein Geist den Übertritt in ein anderes Stadium ohne Ablenkung genießen könnte.

Den rezeptfreien Medikamentenkonsum hatte Sebastian seit Wochen bereits gesteigert. Das war ein Hauptbestandteil seiner Vorbereitung auf die Arktis. Doch jetzt – er hatte es Dr. Obhammer ja gesagt und war dabei glücklicherweise auf keine tauben Ohren gestoßen – benötigte er noch Analgetika, auf die er sich wirklich verlassen konnte. Opioide, ja. Und nicht-opioide. Mittel, die ihn berauschen würden in seinem ultimativen Rausch. Stoffe, die ihn betäuben würden in seiner vorbehaltlosen Öffnung. Tramal, Diclobene, Voltaren Retard, Novalgin. Ergotam 5. Almogran 12,5. Und dazu als vorsorgliche Begleiter schleimhautschützende und -verstärkende Medikamente, die seine Magensäureproduktion verminderten und so Schleimhautschäden, Blutungen und Magengeschwüren vorbeugten. Und lokal betäubende Augentropfen – Novesine 0.4 –, damit er seine Einfrierung auch sehen würde können. Selbst wenn ihm Schnee, Eis und Sonnenlicht die Sicht raubten. Er wollte sehen, wie ihm geschah. Das Schneelicht sehen. Die Eiskristalle sehen. Nur die Schmerzen nicht mehr spüren. Einfrieren – nicht aber leiden.

Dieser Doktor Obhammer hatte sich ja bereits ohne größere Schwierigkeiten dazu überreden lassen, ihm Arzneimittel zu verschreiben. Verschiedene Erzeugnisse gleichzeitig, das war dem Arzt bei einer ersten Visite zwar noch zu viel des Guten gewesen. Doch schon in zwei Wochen würde Sebastian wiederkommen und in Beteuerung seines Misserfolges mit dem einen Medikament ein neues verschrieben bekommen. Und dann ein weiteres. Und noch ein neues. Er würde sie sammeln, die Packungen. Ein Waffenarsenal gegen die Frostschmerzen anlegen. Langsam seinen Umgang damit erlernen. Immer weniger Schmerzen spüren lernen. Gezielt die Dosis erhöhen. Bis er keinen Schmerz mehr kannte.

Pharmazeutischen Proviant sammelte der Aufbrechende also jetzt. Ein Arzneikoffer für die Fahrt nach Spitsbergen. Ausrüstung für die Überfahrt ins Franz-Joseph-Land. Und um sicherzugehen, dass die Mittel wirken, dass sie ihn den Todesschmerz vergessen lassen würden, würde er vor Mai auch noch Antidepressiva auf seinem Rezeptplan stehen haben. Die Einkaufsliste wurde erweitert. Mit Saroten Retard 75mg etwa – Retardtabletten, die die Schmerzwahrnehmung so vollständig wie möglich dämpften und in Kombination mit herkömmlichen Analgetika auch bei Tumorschmerzen angewandt werden. Nicht-steroidale Antirheumatika. Trizyklische Antidepressiva. Misoprostol. Betablocker, Antiepileptika, Benzodiazepine. Er würde sie sammeln, sich langsam an sie gewöhnen. Sie einnehmen, mitnehmen in die Arktis. Den Konsum steigern bis zu dem einen Höhepunkt in seinem Leben.

Er würde sie von diesem Dr. Obhammer verschrieben bekommen. Dem Mann konnte er alles mögliche über seine Kopfschmerzen erzählen. Wenn es denn überhaupt sein musste. Man schien nicht viele Worte verlieren zu müssen, dieser Arzt schien äußerst leichtfertig mit schweren Arzneien umzugehen. Rezepte schien er noch einfacher auszustellen, als Sebastian es sich erhofft hatte.

Die Wahl war gut gewesen. Sebastians Beobachtungen der Junkies in seinem Viertel hatten sich gelohnt.

„Irland. Eine Rundreise durch Irland mit dem Rad. Alleine, ja. Von Cork im Süden die Küsten entlang bis hinauf nach Achill Island in Mayo County. Austern schlürfen in Donegal, Guinness schlürfen in Dublin. Richtig Zeit lassen will ich mir dafür. Endlich einmal weg. Ganz weg."

„Ja, das kann ich nur zu gut verstehen", kommentierte Peter Daiml, auch wenn er es keineswegs verstehen konnte und es ihm im Grunde genommen auch völlig egal war, ob, wie lange und wohin sich sein Kollege die nächsten Monate in seinem Urlaub zu verziehen gedachte.

„Die alten Burgen sehen, die Steilklippen zum Atlantik, die grünen Hügel, alles praktisch unberührt. Es ist schon immer mein Traum gewesen, dorthin zu kommen", fantasierte Sebastian und begann beinahe, sich selbst zu glauben, so überzeugend klang es. Es empfahl sich, niemanden auf die wahre Fährte seiner Reise in die Arktis zu bringen.

„Ja, muss schön sein dort."

Peter Daiml blieb unbeeindruckt. Das Cordon Bleu in der Kantine schmeckte heute besonders mittelmäßig. Der Schinken im Inneren des trockenen Schweinefleischmantels hatte harte Stellen, die sich nur dank ihres Überzugs aus geschmolzenen Käse tolerieren ließen. Man musste die ganze Mixtur schon in große Mengen Ketchup tauchen, um den Teller leeressen zu können.

„Aber fünf Monate, fast ein halbes Jahr willst du dort bleiben?"

Das wunderte ihn dann doch.

„Es ist schließlich Sommer. Die Sommermonate auf den britischen Inseln sollen wunderbar sein. Vielleicht setze ich noch über nach Schottland. Die Highlands. Edinburgh soll eine aufregende Stadt sein. Glasgow. Aberdeen. Wer weiß. Und wenn Zeit bleibt, unternehme ich im September eventuell noch eine Reise nach Norditalien. Die Toskana, wenn der Sommerrummel vorüber ist, das stelle ich mir herrlich vor. Weißt du, ich habe so viel Urlaub offen. Seit Jahren habe ich mir keinen gegönnt. Immer nur Arbeit, Arbeit, Arbeit. Ich fühle mich ausgebrannt. Ich muss endlich einmal weg und abschalten. Jetzt, wo es Sommer wird, stehen im Haus nicht viele Produktionen an. Im Moment werde ich ohnehin nicht sehr gebraucht."

„Du bist ja auch ersetzbar", dachte Peter Daiml in sich hinein. Es würde wohl das Beste sein, den Fehr in den Urlaub ziehen zu lassen. Seine Arbeit konnten andere übernehmen. Und vielleicht würde er ja tatsächlich auf seiner Reise einen neuen Schwung finden. Sollte er ruhig seinen Urlaub aufbrauchen, mit dem Rad durch Irland reisen. Die schottischen Highlands sehen. Sich in der Toskana ausruhen. Wenn er im Herbst zurückkam, würde man schon eine neue Beschäftigung für ihn finden.

Ein erstes Sättigungsgefühl setzte ein. Peter Daiml wischte sich den Mund ab und deckte den Rest seines Cordon Bleus mit der Serviette zu.

Der achte Mai war Sebastians letzter Arbeitstag. Schmerzmittelcocktails zirkulierten in seinem Blut.

24. Mai, Frankfurt–Kopenhagen. Kopenhagen–Oslo. Oslo–Tromsø.

27. Mai, Scandinavian Airlines, Flug SK4412. Tromsø 12:15. Longyearbyen 13:55.

Die Flüge waren gebucht, die Vorkehrungen getroffen. Sebastian Fehr hatte ausgecheckt. Die Miete im Voraus bezahlt, fünf Monate. Eine teure Reiseversicherung abgeschlossen. Geld spielte keine Rolle mehr. Es konnte nicht schaden, gut versichert zu sein, falls irgendetwas Unvorhergesehenes passieren sollte.

Ein Rucksack voller Winterkleidung. GoreTex-Windstopper. Ein Waschbeutel voller Schmerz- und Magentabletten. Der Nordisk Kunstfaser-Mumienschlafsack. Die selbstaufblasbare Isomatte Diamond Light. Ein Campingkocher.

Ein paar Tage wollte Sebastian auf Franz-Joseph-Land noch Mensch bleiben. Vielleicht musste er wandern. Von Nortbruk nach Brjusa oder sonstwohin, bis er eine geeignete Stelle gefunden hätte. Drei Kilometer über den gefrorenen Sund. Darauf musste er vorbereitet sein. Ein paar Tage musste er überleben können im Eis.

Müsliriegel, Dosenfleisch, Trockenbrot. Ein Marschkompass. Ein Blechtopf. Lange Unterwäsche. Wollsocken. Meindl Trekkingschuhe.

Die Mastercard. Sein deutscher Reisepass.

Sebastian Fehr hatte ausgecheckt.

Mit nur drei Stopps brachte ihn die S 8 zum Flughafen.

„Entschuldigen Sie! Haben Sie ein Problem?"

Der Mann erinnerte ihn an Dieter Begmann. Ein großes Stück Mensch. Ein Prachtkerl wie der Dieter. Nur mit schwarzen Haaren. Und noch um einiges näher an ihn herangerückt als Dieter Begmann im Centro Lingue Mediterranee.

„Nein. Eigentlich nicht. Das heißt: eigentlich schon. Ja. Wie meinen Sie?"

„Was ich meine? Jetzt spielen Sie nicht den Dummen und nehmen Sie Ihren Arm hier weg. Bleiben Sie gefälligst drüben auf Ihrem Platz.“

Schon auf seinem ersten Abschnitt der Reise in den Norden war Sebastian in einen Grenzkrieg hineingetappt.

„Aber ich bin doch auf meinem Platz. 25 C.“

Der Arm des Begmanns schob Sebastians Ellbogen jetzt unsanft beiseite.

„Ich lass mich doch von Ihnen nicht verarschen, Mann.“ Er mimte den Müden, Genervten. Einen, den man besser nicht noch mehr reizte. Es ging um die unsichtbare Grenze, die mitten über der Armlehne zwischen Sitz 25 B und 25 C verlief. Ein undefiniertes Grenzgebiet, das nun von Sebastians Nebenmann abgesteckt worden war. Von einem, der nicht gewillt war, Platz abzutreten. Und auch nicht gewillt, ein weiteres Wort darüber zu verlieren.

Als die Maschine 8700 Meter Seehöhe, ihre normale Flughöhe, erreicht hatte, durften die engen Sitze zurückgekippt werden. Dadurch eröffnete sich ein wenig Freiraum auf der Armlehne hinter dem Ellbogen des Nachbarn, der mittlerweile eine Zeitung aufgeschlagen hatte. Instinktiv witterte Sebastian nun eine Chance, seinen Arm ablegen zu können. Er konnte doch nicht eine geschlagene Stunde mit verschränkten Armen herumsitzen. Schließlich war es noch ein langer Weg nach Kopenhagen, der ersten Zwischenstation auf dem Weg in die Arktis.

Unmerklich, Zentimeter um Zentimeter, schob Sebastian seinen Ellbogen unauffällig in das freie hintere Eck.

Auch wenn er eine weitere Berührung mit dem Begmann vermieden hatte; gemütlich war diese neue Stellung keineswegs. Sebastians Ellbogen hing jetzt zwar nicht mehr in der Luft, aber die verkrampfte Position, die er dafür in Kauf zu nehmen hatte – hineingepresst in seine Rückenlehne und schräg nach links gebeugt – ermöglichte kein entspanntes Sitzen. Und auch der Mensch hinter ihm hatte sich nicht gefreut, dass Sebastian sein Recht in Anspruch nahm, die Rückenlehne so weit wie möglich nach hinten zu senken. Sofort hatte er damit begonnen, mit aller Kraft seine Knie gegen den Vordersitz zu stemmen. Aber die Hebelkraft von vorne war stärker. Er hatte Sebastians Attacke nicht abwenden können. Doch dieser Eröffnungssieg im Kampf mit seinem Hintermann war nur ein vorübergehender Erfolg für Sebastian gewesen. Er wurde ihm sogleich vergällt, indem er nun ein unaufhörliches Zucken und Schlagen zweier Beine in seinem Rücken ertragen musste. Der Mensch hinter ihm war stur. War hektisch, nervös. Ständig in Bewegung, seine beiden Knie. Ständig auf und ab, vor und zurück. Bis er aufgeben würde, der da vorn.

Da vorn, ja. Auch vor Sebastian war einer, der sich inzwischen mit seinem Sessel nach hinten fallen lassen hatte. Gräuliche Haare, die sich am Hinterkopf bereits deutlich ausgedünnt hatten, ragten über die Rückenlehne. Wie wenn sie ein Eigenleben entwickelt hätte, bewegte sich die Halbglatze vor Sebastian in ruckartigen Bewegungen hin und her. Es wirkte gar nicht wie der Kopf eines Menschen, sondern wie ein eigenständiges, sich freistrampelndes, rundes Lebewesen aus talgiger, fahler Haut und schuppigem, durchsichtigem Haar, das auf der Kopflehne seines Vordersitzes herumtanzte. Sebastian begann zu befürchten, dass es von dort oben herunterrollen könnte und ihm tatsächlich in den Schoß fallen. Es sprach sogar, dieses runde Etwas vor ihm. Sprach zu einer übergewichtigen Frau, die direkt daneben aus ihrem Sitz zu rinnen schien. Der Glatzenball hüpfte vor und zurück. Trockene Kopfhaut löste sich ab.

Und es dauerte nicht lange, bis auch die Linksfront wieder aktiviert wurde. Lange genug hatten die Waffen geschwiegen, aber nun hatten sich die Arme der beiden Nachbarn wieder berührt. Hatten sich Haut und Haare berührt. Aneinandergepresst. Seit der erste eisige Hauch der Klimaanlage – als das Flugzeug noch auf der Startbahn auf eine Starterlaubnis wartete – verzogen war und sich eine nach Plastik und Gummi stinkende Hitze im Passagierraum des Airbus breit gemacht hatte, hatten die beiden Kontrahenten ihre Jacken und Pullover ausgezogen. Somit war die letzte Pufferzone zwischen ihnen abgelegt. Nun berührte nackte Männerhaut nackte Männerhaut. Das machte die Stimmung nicht besser.

„Mensch, bist du schwul oder was?“ Der Begmann hatte ihn jetzt zu duzen begonnen. Giftig sah er neben seiner Zeitung hervor. „Kannst du endlich deinen Arm hier wegnehmen und Ruhe geben. Verdammt noch mal. Ich glaub's nicht! Und wenn du Zeitung lesen willst, dann hol' dir gefälligst selbst eine bei der Stewardess und glotz nicht immer in meine rein.“

Kurz war Sebastian bei den aktuellen Resultaten aus der Europäischen Football League hängengeblieben. Die Frankfurt Galaxy hatten gegen die Hamburg Sea Devils mit 13:20 verloren.

Was war er froh, dass er keinen Rückflug mehr brauchte. Sebastian hatte ihn zwar buchen müssen und vorsichtshalber auf Ende September gelegt, aber dann wollte er schon längst auf Ostrow Brjusa sein, von Schnee und Eis bedeckt, ohne Nachbarn, ohne Vordermann und ohne Hintermann.

Als der Airbus in Kopenhagen Kastrup aufsetzte, hatte Sebastian die deutschsprachige Welt verlassen. Ab jetzt würde er seine Mitmenschen wenigstens nicht mehr verstehen müssen. Bald darauf schon würde er in Norwegen sein, von dessen Wikingersprache er kein Wort verstand. In Oslo sein. Und von dort weiter hinauf, 1300 Kilometer Luftlinie nordwärts, über das ganze lange Land hinweg. Über Fjorde, Berge, Klippen, Wälder, Städte hinweg. Bis hinauf in die Eismeerstadt Tromsø, das Tor zur hohen Arktis, wo er ein paar Tage zur Eingewöhnung an die Mitternachtssonne eingeplant hatte.

Von Tromsø aus waren schon im 19. Jahrhundert die Fangexpeditionen auf Wale, Robben und Fische zur Packeisgrenze gestartet. Hunderte Entdecker, Nansen, Amundsen und die vielen unbekannteren, waren von dort aus auf die Suche nach der Nordostpassage gegangen oder hatten von dort aus versucht, den Nordpol zu erreichen. Im Tromsøer Hafen wurden Mannschaften voller verwegener Seemänner angeheuert, Schiffe repariert und gechartert, Proviant verladen und oft vergebens auf besseres Wetter gewartet. Auch Sebastians Reise ins arktische Eis würde dort Zwischenstation machen.

Am Abend überflog er das nordnorwegische Städtchen Mo i Rana und überquerte damit endlich den nördlichen Polarkreis. 66°33' Nord. Zwei Drittel der nördlichen Halbkugel lagen nun hinter ihm. Jetzt waren es nur mehr 2601,69 Kilometer zum Nordpol. Jetzt schon hatte er die Nacht zurückgelassen. Kein Tropfen des Wassers mehr. Kein Ticken des Weckers.

Es war der 24. Mai, und in Tromsø auf dem 70. nördlichen Breitengrad hatte die Mitternachtssonne eingesetzt. Für zwei Monate würde sie hier nun nicht mehr untergehen. Keine Sonne würde mehr unter Sebastians Horizont sinken. Aus seiner alten Welt war er jetzt hinausgeflogen. Sanft setzte die Maschine auf dem kleinen Langnes-Flughafen auf.

„You are so lucky to be here right now. Come, celebrate with us. Make it over the Tromsøbrua bridge to Tromsdalen. Take the Fjellheisen, the cable car up the Floya mountain. There you can enjoy our beautiful midnight sun. We hardly ever see it, you know. Only two, three nights a year are actually cloudless, so you can really see the sun all night long. But tonight is the night. We have such great weather. We all have to celebrate. Where do you come from, Sir?"

Der Taxifahrer war euphorisch. Tatsächlich zeigte sich die Mitternachtssonne nur ganz selten auf dem Himmel Tromsøs, der im Sommer meist mit dicken Regenwolken verhangen war. Heute war erst der vierte Tag des diesjährigen Polartages und schon strahlend schönes Wetter. 24 Stunden Sonnenschein über Tromsø. Das müsse gefeiert werden. Schlafen könne man schließlich, wenn es regnete. „It will rain soon enough. I'll take you to the station of the cable car, Sir", sprudelte es aus dem Taxilenker heraus. Auch er mache jetzt Schluss mit der Arbeit. Auf diesem Flughafen landeten ohnehin so wenig Passagiere. Da lohne sich das Warten auf einen Fahrgast nicht. „Come on. We'll get up the Storsteinen, Mister. We'll celebrate the midnight sun!"

Wenig später schon hatte Sebastian Fehr eine Flasche Mack-Bier in der Hand – Arctic Beer, ein dünnes Gebräu der nördlichsten Brauerei der Welt. „Skol! Skol!“, dröhnte es von allen Seiten aus hunderten Kehlen. Skol Tromsø, du schönste Stadt der Welt. Paris des Nordens. Skol, du ewige Sonne, die du so selten bescheinst. Die Tromsøer waren außer sich. Die Nacht, die keine Nacht war, würde ewig dauern. Das Mack floss wie Wasser Sebastians vom Fliegen ausgetrocknete Kehle hinunter. Er fühlte, wie sich die allgemeine Euphorie auch auf ihn übertrug. Das vor Freude dampfende Fjellstua schien zu beben und er in ihm. Die Scheiben des Gipfelrestaurants waren so beschlagen, dass man die Tagnacht kaum mehr wahrnehmen konnte. Doch man wusste es. Jeder wusste es. Nach monatelanger Dunkelheit war es endlich hell. Nach Wochen des Schnees und des Regens war es endlich klar. Klar und eisig kalt zwar, aber das machte nichts, solange der Alkohol die Gemüter erhitzte.

Irgendwann ging Sebastian hinaus und folgte einer Menschenmenge, die eine noch weiter hinten auf dem Bergrücken gelegene Steinhütte ansteuerte. Zwölf Quadratmeter Gemütlichkeit waren da in den Fels gehauen. Zwei kleine Fensterlöcher, ein Holztisch, der den gesamten Raum füllte, und jede Menge Felsbrocken drum herum, die als Sitzgelegenheiten dienten. Da tummelten sich die Glücklichen jetzt im rötlich-hellen Licht der frühen Morgenstunden. Der Taxifahrer saß bei ihnen. Er schien jeden hier zu kennen. Sein Norwegisch klang von Stunde zu Stunde exotischer. „Skol!“ – das verstand Sebastian noch, aber er vermochte es nicht mehr zu erwidern. Ja, ja, zum Wohl. Pol. Arktis. Zum Wohl!

Der schwankende Rückweg des Betrunkenen über die einen Kilometer lange Brücke von der Talstation ins Zentrum Tromsøs dauerte eine wunderbare Ewigkeit. In wenigen Minuten hatte ihn die Bergbahn vom Floya heruntergebracht, aber danach brauchte Sebastian noch Stunden, bis er sein Viking Hotel auf der Storgata fand. Es war wunderschön hier nördlich des Polarkreises. Das kalte, leere, helle Land. Sebastian zog die Vorhänge nicht zu. Sollte der Polartag nur nie mehr enden.

Er fiel in einen schweren Schlaf.

Doch der Polartag war schnell verlorengegangen. Als Sebastian zum ersten Mal erwachte, war die Sonne bereits verschwunden. Dunkle Wolken hingen am Himmel über der Fylke Troms. Sie tauchten die Inselstadt und ihre Umgebung in gräuliche Helligkeit. Sebastians Kopf hämmerte. Er war für solche Situationen zum Glück bestens ausgerüstet und begann seinen Kater mit einer Mischung aus Ibuprofen, Tramal und Paracetamol zu bekämpfen. Würde er beim nächsten Erwachen immer noch irgendwelche Schmerzen verspüren, so würde eine Voltaren-Tablette weiterhelfen. Notfalls ein Saroten Retard.

So schnell aber erwachte der betäubte Mann nicht wieder. In dem Tag, der keine Nacht, und der Nacht, die keinen Tag mehr hatte, döste er unbestimmte Zeit. Analgetika und Alkoholreste durchströmten seinen schlaffen Körper. Ein eisiger Regen setzte draußen ein. Sebastian bemerkte ihn nicht. Die Straßen Tromsøs wurden leergefegt. Kalt und leer und ohne Farben.

Nein, ein Paris des Nordens war das nicht mehr. Selbst in der Innenstadt standen kaum noch jene malerischen Holzhäuser, die der Stadt einst diese Bezeichnung eingebracht hatten. Ende der 60er-Jahre hatten mysteriöse Großbrände viele denkmalgeschützte Gebäude zerstört und Bauland freigegeben. Inzwischen hatten sich dort gewinnbringende Betonbauten breitgemacht, in denen sich Geschäfte, Restaurants, Hotels und Sonnenstudios angesiedelt hatten. In den Kneipen saß solariumgebräuntes Volk, das Pizzas, Burger und Steaks vertilgte. Cappuccino-Shops, Hot-Dog-Buden, Rotlichtbars und Hardrock-Cafés. Nein, das war kein Paris und kein Eismeer hier. Das war nur die letzte Bastion einer toll gewordenen Zivilisation. Sie hatte sich weit hinauf in den Norden gewagt. Sie trotzte dem arktischen Klima. Sie feierte sich selbst noch ein letztes Mal, hier, 344 Kilometer Luftlinie nördlich des Polarkreises.

Doch gleich außerhalb der Stadtgrenze war Schluss damit. Da öffnete sich der Fjord ins Nordmeer. Dann übernahmen eisige Wellen das Kommando, die Packeis mit sich führten. Dann begann die Welt der Stürme, der Wale, Robben, Polardorsche und Eisbären. Die Barentssee spannte einen Gürtel über den dicken Bauch des europäischen Nordens. Sie wies den Mensch zurück. Bis hierher, bis Tromsø und dann nicht mehr weiter. Man konnte sie überqueren, überfliegen, aber niederlassen jenseits ihrer Grenze würden sich die Europäer nicht. Lieber sich unterhalb des Polarkreises aneinanderdrängen und sich gegenseitig den Platz streitig machen. Lieber unten leben als oben frieren. Lieber unten gegeneinander kämpfen als oben gegen die Eiszeiten kämpfen. Die Barentssee steckte die Territorien ab: unten der Mensch, oben der Pol.

Sebastian schlief weiter, als der Sturm einsetzte und die dichteste Ansammlung von Menschen im Polarkreis vertreiben zu wollen schien. Wegzuwehen. Weg von hier. Hier regiere ich, die Kälte. Das Eis. Der Schnee. Der Sturm. Immer heftiger wurden die Böen, die klirrende Tropfen ans Hotelfenster spieen.

Sebastian hörte sie nicht. Er schlief sein altes Leben weg im Viking Hotel. Schlief und schluckte Tabletten. Schlief, bis der Tag der Weiterreise nach Spitsbergen gekommen war.

Draußen schien die Welt unterzugehen, als ihn der Flybussen zurück zum Flughafen brachte. Die Ausläufer eines Sturms über dem Nordmeer brachten Schneeschauer und gefrorenen Regen an Land. Sebastian war der einzige Fahrgast. Und bei seiner Ankunft im Flughafengebäude begann er zu verstehen warum. Endlich erkannte er die Bedeutung des Wortes „Vaerforbehold", auf das er in Tromsø schon mehrfach gestoßen war. „Vaerforbehold – Weather Permitted". Nur wenn es das Wetter zulässt, können die Dinge im hohen Norden ihren geplanten Weg gehen. Und diesmal ließ ihn das Wetter nicht zu. „Very sorry, Sir. Due to weather conditions we had to cancel today's flight to Longyearbyen. There is a violent storm across the Barents Sea. We have to wait until the situation calms down. Under the current circumstances it is not possible to fly." Er müsse sich ein, zwei Tage gedulden, wurde Sebastian am Schalter der Fluglinie mitgeteilt. Vaerforbehold. „Please call back tomorrow morning."

So erging es dem Fluggast nicht anders als den Walfängern und Entdeckern des 19. Jahrhunderts: Er hatte zu warten, bis ihm die hohe Arktis Zutritt gewährte.

Drei Tage musste Sebastian Fehr schließlich ausharren, bis sein Abflug vom europäischen Festland möglich wurde. Drei Tage, in denen er in seinem Hotelzimmer lag und hin und wieder kurze Spaziergänge durch die nasskalten Straßen Tromsøs unternahm. Sich eine Pizza oder ein Sandwich holte. Im *Circa*, im *Skarven* oder im *Je t'aime* einkehrte. 72 Stunden stürmisches Grau, nasse Kälte.

Sie hätte ihm nichts ausgemacht. Wenn nur eines nicht passiert wäre. Wenn nur genau in diesen Stunden nicht 600 Seemeilen nördlich von ihm die Sabotin vom Kai des Freihafens Longyearbyen ausgelaufen wäre. Denn genau, als Sebastian auf der Storgata die Zeit totschlug, war in unerreichbarer nördlicher Entfernung die Zeit für die Sommerfahrt des russischen Eisbrechers gekommen. Eine Handvoll westlicher Passagiere stieg dort an Bord des rot lackierten Schiffsriesen. Sie hatten es bis hinauf ans Ende ihrer Welt geschafft und würden nun drei Wochen lang unter russischer Flagge durchs Polarmeer brechen. Die Basaltklippen des Franz-Joseph-Archipels würden sie mit eigenen Augen sehen. Sie fotografieren. An günstigen Küsten einige wenige Inseln sogar betreten. Sie würden es hinüberschaffen, im Juni noch, hinüber, nordöstlich von Svalbard bis ans Ende der Welt.

Sebastian hingegen würde in Spitsbergen warten müssen auf die nächste, die letzte Abfahrt der Russen in ihr Franz-Joseph-Land – Anfang September, knapp bevor der Winter mit voller Härte zurückkehrte und die Eisfahrt selbst für die Sabotin zu einer aufwändigen Mühsal machte. Einen kurzen arktischen Sommer musste er noch über sich ergehen lassen, wo sich die Temperaturen für wenige Wochen knapp über Null Grad Celsius einpendelten. Einmal das polare Eis noch antauen lassen, bevor er mit ihm dann endlich gefror. An einer Stelle im Permafrost Ostrow Brjusas, wo er nie mehr wieder auftauen wollte.

In den letzten Tagen im Mai hatte sich das Wetter über der Barentssee so weit beruhigt, dass die SAS Braathens die Linienflüge von Tromsø nach Longyearbyen wieder aufnahm. Für diese Flüge nach Spitsbergen verwendete die Airline veraltete Boeing 737. Kleine Jets, die kurz vor ihrer Ausmusterung standen. Wer diese Strecke flog, dem ging es nicht um Komfort oder Sicherheit. Der wollte schlicht transportiert werden. Der wollte in knapp zwei Stunden die Barentssee überqueren und am nördlichsten Passagierflughafen der Welt aufsetzen.

Sebastian Fehr war einer dieser Passagiere. Unter ihm war das Nordmeer hinter einer dicken Wolkenwand verborgen. Er sah nur das Weiß der Bewölkung, nicht aber das Weiß der Gischt, die über die tosende See flog. Die Barentssee brodelte unter ihm.

So gut wie immer tat sie das. In diesem Seegebiet treffen der an der norwegischen Küste entlang nach Norden fließende Golfstrom und die nach Westen ziehenden kalten sibirischen Strömungen aufeinander. Zu jeder Jahreszeit toben hier Stürme und ein in alle Richtungen laufender, unberechenbarer Seegang. Fast immer sind sie begleitet von dichten Nebelbänken. Die Barentssee ist ein von Seefahrern gefürchtetes Meer. Die Windstärken erreichen hier oft 8–10 Beaufort. Auf der zwölfstelligen Skala zwischen Windstille und Orkan, die der irische Admiral Sir Francis Beaufort 1806 entwickelt hat und die seit knapp zwei Jahrhunderten allgemeine Gültigkeit besitzt, entspricht das Windgeschwindigkeiten von rund 50 Knoten. Mit gut hundert Stundenkilometern fegen die Stürme oft über die Barentssee und erzeugen an ihrer Wasseroberfläche im Schnitt sechs Meter hohe Wellen.

Doch Sebastian konnte die hohe Dünung der Stürme nicht sehen, und er spürte in 8000 Metern Seehöhe auch nichts von den Stürmen, die über der Wasseroberfläche hinwegbrausten. Er saß im gut beheizten Passagierflugzeug über all diesem Brodeln. Bemerkte es nicht. Er sah nur ständig wechselnde Schattierungen von Weiß unter sich und fühlte hin und wieder einen kleinen Ruck. Erst als das Flugzeug beim Anflug auf Spitsbergen seine Flughöhe verließ und sich durch die dichten Wolkenschichten senkte, wurde allmählich der Blick frei auf die schroffen Berge, die dieser Insel ihren Namen gaben.

Die Gipfel Spitsbergens waren in Nebel und Wolken getaucht, aber darunter eröffnete sich ein leeres Land aus Stein und Schnee. Karge Bergplateaus stachen zwischen dem ewigen Eis der Gletscher hervor. Knapp zwei Drittel Svalbards waren vergletschert. Und zwischen den Gletscherzungen türmte sich der Felsschutt. Millionen Jahre alte Schichten von Granit, Grabbo, Kohle, Dolerit und Basalt lagen hier frei in der arktischen Kälte. An den Bergen konnte man die Ringe der Gesteinsschichten mit freiem Auge erkennen. Sie gaben Auskunft über das Land, so wie die Altersringe der Bäume im Süden es taten. Keine Vegetation und nur dünne Schneeschichten bedeckten die Geröllhalden und die Küsten voller Schotter, die aus dem Polarmeer ragten. An einigen Stellen fielen kantig geschliffene Gletscherwände steil zum Wasser ab. Woanders boten senkrechte Felsklippen tausenden arktischen Zugvögeln vor Polarfüchsen und Eisbären gut geschützte Brutplätze. Andernorts wiederum liefen die Berghänge sanft aus und ließen durch das gerade erst einsetzende Tauen des Eises kaum eine Trennlinie zwischen Land und Meer erkennen.

Weite Fjorde durchschnitten dieses seltsam erstarrte Land. Die Scherbenwelt der aufbrechenden Eisschollen trieb auf ihrer Dünung. Überall drangen scharfe Wellen unterhalb der Eisoberfläche hervor. An vielen Stellen hatten sie schon breite Wasserschneisen in das Packeis geschlagen. Das Meer bohrte sich nach monatelanger Aussperrung mit roher Gewalt wieder Wege ans Tagesicht. Die zerbrechende Packeisdecke trieb aus dem Isfjord, dem größten Fjord des Archipels, hinaus ins offene Grönlandmeer. Doch so gewaltig sich dieser Wechsel von Eis zu Wasser auch vollzog; erst im Juni würden die Wasserwege Svalbards eisfrei genug sein, um eine reguläre Schifffahrt zu ermöglichen. Drei Monate lang war Longyearbyen dann an den Schiffsverkehr angebunden, bis sich im September die Vereisung wieder in Gang setzte.

Es war eine Eis- und Schuttwüste, die Sebastian Fehr von seinem Flugzeugfenster aus bestaunen konnte, bevor die 737 auf dem Flugplatz Longyearbyens aufsetzte. Land und Wasser schienen menschenleer. Nur ein einziges einsames Schiff bahnte sich seine Fahrtrinne aus dem Adventfjord hinein in den Isfjord. Stur und gleichmäßig bewegte sich der rote Eisbrecher in Richtung offener See.

Diese paar Eisbrocken würden die Sabotin nicht aufhalten können. Schon bog sie in der Grönlandsee vor der Westküste Spitsbergens nach Norden.

„Ist das wirklich der Typ, den wir hier manchmal getroffen haben?"

„Klar ist er das. Ich habe ihn sofort erkannt."

„Sofort erkannt ... Du bist gut. Bei dem ganzen Schnee und Eis. Die Jacke so zugezogen ... Das kann man doch nicht so leicht sagen. Das Foto ist ja auch nicht gerade besonders gut. Überhaupt dachte ich immer, der Typ sei Italiener gewesen. Hier steht aber, dass er Deutscher war."

„Ach, du bist süß, Tommy. Nur weil er immer wieder mal ein paar italienische Sätzchen eingestreut hat und Wein trinken wollte ... Das macht ihn doch noch lange nicht zum Italiener. Sein Englisch hatte auch gar keinen italienischen Akzent. Ich dachte mir sofort, dass er Deutscher oder so was sein musste. Da konnte er noch so oft ‚un altro bicchiere di vino rosso, per favore' sagen."

Ramona Steen hatte die Stimme gehoben, um ihn nachzuäffen.

„Überhaupt ... Ein echter Italiener würde wahrscheinlich diesen Merlot gar nicht anrühren, den ich hier auftische. Noch dazu redete er immer von ‚Cabernet Sauvignon' und sagte ‚Okay? No problemo. Va bene.' Oder so was. Ach, was weiß ich. Ein Spinner ist's halt gewesen. Ein Freak. Irgendein Freak."

„Ja, ja. Spinner sind wir ja alle hier. Entweder man kommt schon als Spinner hierher, oder sonst machen einen die Einsamkeit und die Kälte bald zu einem."

„Ach was, Tommy. Ich sag dir: Aberdeen, wo ich herkomme, ist auch nicht besser. Da regnet es halt mehr als in dieser Eiswüste hier. Aber kalt ist's auch. Und einsam. Und Jobs kriegt man auch keine guten ..."

„Na, ja … Guten … So toll ist dein Job hier ja wohl auch nicht. Hinterm Tresen stehen. Tagein, tagaus. Im *Barentsz Pub*. Auf 78 Grad Nord. Am Arsch der Welt."

„Ihr Wissenschaftler fühlt euch wohl immer als etwas Besonderes, was? Ihr glaubt, wenn ihr Jahr für Jahr die Tundra entlangrobbt und die Grashalme zählt, die in diesem Klima gedeihen, oder die Scheiße abwiegt, die die Fluggänse hinterlassen, dann rettet ihr die Welt damit. Ihr hängt doch den ganzen dunklen Winter nur im Labor des Polarinstituts rum und wertet eure Daten aus. Weiterhelfen tut das niemandem."

„Das sind nicht nur Grashalme und Vogelkot, Ramona. Das sind alles kleine Fakten, die uns Einsicht in unsere Umwelt geben. Details, kleine Belege für diese und jene Entwicklung. Klar ist das mühsame Kleinarbeit. Aber im Endeffekt erkennt man darin vielleicht etwas Entscheidendes. Vielleicht erklärt man mal damit die Klimaerwärmung oder so was. Und das ist dann was, wovon wir alle betroffen sind. Wir haben ja auch festgestellt, dass sich die Grönlandsee vor Spitsbergen in den letzten paar Jahrzehnten um durchschnittlich ein Grad erwärmt hat. Das kann Auswirkungen auf das gesamte Weltklima haben. Das kannst du doch nicht einfach so ignorieren."

„Jå, jå …", murmelte Ramona Steen mit einem gekünstelten norwegischen Akzent. Als ob ihr Gesprächspartner ein „Yes" oder „Yeah" nicht verstanden hätte. Seit zwei Jahren gewöhnte sie sich in der arktischen Fremde ihr breites Schottisch ab und versuchte, ihr Norwegisch auf Vordermann zu bringen. Sie hatte die Granite City, wie ihre Heimatstadt Aberdeen genannt wurde, vertauscht mit einer Gegend, wo der Granit in einer noch viel ursprünglicheren Form zu finden war. Nämlich tief in den unteren Schichten der Spitsbergener Gebirgsketten und nicht in den Mauern der Gebäude in der Aberdeener Innenstadt.

Die Häuser Longyearbyens waren aus Holz gebaut. Pfahlbauten, auf Stelzen im Permafrostboden errichtet, damit dieser sich nicht durch die direkte Bedeckung erwärmen und aufweichen kann. Es waren kleine Holzboxen mit wenig Wohnkomfort, aber guter Heizung. Eine dieser Schachteln bewohnte Ramona

Steen. Warum es sie hierher verschlagen hatte, wusste sie selbst gar nicht mehr so genau. Es gefiel hier einfach in der Einöde. Sie liebte das karge Leben in Longyearbyen. Sie mochte die lange Helligkeit, die lange Finsternis, die Eiseskälte und die Stille. Das Nichts, über das der Nordwind fegte.

Zwei Jahre war sie nun schon hier. Länger, als es die meisten in dieser Bergbausiedlung aushielten. Kaum jemand blieb hier mehr als ein paar Tage, Wochen, vielleicht Monate. Höchstens ein, zwei Überwinterungen, sofern es die Arbeit erforderte. Eine Beschäftigung am Polarinstitut etwa oder die Arbeit untertage im letzten noch aktiven Bergwerk der staatlichen Grubengesellschaft Store Norske – der Mine Nummer 7 ein wenig außerhalb Longyearbyens. Die Menschen hier taten, wozu sie gekommen waren, und verließen das Niemandsland, sobald ihr Auftrag erfüllt war oder sie den Anforderungen nicht mehr gewachsen waren.

Der Gouverneur Svalbards, der Sysselmannen, dem die gesamte Aufsicht über das Archipel unterlag, sah es gar nicht gern, wenn Leute sich länger ansiedelten. Das sei nicht gut für sie und auch nicht für das Land.

Seine Fürsorge galt ganz diesem zerbrechlichen Land, das zu großen Teilen unter Naturschutz gestellt war. Kein noch so kleines Pflänzchen sollte ohne sein Wissen entfernt werden. Kein Mensch sollte sich in die Wildnis wagen, ohne sich vorher bei ihm persönlich abzumelden. Und spätestens, wenn hartnäckige Einwohner – die wenigen Trapper oder Einsiedler etwa, die teils schon seit Jahrzehnten auf der Insel verstreut der feindseligen Witterung trotzten – das Pensionsalter erreichten, mussten sie Svalbard verlassen. Wer nicht für sich selbst aufkommen konnte, wurde von der Insel verbannt. Rentner wurden auf Spitsbergen nicht geduldet.

„You are welcome to return to Svalbard when no one has noticed that you have already been here“, war das Motto seiner Inselpolitik. 1920 hatte Norwegen die Verwaltung über das Archipel bei einer internationalen Völkerbund-Konferenz übertragen bekommen. Obwohl sämtliche 41 vertragsunterzeichnenden Staaten seither das Recht besitzen, Svalbard jederzeit wissenschaftlich oder wirtschaftlich zu nützen, nahmen nur Norwegen und Russland dieses Recht in Anspruch. Mehr aus politischen denn als wirtschaftlichen Interessen waren sie vor Ort geblieben. Denn die Förderung der Ressourcen dieser arktischen Wüste war bislang nicht ertragreich gewesen. Jegliche Versuche, die Erdschätze des Landes auszubeuten, waren schnell an die Grenzen der Vernunft gestoßen. Zu trocken war der Gips, den kleine Gruben zutage brachten, zu aufwändig der Abbau und Abtransport der Steinkohle. Nein, hier ging es nicht um einen wirtschaftlichen Ertrag. Hier ging es höchstens um Standfestigkeit. Darum, vor Ort zu bleiben, an diesem weltpolitisch gesehen strategisch wichtigen Fleck. Die wirtschaftliche Arbeit auf Spitsbergen war Scheinarbeit. Jährlich investierten Norwegen und Russland beträchtliche Summen Geld, nur um sich den Standort zu sichern. Und der Sysselmannen trug die Aufsicht darüber, dass alles mit rechten Dingen zuging. Er schaute darauf, dass nicht die Natur Leidtragende dieser Pattstellung wurde.

Ramona Steen fühlte sich, wie die meisten ihrer Mitbewohner, vom Sysselmannen eher gut behütet als überwacht. Sie mochte es, dass er die Natur über den Menschen stellte. Und er konnte seine Augen ohnehin nicht überall haben. Er hatte genug zu tun mit den russischen Nachbarn in Barentsburg, der einzigen weiteren aktiven Bergbausiedlung Svalbards, und mit der kleinen internationalen Wissenschaftlerkommune in Ny-Ålesund, etwa hundert Kilometer nördlich von Longyearbyen. Er musste die Kreuzfahrtschiffe koordinieren, die auf ihren Polar-Cruises jährlich immer mehr Touristen durch die Fjorde schifften, und hatte darauf zu schauen, dass sich die über das Land verstreuten Trapper an die Fangvorschriften hielten.

Ramona hatte den Sysselmannen noch nie persönlich zu Gesicht bekommen. Doch hin und wieder sah sie seinen Helikopter über die Täler fliegen oder las von ihm in der Svalbard Posten. Ja, sie mochte diese Insel und ihren Aufseher. Sie konnte sich durchaus vorstellen, noch einige Jahre hier zu bleiben.

„Jå, jå … Auf jeden Fall hat es dieser Typ nun wenigstens in die Svalbard Posten geschafft mit seiner Aktion. Dieser Freak. So weit habt ihr es mit eurer Wissenschaft noch nicht gebracht."

„Ich bitte dich, Ramona, bei wissenschaftlicher Forschung geht es doch nicht um Ruhm. Wir sind doch keine Popstars! Im Gegenteil, bei vielen Auswertungen wäre es gar nicht günstig, wenn sie zu früh an die Öffentlichkeit gelangen würden."

„Du meinst, dass es die Welt zu sehr schockieren würde, wenn man sie damit konfrontiert, dass die Eissturmvögel auf Spitsbergen in den letzten zwei Jahren um 1,873 Prozent mehr Kot hinterlassen haben als früher?"

Tommy Engevik verdrehte die Augen.

„Komm, lassen wir das. Und überhaupt, was ist das schon für ein Ruhm, wenn die Svalbard Posten über dich berichtet? Ein zwanzigseitiges Provinzblättchen, das einmal in der Woche von ein paar hundert Menschen durchgeblättert wird. Da komm ich mit meinen Gänsekot-Berechnungen auch noch hinein, wenn ich will. Dann lesen ein paar Menschen darüber, und in einer Woche, wenn die nächste Ausgabe erscheint, haben es alle schon wieder vergessen."

„Also ich werde mir diese Ausgabe aufbewahren. Als Erinnerung an diesen … wie hieß er denn noch mal? Sebastian Fehrz? Ein komischer Name."

„Also ich verstehe echt nicht, warum du so einen Narren in diesem Vogel gefressen hast, Ramona."

„Ach … So etwas versteht ihr Jungs halt nicht."

„Nein. Echt nicht. Der war weder sympathisch noch sah er gut aus. Und du hängst dir ein Bild, wo ein Fremder ganz erfroren auf dem Boden liegt, ins Schlafzimmer."

Tommy Engevik war ein erklärter Saisonarbeiter Spitsbergens. Wenn ihm die Eigenbrötler, die sich hier anzusammeln schienen, zu stur wurden, dachte er daran, dass er bald wieder eine Maschine Richtung Tromsø besteigen durfte. Dort studierte er Biologie an der Universitetet i Tromsø, der nördlichsten Universität der Welt. Mehrmals im Jahr assistierte er bei Forschungsarbeiten der UNIS, der University in Svalbard, um Praxis in seinem Spezialgebiet, der arktischen Biologie, zu sammeln. Zur Zeit nahm er an einem Projekt teil, das die Auswirkungen einer durchschnittlichen Erwärmung um zwei Grad Celsius auf die arktische Tundra untersuchte. Hierfür betreute sein Team zahlreiche Glasboxen, die in den Tundragebieten des Adventdalen aufgestellt waren. Sorgfältig notierte der Student jede Reaktion des Mooses und arktischen Heidekrauts auf die künstliche Klimaänderung. Er hatte sich schon ganz verliebt in die arktische Glockenheide, die Cassiope Tetragona, deren spärliche Blätterringe er zärtlich streichelte, in das Scheuchzers'sche Wollgras, Eriophorum Scheuchzeri, dessen weißen, flauschigen Wollschopf er tätschelte. Oft war ihm der Umgang mit diesen Pflänzchen lieber als mit den Menschen, auf die er hier traf.

Sie alle hatten mit der Kälte zu kämpfen; Tier, Pflanze und Mensch. Aber die Pflanzen taten es am würdevollsten. Sie waren die bescheidensten Einwohner dieser Gegend. Kaum bemerkte man sie. Nur wenige Zentimeter wuchsen sie in einem ganzen Jahr, wenn überhaupt.

In seiner Freizeit beschäftigte Tommy Engevik sich mit dem Einfluss der im Adventdalen grasenden Fluggänse, die Spitsbergen im Sommer anflogen und mit ihrem Kot düngten, bevor sie sich im Herbst wieder nach Schottland flüchteten.

Nein, niemand hielt es hier auf Dauer aus. Wie auch! Selbst Ramona Steen würde eines Tages wieder ihre Koffer packen.

„Die Hütte … Davon hast doch auch du ihm erzählt, oder?“

„Jå, Jå. Er tat mir einfach leid. Ich fand ihn schräg, den Typen. Irgendwie witzig. Irgendwie süß. Wie er da so verloren ankam im Barentsz Pub und einen italienischen Wein verlangte. Ganz schön naiv, dachte ich mir. Und dann jammerte er mir von dem Spitsbergen Rica Hotel vor, in dem er untergebracht war. Das sei nicht die Arktis, wie er sie sich vorstelle, und so weiter.“

„Das alles hat er dir auf Italienisch erzählt?“, fragte Tommy süffisant.

Ramona antwortete mit einem theatralischen Blick.

„Ich habe eben Kontakt zu den Leuten. Im Gegensatz zu dir. Kontakt zum wirklichen Leben. Ich spreche mit echten Menschen, nicht nur mit Pflanzen und Bakterien. Man spürte einfach, dass der Kerl an einem falschen Ort hängengeblieben ist. Der hing in der Luft und wollte Boden unter seinen Füßen spüren. Ich weiß schon: Ihr Wissenschaftler glaubt nicht an Intuition. Für euch ist nur wahr, was messbar ist. Aber es ist doch klar, dass das Rica nichts für ihn war. Arctic Candlelight-Dinner, Arctic Barbecue, und den ganzen Firlefanz, den die veranstalten, um irgendwelche Touristen hier rauf ins Nichts zu locken. Da ist einer, der einfach nur wegkommen will von dem Spektakel, ja wirklich fehl am Platz. Er wirkte, wie wenn er eher eine arktische Meditation suchte als so einen Zirkus."

„Ja gut, aber dann gleich so auf die harte Tour. Eine Trapperhütte im Nordenskiöldland. Für einen Warmduscher aus Südeuropa ist das schon eine krasse Nummer."

„Das war ja nicht gleich von einem Tag auf den anderen. Ich hatte ihm zuvor ja noch die Gästecontainer in Nybyen empfohlen. Da habe ich am Anfang selbst gewohnt, als ich hierher kam. Das ist okay dort. Ein rechteckiger Raum, ein Bett, ein Heizkörper. Klo und Dusche am Gang. Da kannst du schlafen, durchatmen und dich aufwärmen."

Nybyen, ein stolzes Norwegisch für „Neue Stadt". Tatsächlich waren Nybyen jedoch nur acht Arbeiterbaracken, die im Hinterland Longyearbyens errichtet wurden, als die Arctic Coal Company John Munro Longyears 1913 dort ihre zweite Mine eröffnete. Wie die Gruve 1 war auch sie ein defizitäres Unternehmen und brannte schließlich in all ihrer Sinnlosigkeit 1943 vollkommen aus, als die deutsche Wehrmacht von ihrem Kriegsschiff Scharnhorst aus Longyearbyen in Flammen setzte. Das Feuer in der Mine brannte bis in die 60er-Jahre. Noch immer erinnert ihre verkohlte, zerfallene Ruine direkt auf dem Berghang über den Baracken an diesen bislang einzigen Moment, als das Militär seine zerstörerische Fracht über dem waffenlosen Svalbard ablud.

Heute bewohnen verschiedene Gäste für kurze oder längere Zeit die Container. Ramona Steen war unter ihnen gewesen. Auch Sebastian Fehr hatte ihren Vorschlag angenommen und einige stille Sommerwochen im Matsch und Geröll des Permafrostes verbracht. Direkt hinter den Baracken endeten die Ausläufer des Longyear- und des Lars-Gletschers. Die gewaltige Gletscherzunge des Longyearbreen lud dort ihre Eis- und Schottermoränen ab.

„Er schien Nybyen gar nicht zu kennen, was mich sehr wunderte. Aber ich konnte ohnehin nicht einschätzen, was dieser Kerl alles kannte und was nicht. Er wirkte so weltfremd. Wie wenn er schon seit Jahren hier oben hausen würde und den Bezug zur Realität verloren hätte. So wie alle hier nach einer gewissen Zeit. Da hat der Sysselmannen schon recht. Allzu lange sollte niemand in dieser Einöde bleiben. Das ist nicht gesund."

„Du musst reden. Du bist doch selbst schon viel zu lange hier. Und wirst auch immer schrulliger, das kann ich dir sagen!"

„Du hast mich doch früher gar nicht gekannt. Vielleicht war ich immer schon so. Mir machen die Einsamkeit und die Kälte hier nichts aus. Mindestens eine Polarnacht werde ich noch überstehen. In Aberdeen ist doch auch nichts los. Dorthin gehe ich sicher nicht zurück. Annie Lennox ist ja auch nie mehr zurück nach Aberdeen gegangen. Schön blöd wär sie auch. Was will man dort. Da bin ich lieber hier im *Barentsz Pub*."

„Na ja, es kann nicht jeder so eine schottische Naturgewalt sein wie du, Ramona. Ich für meinen Teil bin froh, wenn ich mir den Winter auf Spitsbergen erspare. Allein dieser Lärm der Schneescooter überall. Das würde mich auf Dauer alles wahnsinnig machen."

„Ja, ja ... dann sausen wir Wahnsinnigen auf unseren Snowmobiles durch dein geliebtes Adventdalen. Ich freue mich, dass es wieder soweit ist. Der Schnee ist schnell zurückgekommen dieses Jahr. Das ist gut. Ich mag die Sommerwochen nicht. Matsch und Geröll. Überall dieses Graubraun. Es ist schön, wenn wieder alles gefroren und weiß ist. Ich liebe das Weiß von Spitsbergen."

„Lieb' du es nur. Du, der Sysselmannen und die paar Trapper, die dort draußen im Land den Polarfüchsen und Schneehühnern auflauern. Für mich ist das nichts auf Dauer. Und für diesen Fehrz war es wohl auch nichts, so ganz allein, wochenlang in dieser kleinen Hütte im Nordenskiöldland. Stimmt es, dass du ihm diese Trapperhütte empfohlen hast? Was ist denn da in dich gefahren?"

„Ich weiß auch nicht. Ich konnte den Typen einfach irgendwie leiden, irgendwie verstehen. Der sehnte sich nach Einsamkeit. Das konnte ich nachvollziehen. Sogar in Nybyen war ihm noch zu viel los. So bizarr das klingt. Er wurde mit der Zeit immer mysteriöser. Was der so erzählte … Immer wieder meinte er, dass er noch warten müsse, bis sein Schiff abfuhr. Irgendein russischer Eisbrecher. Sobtyn oder so ähnlich. Keine Ahnung. Ich habe noch nie von diesem Schiff gehört. Er meinte, dass Spitsbergen nur eine Wartehalle sei. Hier sei es zwar schön und kalt und einsam. Aber nicht schön genug, nicht kalt genug und nicht einsam genug. Irgendwann müsse er weiter, auch wenn er es liebe, wie der Neuschnee das Land bedecke. Er möge Farben nicht. Möge nur Weiß. ‚I love pack ice', sagte er öfters. Er zähle die Eisschollen, die den Fjord hereintreiben. Wenn sie sich zusammenschließen, dann könne man auf ihnen davonziehen, sagte er. Und dass er Abba hasse! Das war echt ein Spinner. Ich habe mir fast Sorgen um ihn gemacht."

„Na, dann hat er ja ins Schwarze getroffen. Das kenne ich. So einen Freak ein bisschen auffangen. Und je geheimnisvoller er ist, desto lieber mögt ihr es."

„Wo hast du denn das studiert? Auf der UNIS?"

„Ach, stimmt doch. Wie du dich von so Typen um den Finger wickeln lässt."

„Ich hab' mich doch nicht um den Finger wickeln lassen. Ich hab ihm nur erzählt, was ich von den Trapperhütten hier in der Gegend weiß. Er fragte, ob das stimmt, dass die für jeden offen sind. Dass ein Schlüssel aufliegt und sich im Notfall jeder dorthin flüchten darf, wenn er in die Wetterfalle oder sonst irgendeine Notsituation geraten ist. Und da fiel mir ein, dass Karson diese Saison nicht kommen würde. Der hat sich ja den Fuß verletzt und muss auf dem Festland bleiben dieses Jahr.

Ehrlich gesagt, denke ich, dass er einfach langsam zu alt wird für das Fallenstellen und Überleben hier auf Svalbard. Der macht das ja schon jahrzehntelang. Irgendwann muss wohl Schluss sein damit. Jeden Tag die paar Fallen für die Polarfüchse abgehen in der Eiseskälte. Sich die Eisbären vom Hals halten. Und monatelang keine Menschenseele sehen. Das wäre auch mir zu hart. Und mit dem Eiderentenflaum, den er im Frühjahr immer eingesammelt hat, hat er ohnehin schon ein Vermögen gemacht. Die Eiderentenfedern sind die besten Daunen überhaupt. Und fast keiner sammelte sie mehr von Hand wie unser Karson. Ich möchte nicht wissen, was der sich mit dem ganzen Zeug angespart hat. Ich glaube, der bleibt jetzt immer auf dem Festland unten und macht sich einen schönen Lebensabend.

Jedenfalls war seine Trapperstation hinten im Nordenskiöldland unbenützt dieses Jahr. Und das erzählte ich dem Deutschen. Dass es die kleine Nebenhütte vom Karson gibt. Hinten im Endalen. Da gibt es Holz und alles. Davon habe ich ihm erzählt. Und vor den Sommerbären müsse er keine große Angst haben, habe ich gesagt. Die sind nicht so aggressiv wie die Bären im Winter, wenn sie ausgehungert und verzweifelt sind. Überhaupt trauen die sich um diese Jahreszeit nur selten so weit in das besiedelte Gebiet vor."

Karson, ein Fangstemen der alten Schule, hatte seine Trapperstation im klassischen Stil errichtet. Klein, notdürftig, ohne jeglichen Luxus. Doch sie bot ausreichend Schutz und – wenn der kleine Ofen erst einmal heiß war – eine wohlige Gemütlichkeit inmitten einer menschenfeindlichen Umgebung. Die vier Wände der Hütte waren aus Ulmenholz gezimmert. Elmwood. Ulmus Campestris. Ein besonders wetterfestes, ringporiges Holz, das an der Außenseite mit einer isolierenden Tapete bezogen war. Das im Vorraum gestapelte Brennholz war Treibholz, das aus Sibirien kam. Nach einer dreijährigen Reise über die Barentssee war es vom Packeis hierher ans baumlose Svalbard gespült worden. Unter normalen Bedingungen würde das Holz der borealen Wälder spätestens nach 18 Monaten im Meerwasser zu schwer werden und versinken. Doch auf den Eisschollen fror es ein wie die Fram, mit der sich Nansen 1895 an den Nordpol treiben lassen wollte.

„Ich würde selbst gerne mal eine Weile in so einer Hütte da draußen wohnen. Du nicht? Das klingt irgendwie gemütlich … Aber ich sag' dir: Dann wärst auch du froh um einen Schneescooter, wenn du deine Lebensmittel da hinauftransportieren musst. Zu Fuß ist das schon eine Strecke bis in die Siedlung. Da bist du sicher 2, 3 Stunden unterwegs …

Na, Tommy? Wie wär's? Willst du mal ein Wochenende mit mir in Karsons Trapperhütte verbringen dieses Jahr? Mal raus aus der Stadt? Oder hast du Angst vor dem Sysselmannen?

So, dein Robben-Eintopf ist fertig. Willst du noch ein Mack Pils dazu?"

„Jå, Jå. Honey. Aber sicherlich. Mit größtem Vergnügen!"

Sebastian Fehrs Abwarten in Karsons Trapperhütte verlor sich immer mehr im weißen Schneelicht der Arktis. Immer hell, immer kalt waren die Tage und Nächte im Nordenskiöldland. Der September hatte den Nordwind mit sich gebracht, der die Zeit und alles, das sich andernorts ihr unterordnete, wegzufegen schien. Nur das Tosen besonders starker Sturmböen vermochte noch die Monotonie zu unterbrechen, die sich über den Mann in der Trapperhütte gelegt hatte wie der Schnee über das Land.

Sein Leben hier hatte aufgehört, sich irgendeinem anderen Rhythmus zu unterwerfen als dem des rasch einfallenden Winters. Immer seltener erhaschte Sebastian jetzt einen Blick durch den leuchtenden Nebel hinunter zum Fjord, um die Eisschollen zu sehen, die sich beständig formierten, oder einen roten Eisbrecher, der Longyearbyen ansteuerte. Immer seltener machte er sich noch die Mühe, einen seiner Survival-Lunches zu erhitzen. Lieblos goss er nur mehr hin und wieder den stinkenden Päckcheninhalt in kochendes Schneewasser. Abwesend aß er dann den Brei, während er unablässig in die karge Gebirgslandschaft starrte, die ihn in allen Richtungen schier endlos umgab.

Als der frühe Winter ins Land zog, tat Sebastian nur mehr das Nötigste, um sich bei Kräften zu halten. Wenn er für kurze Wanderungen hinaus auf die Schneefelder schritt, umhüllte ihn bald das raumlose Funkeln der Eiskristalle, in dem er die Orientierung verlor und Mühe hatte, zur Hütte zurückzufinden. Immer öfter ließ er sich fallen in dieses gespenstische Glitzern, lag dann auf der harten, dünnen Schneedecke, die das Gletschereis überzog und sprach mit der Sonne, den Nebelschwaden, den Bergkuppen. „Ich bin hier bei euch, euer Gast nur. Ich danke euch für eure Gastfreundlichkeit. Ich weiß es zu schätzen, wie ihr mich aufnehmt." Manchmal schrie er es in die Weite und dann wieder drehte er sich hinein in den Harsch und murmelte es direkt in die trockenen Eiskörner. Dann kauerte er auf der Schneekruste, bis er vor lauter Kälte nicht mehr sprechen konnte und es kaum mehr schaffte aufzustehen.

Hin und wieder war er auch auf Felsvorsprünge gestoßen, hinter denen er sich versteckte, hatte kleine Höhlen im Basaltgestein entdeckt, in denen er sich verkroch. „Keine Angst", sagte er zum Fels. „Ich bin kein Vorbote, sondern nur ein Durchreisender. Lange müsst ihr mich hier nicht erdulden. Ich hinterlasse nichts. Wenn die Sabotin eintrifft und mich nach Nortbruk bringt, dann wird es wieder sein, als wäre ich hier nie gewesen. Und selbst wenn ich mich bei euresgleichen auf Nortbruk niederlasse, benötige ich bloß einen kleinen Platz, wo ich mich einrichten kann, um ein Teil von euch zu werden. So hart und kalt und still zu werden wie ihr. Ihr werdet mich nicht mehr von euch unterscheiden können. Niemand wird das. Ich bin ein Teil von euch. Weiß. Schon jetzt. Schon jetzt."

Fast weiß wie dieses Blatt Papier. Weiß wie Nichts. Keine Schmerzen mehr. Kein Lärm mehr.

In Svalbard fiel ähnlich wenig Niederschlag wie in der Sahara. Das Land war eine Wüste. Doch der jährliche Niederschlag prasselte nicht in wenigen Tagen oder Wochen zu Boden und versickerte dann schnell wie in Afrika. Auf Svalbard blieb er liegen, der Schnee. Wurde vom Wind verblasen, bis das ganze Land weiß war. Sebastian sah ihm dabei zu.

Das ganze Land und das ganze Meer gefror. Jede Pflanze, die sich im kurzen Sommer hochgekämpft hatte, wurde weiß. Jeder Stein, der am Boden lag. Die Geröllmoränen und Frostschutthalden. Jedes Rentier, das gestorben war, wurde zudeckt. Jedes Tier, jeder Mensch. Ein weißer Nebel zog auf und bedeckte sogar die Sonne mit Weiß.

Sebastian sah ihm zu, wie er alles verhüllte. Er streckte sich aus.

Ob er Moose und Flechten wachsen spüren würde, wenn sie sich auf ihm ansetzten?

Das Moos auf dem Stein. Der Schnee auf dem Moos. Nebelfetzen, die über den Schnee hinwegzogen – aus dem Hintergrund von der Sonne bestrahlt.

Weiß. Grelles Weiß. Ein pochender Schmerz, ein Brennen der Augen, ein Bersten der Schläfen. Ein monotones Brummen.

OSTROW BRJUSA

„Prokljatye shenki. Widetj ich nemogu."

Kapitän Smochow hatte nichts übrig für diese westlichen Passagiere, die er neuerdings verpflichtet war, auf seinem Schiff an Bord zu nehmen.

„Ach, Dr. Karmasow. Was tun Sie mir an ... Diese verdammten Weicheier. Ich kann sie nicht mehr sehen ... Was ist aus uns geworden!", murmelte er in seinen Bart hinein. Ließ seinen Blick vom Landungskai des Longyearbyener Hafens über die Landschaft gleiten. Verschneite Hänge. Eine zerfallene Kohlegrube. Das Haus des Sysselmannen am Eingang zur Siedlung.

Der Eisbrecher Sabotin, den er navigierte, hatte jahrzehntelang im Dienst der russischen Wissenschaft gestanden. Sobald die Witterung es erlaubte, war Smochow auf ihm unterwegs durchs Nordmeer und transportierte Polarforscher, Tiere, Nahrungsmittel, Ausrüstung und teils auch gut verschlossene Container, von deren Inhalt er möglichst wenig zu wissen hatte, durch das aufbrechende Packeis. Von St. Petersburg ging es früher durch die Ostsee, vorbei an der Westküste Norwegens in die Barentssee, entlang der Westküste Nowaja Semljas bis in das nördlichste russische Hoheitsgebiet, das Franz-Joseph-Land. Sein Franz-Joseph-Land.

Früher war das seine Route gewesen. Die Route der Sabotin, der „Fürsorge". Jahrzehntelang. Auch wenn die Eisfahrten immer unregelmäßiger wurden. Auch wenn er sich immer öfter fragte, was er da denn überhaupt noch zu versorgen hatte. Zerfallene Hütten. Vom Rost zerfressene Garagen. Veraltete Wetterstationen mit defektem Gerät. Schrottmaschinen. Leck gewordene Ölfässer. Zu Hunderten lagen sie wie Treibholz am Strand.

Seine Passagiere waren keine Helden mehr. Gelegenheitsarbeiter, die nicht mehr dem Vaterland einen Dienst erweisen wollten, sondern einfach keine andere Arbeit gefunden hatten. Heruntergekommene, verlorene Gestalten. Besonders wenn er sie nach einem Arbeitsaufenthalt wieder zurück ans Festland brachte. Wissenschaftler, die keinen Winter mehr im Eis blieben. Grenzposten, die keine Grenze zu bewachen hatten. Militärs unterster Ränge, die ihre Versetzung in dieses verwunschene Gebiet verfluchten.

Was sollten sie dort oben noch? Wo es nichts mehr zu forschen und bewachen gab. Wo arktische Stürme den Schnee auf die russischen Metallflaggen bliesen, die vor längst vergangenen Jahrzehnten dort errichtet worden waren. Damals, in den Zeiten des Aufbruchs und nicht des Abbruchs.

„Was wollen wir dort oben noch?“, hätte er seinen Vorgesetzten Dr. Karmasow oft fragen wollen. Wäre es seine Art gewesen, Fragen zu stellen, Antworten einzufordern, dann hätte er es wohl getan.

Doch es war nicht seine Art. Deshalb hatte er diesen Job auch so lange schon behalten. Weil er keine lästigen Fragen stellte. Und weil keiner so gut wie er das Eis des Nordpolarmeers kannte. Ihm lud man irgendeine Fracht an Bord und er lieferte sie an ihrem Bestimmungsort ab, mochten die klimatischen Bedingungen noch so miserabel sein. Er fand einen Weg durchs Eis. Zu jeder Jahreszeit. Auch wenn er weder wusste, was er transportierte, noch in welchen Räumen es Verwendung fand.

Ja, früher war das seine Route gewesen. Doch heute musste er noch den Umweg um Spitsbergen nehmen. Musste noch in den Westen fahren. Anlegen. Nicht in Barentsburg, der russischen Kohlearbeiterstadt, sondern in Longyearbyen, wo er westliche Touristen an Bord nehmen musste, bevor er weiter oben erst, entlang des 80. Breitengrades, zu den Franz-Joseph-Inseln hinüberqueren durfte.

Er hatte nicht nachgefragt, warum er diesen neuen Zwischenstopp einzulegen hatte. Doch es war ihm klar geworden, dass die Zeit gekommen war, in der Dr. Karmasow Kompromisse eingehen musste, um die Versorgungsfahrten überhaupt noch ermöglichen zu können.

Überall musste man heutzutage Kompromisse eingehen. Jede Entscheidungsgewalt war verlorengegangen, so schien es dem

Kapitän. Besser, man fragte nicht warum. Besser nicht allzu gut Bescheid wissen. Das Leben war kompliziert genug.

Die Sabotin versorgte die wenigen in dem feindlichen polaren Klima noch ausharrenden Wissenschaftler und Soldaten der letzten noch bemannten Forschungsstationen des Archipels mit den nötigsten Arbeitsgeräten und Lebensmitteln. Ihre Crew inspizierte, sofern es die Bedingungen erlaubten, die wenigen aktiven Wetterwarten der Inseln. Nur sie lieferte noch Nachschub zu den vom russischen Festland mittlerweile vergessenen Wetter- und Militärstationen.

Fünf Stück waren das. Doch welche und zu welcher Zeit noch bemannt waren oder eine Funktion erfüllten, darüber war sich niemand an Bord im Klaren. Auch wusste niemand, ob es noch weitere russische Stützpunkte gab auf diesen weit im Polarmeer verstreuten Inseln.

Jedenfalls hielt die Sabotin meistens Kurs auf Ostrow Alexandry, wo 1952 die meteorologische Station Nagurskoje errichtet worden war. Mittlerweile diente diese offiziell nur mehr als kleiner Grenzwachtposten.

Ein ähnliches Bild bot Sov-Nor-Pol, eine verwahrloste Station des Murmansker Meeresbiologischen Instituts in der Tichaja-Bucht. Dort war bereits 1929, kurz nachdem die Sowjetunion das Franz-Joseph-Land in Anspruch genommen hatte, ein magnetisches Observatorium errichtet worden. Zugleich war auch eine geophysikalische Beobachtungsstation in der Teplitz-Bucht auf Ostrow Rudolfa, der nördlichsten Insel des Archipels, entstanden. Heute waren diese Hütten nur mehr gelegentlich von einer Handvoll Männer besetzt. Und ihre kleine Flugzeuglandebahn war über die Jahrzehnte, die sie in der arktischen Wildnis brachlag, unbenützbar geworden. Bis dort hinauf kam selbst die Sabotin nur selten.

Auch die verwilderten Baracken auf der Graham-Bell-Insel waren nur gelegentlich Ziel von Kapitän Smochows Reisen. Er konnte den jahrealten Gerüchten, dass diese Ruine als zukünftige Hubschrauberbasis in Betracht gezogen werde, nicht trauen.

Bei jeder Fahrt ins Archipel stand jedoch ein Zwischenstopp auf der einst größten arktischen Polarstation überhaupt an, der geophysischen Wetterwarte Krenkel auf der kleinen, mitten im Archipel gelegenen Insel Kheysa.

1957 war Krenkel mit großem Stolz, unter hohem Aufwand und enormen Kosten von der Sowjetunion errichtet worden. Ein Dutzend Hütten hatte man am Ufer eines kreisrunden Süßwassersees aufgestellt und entsprechend den Bedingungen auf 80°55' Grad nördlicher Breite ausgestattet. Jahrzehntelang betrieben dort über hundert Wissenschaftler und Militärs unter strenger Geheimhaltung meteorologische Atmosphären- und Klimaforschungen und sicherten der UdSSR ihr nördlichstes Territorium, ein Terra Nullius, ein Niemandsland, das sie 1926 eigenmächtig in Besitz genommen hatte.

Doch bereits in den 60er-Jahren schwand die russische Euphorie für dieses arktische Land, das den riesigen Aufwand, mit dem Stationen dort erhalten werden mussten, nicht rechtfertigte. Schon während des Kalten Krieges ließen die Sowjets dort einen Stützpunkt nach dem anderen auf, obwohl das Franz-Joseph-Land damals noch als „unversenkbarer Flugzeugträger" verstanden wurde. Stattdessen wurde das Augenmerk auf die südlicher gelegene und einfacher erreichbare Doppelinsel Nowaja Semlja gelegt. Das Franz-Joseph-Land besaß man, behielt man, auch wenn die Annektierung international nie anerkannt worden war. Die Russen gaben es nicht mehr her und entschieden, es brachliegen zu lassen.

Als der Kalte Krieg in den 90er-Jahren zu Ende ging, blieben auf Krenkel nur mehr wenige Wissenschaftler zurück. An einer Hand ließen sich die Unglücklichen abzählen, die dort oben in Schnee und Eis, vergessen vom Mutterland noch ihrer unterbezahlten Arbeit nachzugehen hatten. Auf den bald wieder menschenleeren Basaltinseln werteten diese Polarniks seither nur noch spärliche Daten für die Moskauer Führung aus.

Sie sahen zu, wie die Eisbären sich das Land zurückeroberten.

Hunderte Eisbären waren das, die im arktischen Hochsommer, wenn die Sabotin durch unberechenbares Packeis brach, durch die dichten Nebelschleier schlenderten, welche die Mitternachtssonne fernhielten. Diese Bären hatten auf der Inselgruppe ein letztes Paradies gefunden. Auf dem gefrorenen Polarmeer zwischen Svalbard und dem Franz-Joseph-Land wanderten und schwammen sie hin und her. Sie hatten keine Feinde mehr, seit die Jagd auf sie von der russischen Regierung 1973 verboten worden war. Sie mussten ihr Land mit niemandem mehr teilen, seit sich die Militärs mit dem Zerfall der Sowjetunion wieder aus ihrem einst ruhmreich annektierten Nordland zurückgezogen hatten.

Das Franz-Joseph-Land, diese letzte arktische Wildnis hat bislang alle Menschen abgewehrt, die sie zu benützen planten. Seit der Sichtung des Landes im Jahre 1868 durch den norwegischen Robbenfänger Nils Frederick Rönnebeck, der die ersten Inseln vermaß und als „Rönnebecks Land" für Norwegen in Besitz nahm, trotzte das Archipel seinen Eroberern.

Als eine österreich-ungarische Nordpolexpedition von Payer und Weyprecht 1873 vom Packeis eingeschlossen wurde und nach jahrelanger Drift schließlich, anstatt den Nordpol zu erreichen, per Zufall an die Steilküsten einer noch unbekannten Inselgruppe stieß, gaben die Entdecker dem neuen Land ihrem Kaiser Franz Joseph I. zu Ehren seinen heutigen Namen. Die Zirkumpolardrift hatte ihr Schiff, die Admiral Tegetthoff, an eine südöstliche Insel des Archipels geführt: Semlja Vilceka, nach dem Förderer der Expedition Graf Wilczek benannt.

Doch weiterhin widersetzte sich das menschenfeindliche Land seiner Erkundung. Schneestürme, Temperaturen bis zu fünfzig Grad unter Null, Gletscherspalten, Gebirgsketten und offene Wasserstellen stellte es gegen diejenigen, die es betraten. Bereits Karl Weyprecht, der sich unter unmenschlichen Anstrengungen als erster dazu aufmachte, den Südrand des Neulandes zu erforschen, stellte fest: „Nie wird je an diesen Küsten ein Mensch sesshaft werden, bevor der kalte Tod nicht seinen Leib an ein Steingrab fesselt."

Doch weniger als zehn Jahre später schon unternahmen die Engländer Versuche, die Inseln zu erkunden. Allen voran Leigh

Smith mit seinem Dreimaster Eira und einer 25-Mann-Besatzung. Nach abenteuerlichen Fahrten landete die Mannschaft in einem zweiten Anlauf an der bis dahin unbekannten Küste der Bell-Insel, ein kleines Eiland vor Ostrow Nortbruk und Brjusa. Dort errichtete sie ein hölzernes, fensterloses Haus, die Eira Lodge. Doch als ihre Bark vom Packeis eingeschlossen, zermalmt und versenkt wurde, mussten sich die Männer auf Kap Flora retten, wo sie den Winter in einer provisorischen Behausung aus Torf und Stein überstanden. Im Juni 1882 flüchteten sie sich in vier Rettungsbooten durchs Packeis nach Nowaja Semlja.

Weitere zehn Jahre später vermuteten die Europäer nach wie vor, dass dieses abweisende Gebirgsland das sagenumwobene Petermann-Land sei und sich im Nordosten bis zum Nordpol erstrecke. Noch war niemand auf das nördliche Ende der Georg-Insel knapp unter dem 81. Breitengrad gestoßen.

Die Jackson-Harmsworth-Expedition 1894 plante, auf solch einem Landweg den Pol zu erreichen. Drei Jahre überstanden die neun Expeditionsteilnehmer in vier Hütten aus Ulmenholz und Segeltüchern, die sie ebenfalls auf Kap Flora, dem Südkap Nortbruks, errichteten. Nicht weit von der Ruine entfernt, die von Leigh Smiths Behausung geblieben war. Elmwood, ihr Lager, war die am besten ausgestattete Polarstation ihrer Zeit. Doch auch diese Männer verloren den Kampf gegen die Elemente. Selbst ihr letztes Sibirisches Pony, das sich mittlerweile sogar daran gewöhnt hatte, Bärenfleisch zu essen, war im dritten Winter gestorben. Mensch und Hund konnten den Belastungen nicht mehr standhalten. Geschwächt und dezimiert, vor allem aber deprimiert, dass sich kein Petermann-Land als Brücke zum Nordpol sichten ließ, gaben sie 1897 auf und brachen die Expedition ab.

Seitdem hat jeder – sofern er dazu noch in der Lage war – das unwirtliche Land letztendlich wieder verlassen. Jede Invasion des Menschen hat das arktische Basaltgestein zurückgeworfen. Die Österreicher, Norweger, Briten, Amerikaner und Russen; sie alle waren nur Kurzbesucher dieses Felsenlandes. Es ließ sich nicht besiedeln und wurde vergessen im Eismeer. Nutzlos, keines Konfliktes würdig. Ein abgeriegeltes und vergessenes Militär- und Naturschutzgebiet ohne bemerkenswerte Bodenschätze oder Jagdgründe. Es hatte sich als nicht tauglich erwiesen, als nicht bewirtschaftbar, als nicht haltbar auf Dauer. Es ließ sich nur bewohnen von arktischen Vogelarten, von Walrossen, Eisbären und vereinzelten Polarfüchsen. Sein Gestein ließ sich nur in kurzen Sommerwochen an wenigen Hängen von einer Pflanzendecke aus arktischen Moosen und Flechten überziehen. Aber den Menschen stieß es immer wieder ab. Wertlos blieben für ihn die Inseln bis heute. Und wenn sich nicht Vermutungen von Erdölvorkommen vor ihren Küsten eines Tages bestätigen sollten, dann wird dies auch so bleiben.

So verließen auch die Russen, die sich die Inseln letztendlich angeeignet hatten, ohne Wehmut mit dem Ende des Jahrtausends das schroffe Terrain wieder. Sie überließen es den polaren Stürmen und hinterließen nur tote Maschinen, eingefallene Hütten, verrostete Container, Schrott und Müll. Wehende und metallene russische Flaggen.

Lediglich Kapitän Smochows Schiff besuchte weiterhin die unbemannten und die kaum mehr besetzten Wetter- und Militärstationen auf den Inseln Ostrow Kheysa, Gukera (Hooker), Semlja Alexandry und Graham Bell oder, wenn es die Witterung erlaubte, auch die nördlichste Schneelandebahn des Archipels auf Ostrow Rudolfa.

Kapitän Smochow war der letzte, der sich noch darum kümmerte. Es war sein Land, das Franz-Joseph-Land.

In den 60er-Jahren war er vom Leiter des Petersburger ‚Arktischen Museums', dem international angesehenen Polarforscher Dr. Karmasow, für diese ehrenvolle Aufgabe angeheuert worden. Russland stand im Kalten Krieg mit den USA und brauchte einen verlässlichen Chauffeur, der bis zu fünfmal im Jahr die Militärposten im nördlichsten sowjetischen Hoheitsgebiet versorgte. Man brauchte einen treuen Kapitän, der es verstand, durch schwere See und meterdickes Eis zu navigieren. Einen, der an sein Ziel kam, selbst wenn das Eismeer noch so sehr von arktischen Schneestürmen gepeitscht oder unter klirrender Kälte gefroren war.

Dr. Karmasow wusste Kapitän Smochows Können und seine Verschwiegenheit zu schätzen. Nie stellte dieser Genosse Fragen, die über seine nautischen Anforderungen hinausgingen. Jeden Schaufelbagger, jeden Kartoffelsack, jede Kiste Wodka, jeden Sprengsatz oder jedes Funkgerät, das man auf seinem Schiff verlud, brachte er ohne Kommentar und auf schnellstmöglichem Weg an sein Ziel.

Kapitän Smochow stellte auch weiterhin keine Fragen, als in den darauffolgenden Jahrzehnten seine Auftragsfahrten seltener wurden.

Es waren kalte Jahre, in denen das schwere Packeis sich sogar in den kurzen arktischen Sommermonaten kaum bis an die übliche Packeisgrenze zurückzog. Die Sabotin holte nun immer öfter Menschen aus dem ewigen Eis *zurück*, anstatt ihnen Material für eine neue Saison zu liefern. Ein Camp nach dem anderen wurde verlassen, eine Station nach der anderen aufgegeben. Die Arbeiter wurden zurück nach St. Petersburg verschifft und deren Ausrüstung, Wohncontainer und Arbeitsmaschinen zurückgelassen auf leblosem Gestein. Es gab keinen Auftrag mehr im obersten Norden, wo das Land zu 85 Prozent vergletschert war. Das, was man Jahre zuvor mit solch großem Aufwand hinauf gebracht hatte, war mittlerweile vom Rost zerfressen und nicht der Mühe wert, es wieder zurückzuholen. Hütten, Landebahnen, Radarstationen, Werkzeugdepots, Schneeraupen oder Forschungsboote zerfielen zu gräulich braunen Geisterstätten, die von Sturm und Eis allmählich zugedeckt wurden. Fässer voller Öl, Container voller Diesel wurden von Schnee und Eisschlamm begraben, als die Arktis diese wenigen Eindringlinge, die es gewagt hatten ihr auf diesen Inseln zu trotzen, vertrieb. Die Korrosion nahm ihre Arbeit auf bis alles Eisen und Stahl zerfressen war und Öl und Treibstoffe in Meer und Stein versickerten. Immer mehr Wissenschaftler und Soldaten beförderte Kapitän Smochow im Lauf seiner Tätigkeit, die er im offiziellen Auftrag des Petersburger Arktischen Museums unternahm, zurück

Richtung Süden, Menschen, ihre wenigen Habseligkeiten und die Aufzeichnungen, die sie nicht noch vor Ort in lodernden Ölfeuern verbrannt hatten.

Mit dem auslaufenden Jahrhundert wurden die russischen Polarstationen geräumt, bis Kapitän Smochow schließlich nur mehr eine Handvoll Stützpunkte jährlich anzulaufen hatte: Auf dem Weg nach Franz-Joseph-Land ein Militärlager auf der Südinsel Nowaja Semljas nahe der Matotschkinstraße, dann die Reste Krenkels und die zugeschneiten Container des Militärflugfeldes Nagurskoje, das tote Observatorium in der Tichaja-Bucht Ostrow Gukeras, sowie wenige, unbemannte Wetter- und Radarstationen.

Die Sabotin lag geduldig im Eis des Austria Sundes oder anderer gefrorener Meeresengen und Buchten, wenn die Lieferungen an Land gebracht wurden. Schiff und Besatzung warteten darauf, die Mechaniker und Meteorologen, welche missmutig ihre Instandhaltungsarbeiten so schnell wie möglich hinter sich brachten, wieder an Bord zu nehmen.

Auch die letzten Soldaten und Wissenschaftler, die in Krenkel, Nagurskoje oder Sov-Nor-Pol noch mehrere Monate im Jahr ihrer undeutlich definierten Arbeit nachgingen, taten dies in einer mürrischen, widerwilligen Weise. Sie gingen einem Auftrag nach, der hauptsächlich in die Aufgabenstellung mündete, wie man im Nichts von Nichts und für Nichts endlose Stunden überstehen konnte.

Als Russland nach dem Zerfall der sowjetischen Föderation in einen Rausch des Blitzkapitalismus fiel, gehörten die Gebiete im Polarkreis den entlegensten russischen Provinzen an, um die sich niemand mehr kümmerte. In Moskau und St. Petersburg wurde der russische Rubel durch gewinnbringende Aktien, Devisen und nebulöse Geldgeschäfte ersetzt und hatten einige Wenige den Reichtum einer ganzen, untergegangenen Weltmacht an sich gerissen. Die Verdammten jedoch, die dort oben auf den Franz-Joseph-Inseln arbeiteten, wurden hinter dem Polarkreis vergessen. Oben am nördlichen Pol, der keinen Nutzen mehr hatte und keinen schnellen Gewinn einbrachte, waren sie ausgesetzt auf einem Stück Land, das niemanden mehr interessierte.

Nur Kapitän Smochow versorgte sie noch mit dem Allernötigsten. Nur er schien sich seiner Verantwortung für diese ausgestoßenen Diener des Vaterlandes noch bewusst. Nur er und sein Vorgesetzter, Dr. Karmasow.

Dieser jedoch war inzwischen in den dämmrigen Zustand eines Greisen gerutscht, war zynisch geworden, verbittert, so schien es, und gab sich resignativ dem Verfall seines Arktischen Museums hin. Die staatlich anerkannte Gesellschaft für arktische Forschung St. Petersburgs, deren stolzer Leiter er einst gewesen war, existierte mittlerweile nur mehr auf dem Papier, auf Aufzeichnungen und Urkunden hinter verstaubten Glasvitrinen des Museums und auf nie ausgearbeiteten Internetseiten voller toter Links und miserabel aufgelöster Bilder vergangener Tage.

Im nach Schimmel riechenden Hinterzimmer des Museums saß der alte, weißhaarige Mann Tag ein Tag aus und verfluchte den Kapitalismus, den Neoliberalismus und alles was in sein Russland eingezogen war seit der Perestroika. Diese hatte in seinen Augen aus einer Weltmacht eine Marionette der amerikanisch dominierten Weltwirtschaft gemacht – und aus seinem arktischen Institut einen jämmerlichen Scherbenhaufen, der sich allerorts um Investoren und Einnahmequellen umschauen musste, um die wenigen polaren Forschungsaufträge und Ausstellungsrequisiten noch finanzieren zu können.

Die russisch-orthodoxe Kirche im Herzen St. Petersburgs, die in den 30er Jahren bereits zum Museum umfunktioniert worden war und die wenigen Ausstellungsstücke beherbergte, die Dr. Karmasows Team seit den 50er Jahren auf verschiedenen Arktisreisen zusammentrug, fiel mit den Jahren immer mehr in sich zusammen. Inzwischen konnte sie nur mehr von notdürftigen Gerüsten und Holzstämmen vor ihrem endgültigen Zusammenbruch bewahrt werden. Nur ein Wunder oder die plötzliche Laune eines neureichen St. Petersbürgers konnte dieses Museum noch vor dem gänzlichen Zerfall retten. Doch die wenigen, innerhalb kurzer Zeit zu unglaublichem Reichtum gekommenen Einwohner dieser baltischen Stadt, steckten ihr Vermögen in andere Projekte – in Fussballklubs, in Immobilien an der Côte d'Azur etwa, oder in funkelnde Sushi-Restaurants an der Nevskiy Prospect, der mit jedem Jahr immer heller erleuchteten Prunkmeile der Stadt.

Das Arktische Museum lag nur wenige dunkle Straßenblocks von diesem Glitzer entfernt und trotzdem war es in unerreichbarer Entfernung abgeschieden vom neuen Geldfluss Russlands. Wen interessierten die ausgestopften Eisbären, Walrosse und arktischen Vogelarten, die vergilbten Bilder und Niederschriften russischer Polar-Pioniere oder die vermoderten Planken und Hölzer von arktischen Schiffen und Behausungen, die in diesen spärlich erhellten Räumen verstaubten.

Einst hatten sie einen Eindruck der russischen Vormacht am Nordpol vermittelt. Seit den 30er-Jahren hatte ausschließlich die UdSSR das Sagen, welche Forschungsstützpunkte und Expeditionen im arktischen Nordosten unterhalten wurden. Die sowjetischen Gebiete am Nordpol waren eine Machtdemonstration. Auch wenn nur mehr wenig Heroisches auf Franz-Joseph-Land unternommen wurde, so war wenigstens alles in sowjetischer Hand.

Doch heute waren diese Gesten zum Relikt einer grauen Vorzeit verkommen. Die Museumsexponate waren gleich wie die aufgelassenen russischen Forschungsstationen auf den Inseln des Franz-Joseph-Archipels einem stillen Tod auf Raten ausgeliefert. Mochten sie nur dahinsiechen und in die Vergessenheit rutschen: solch nutzloser Ballast aus vergangenen Tagen hatte im neuen russischen Wettlauf nach Geld und Macht keinen Platz.

Eine einzige alte Frau war noch angestellt im Museum und verdiente ihre Rubel, so wie sie es seit 35 Jahren tat: Sie saß von einem kleinen elektrischen Heizstrahler und einer bunten Wolldecke gewärmt im Eingangsfoyer und wies mit einem feindlichen Blick jeden Gast zurück, der sich zufällig durch die morsche Eingangstür zu ihr verirrte. Sollten sich die meist ausländischen Gäste von ihrer Ungastlichkeit nicht beeindrucken lassen, so verlangte sie ihnen einen von ihrer Laune abhängigen Euro- oder Dollarbetrag ab. Und falls sie auch diesen ohne Diskussion zu begleichen bereit waren, so ließ sie sie weiterziehen in die kalten, hohen Räume, welche in ein gelbliches, mattes Licht getaucht waren, das durch die Glasmosaike der spitzen Fenster einfiel.

Die schüchternen Stimmen dieser seltenen Besucher drangen in Dr. Karmasows Büro vor, wo er Forschungsergebnisse und Finanzierungspläne studierte und die Mitarbeiter seiner Arktischen Gesellschaft koordinierte.

Der Mann war längst zu alt, um selbst noch aktiv an Forschungsreisen teilzunehmen. Lange vorbei waren die Tage, wo er sich als führender Radioglaziologe der russisch-arktischen Regionen einen Namen gemacht hatte und bekannt geworden war bis hinauf in die höchsten Moskauer Regierungskreise. Jetzt hatte er keine Kraft mehr, weder Möglichkeiten noch finanzielle Mittel, um die Bewegungen der Gletscher am Polarkreis zu studieren, ihren Wachstum oder Rückgang zu messen und ihre Wärme-Bilanzen auszuwerten. Er hatte seine Stellung als renommierter Glaziologe verloren so wie Russland das Interesse an seinen Entdeckungen.

Die Zeichen standen jetzt anders in diesem neuen Land, das mit der Sowjetunion, wie er sie kannte, nichts mehr zu tun hatte. Die Fördermittel waren gekürzt. Die wenigen Polarniks, die auf den acht der einstmals 36 russischen Polarstationen auf Nowaja Semlja und Franz-Joseph-Land noch arbeiteten, waren unterbezahlt und miserabel versorgt. Der erste russische Ministerpräsident Jegor Gaidar hatte nach dem Zusammenbruch der Sowjetherrschaft entschieden, dass Russland den hohen Norden nicht brauchte. Und so wurde stillgelegt, was früher einmal höchste Priorität besessen hatte. Die gewaltigen Verteidigungsstellungen, die in der russischen Arktis gegen mögliche NATO-Angriffe errichtet worden waren, wurden aufgegeben.

Freilich wusste auch Dr. Karmasow nicht genau, was auf Nowaja Semlja tatsächlich alles aufgebaut worden war und nun buchstäblich auf Eis gelegt wurde. Im Gegensatz zum Franz-Joseph-Land schienen dort noch einige Aktivitäten stattzufinden. Forschungen, Waffentests, Beobachtungswarten. Auch Dr. Karmasow konnte darüber nur spekulieren. Als Wissenschaftler wusste er von den abgeriegelten Raketenbasen und Flottenstützpunkten, von den Flugplätzen für strategische Bomber, von den Testgeländen für Atomwaffen und nuklearen Müllhalden nur so viel, wie man ihm mitteilen hatte müssen. Er erfuhr nur, was man für sicher genug hielt, um es einem Zivilisten anzuvertrauen. Auch für Dr. Karmasow war Nowaja Semlja ein unbekanntes Sperrgebiet geblieben. Eine mysteriöse Zone ober- und unterirdischer Nuklearwaffentests, über die er nicht viel Näheres wusste, als dass 1961 bei einem Atomwaffentest die „Zar-Bombe", die stärkste jemals gezündete Wasserstoffbombe in der Bucht von Mitjuschika eingeschlagen hatte. Es war die größte jemals von Menschen verursachte Explosion gewesen. 3800-mal stärker als die Hiroshima-Bombe hatte ihr gigantischer Atompilz damals in 50 Kilometern Höhe den finsteren arktischen Herbst erhellt. Die Welt, die NATO sollte sehen, zu welcher Zerstörung Moskau fähig war. Für wenige Minuten ließ der damalige sowjetische Regierungschef Chruschtschow die Frostschuttwüsten und Tundren im gelb-rötlichen Licht einer Explosion von bis dahin ungekannter Sprengkraft erstrahlen. Aber bald verdunkelte sich das Licht wieder über der sichelförmigen Doppelinsel. Bald verhüllte die Polarnacht wieder die Sperrzonen, und die weitere Verwendung des gefrorenen Bodens dieses Territoriums blieb unter strenger militärischer Geheimhaltung verborgen.

Nein, selbst für Dr. Karmasow blieben die steilen, eisigen Westküsten dieser 900 Kilometer langen Inselgruppe nur schroffe Klippen, die er auf seinen Fahrten durch die Barentssee dutzende Male passiert hatte. Sie waren das Reich des Militärs – und für den Wissenschaftler bloß ein Zwischenstopp auf dem Weg weiter nördlich zum Franz-Joseph-Land gewesen, jenem Archipel, an welchem dem Geophysiker wirklich gelegen war.

370 Kilometer nördlich von Nowaja Semlja schloss sich der Eispanzer für gewöhnlich eng um die 191 Inseln, die dieser verbitterte Mann auch bei aller Neuordnung in Russland nicht gänzlich aufzugeben gewillt war. Auch wenn er selbst nicht mehr dazu in der Lage war, die Reisen in ihr Eis zu unternehmen, so wusste er um Kapitän Smochows Loyalität und um die Kraft des Eisbrechers Sabotin, den er so lange und regelmäßig wie möglich noch hinauf schicken wollte in den nördlichsten Norden. Er wusste Bescheid über den jämmerlichen Zustand der Wetterstationen des Franz-Joseph-Lands. Er wusste, wie die dorthin versetzten Wissenschaftler auf Schrott und Müll hausen mussten, als lebten sie in einem trostlosen Moskauer Ghetto, ausgestoßen vom neuen Wohlstand und Fortschritt, in einem eisigen Klima, das selbst nordsibirische Siedlungen noch an Lebenswidrigkeit übertraf. Er hatte Mitleid mit diesen Polarniks, mit diesen Slumbewohnern, diesen Müllmenschen, die inmitten polarer Traumwelten, am äußersten, menschenfeindlichsten Rand des russischen Oblast Archangelsk dazu verdammt waren, ein Dasein jenseits der Zivilisation zu fristen. Solange er leben würde, solange Dr. Karmasow noch irgendwelche Hebel in Bewegung setzen konnte in seinem ihm immer fremderen Land, würde er Kapitän Smochow dort hinauf schicken mit Nahrungsmitteln und Forschungsausrüstung. Er würde die in Eis erstarrten Inseln nicht abschreiben, so wie seine Vorgesetzten es taten.

Während die staatliche Kontrolle und Unterstützung für das Arktische Museum immer weiter abnahm, entdeckte der alte Mann nun selbst die Möglichkeiten des Kapitalismus für sich. Wohlhabende Touristen aus dem Westen ebenso wie neureiche Russen suchten das Abenteuer Arktis. Sie waren bereit, viel Geld dafür auszugeben, dass jemand sie dorthin beförderte; dass jemand sie zu einem Land brachte, das erst wenige Menschen zuvor betreten hatten.

Seit den 90er-Jahren hatte Moskau damit begonnen, Einreisevisa für das bis dahin versperrte Franz-Joseph-Land auszustellen und nach genauer Prüfung Zivilisten und Ausländern die Erlaubnis zu erteilen, die Inseln unter Einhaltung strenger Auflagen zu besuchen.

So heuerte Dr. Karmasow nun mehrere junge Mitarbeiter an und begann die Möglichkeiten des neu entstandenen arktischen Tourismus mit den Fahrten der Sabotin im Auftrag von Wissenschaft und Forschung zu kombinieren. Bald waren Kontakte zu Reiseunternehmen und Agenturen in Norwegen, Deutschland, in Schweden und Moskau geknüpft und somit dem Arktischen Museum neue finanzielle Mittel erschlossen.

Dr. Karmasow wusste, dass er mit dieser Grätsche zwischen staatlichen und touristischen Interessen einen heiklen Kompromiss einging, der mit jeder Fahrt mehr das zerbrechliche Gleichgewicht zwischen wissenschaftlicher Geheimhaltung, arktischem Naturschutzgebiet und wachsendem Tourismus in solch entlegenen Regionen bedrohte. Doch der Staat wollte die Devisen, das Arktische Museum brauchte die Finanzierung der Fahrten und die Touristen waren bereit, für wenig Annehmlichkeiten an Bord viel Geld zu bezahlen. Sie wollten am nördlichsten Landpunkt Europas, dem Kap Fligeli auf Ostrow Rudolfa, auf 81°51' nördlicher Breite mit Krimsekt auf ihre persönliche Eroberung der Arktis anstoßen.

So wurde der Eisbrecher Sabotin im neuen Jahrtausend zweigeteilt. Eine strenge Absperrung trennte die russische Besatzung, die staatlich beauftragten Wissenschaftler, Mechaniker und Soldaten samt deren Lieferungen vom hinteren, dem internationalen Teil des Schiffs, wo betuchte Abenteuertouristen ihrer Sehnsucht nachkamen, etwas Besonderes zu erleben. Es waren verschiedene Welten, die auf ein und demselben Schiff jetzt durch die Mitternachtssonne schaukelten: Mehrsprachige Guides und internationale Köche betreuten die hintere Hälfte, während die andere darauf bedacht war, die Geheimnisse dieser arktischen Landschaften möglichst gut vor fremden Blicken zu verbergen.

Es würde nicht lange gutgehen, diese beiden Welten auseinanderzuhalten und doch beide zufriedenzustellen, dessen war sich Dr. Karmasow bewusst. Aber jedes Jahr, in dem er weiter die Sabotin gen Norden schicken konnte, war ein persönlicher Erfolg für ihn.

Der Kapitän des Schiffs selbst, der störrische, mit jeder dieser Fahrten misanthropischere Wladimir Smochow, konnte sich an solchen Erfolgen weniger erfreuen. Er musste nun den Umweg über den kleinen Containerhafen einer norwegischen Bergbausiedlung fahren und mitansehen, wie an der Landungsbrücke Longyearbyens neugierige Touristen an Bord gingen. Nicht einmal Barentsburg durfte er zu diesem Zweck anlaufen. Nein, die Westler wollten in westlichem Komfort anheuern. Prokljatye shenki! Eingepackt in modernste winterliche Kleidung, in rote Overalls, Daunenanoraks und Fleece, ausgerüstet als würden sie selbst eine gefährliche Expedition ans Ende der Welt unternehmen. Dabei schiffte die Sabotin sie ohnehin nur an den harmlosen Tagen, die dieses abgelegene Eck der Welt in seinem kurzen sommerlichen Zeitfenster zu bieten hatte, durch das Nordpolarmeer. Höchstens an drei Tagen im Jahr, im März, Mai und ein letztes Mal noch Anfang September, wenn die Sonne bereits Richtung Süden reiste und der Ozean weitgehend frei von Packeis war, wurden sie ja überhaupt an Bord genommen.

Überall redeten und grinsten diese Landratten hinein. Sie schrien sich unverständliche und unnötige Sachen zu, knipsten mit ihren Kameras, als ginge es um eine bedeutende wissenschaftliche Entdeckung, und machten sich vor, die Naturgewalten der Arktis zu erkennen. Derweil zeigte man ihnen bloß ein Bilderbuch, das sie sich genauso gut zuhause in überheizten Wohnungen ansehen könnten. Man nahm sie nur mit, wenn die Arktis nicht die Arktis war, wenn keine grimmige Dunkelheit und undurchbrechbaren Eispanzer sie einhüllten in einen rauschenden Kältemantel. Diese Passagiere erlebten die Arktis nur in einer Pause von ihrem wirklichen Dasein. Diese Narren, die da über die Gangway auf sein Schiff stiegen. Sie gaben Unmengen von Geld dafür aus, sich selbst zu belügen. Landeier waren das in Wladimir Smochows Augen. Heuchler. Verwöhnte Muttersöhnchen, die in westlicher Dekadenz den Zusammenbruch der Sowjetrepubliken ausnützten.

Mit verachtungsvollem Blick betrachtete er die bunt gekleideten Figuren, die sein Schiff in Longyearbyen an Bord nehmen musste. Auf Ostrow Nortbruk würde er sie sogar kurz mit Zodiacs an Land gehen lassen müssen. Damit sie die Überreste Elmwoods und der Eira Lodge fotografieren konnten. Lächerlich. „Eto smeshno", murmelte er. Seine Augen starrten ins Leere, während er langsam und starr seinen Kopf schüttelte. Ebenso musste er ihren Landgang an der Bell-Insel erdulden. Und am Kap Heller des Wilczek-Landes würde er selbst ihr Arctic Barbecue über sich ergehen lassen müssen.

Aber zumindest hatten sie ansonsten nichts zu melden auf seinem Schiff. Sie fuhren unter seiner Flagge, unter russischer Flagge. Sie waren seinem Kommando unterstellt, und er würde ihretwegen nicht mehr als die nötigsten Kompromisse eingehen. Er verachtete diese neue Fracht, aber er hatte sie zu dulden, so wie das Nordpolarmeer sein Schiff jedesmal aufs Neue wieder erdulden musste. Er benötigte diese Passagiere, damit das Arktische Museum ihm jedes Jahr aufs Neue die Genehmigung zum Auslaufen aus dem Petersburger Hafen erteilen konnte. Er und sein Franz-Joseph-Land brauchten das, was da im Freihafen Longyearbyen an Bord der Sabotin stieg: verwöhnte Abenteuer-Touristen.

Leute wie Sebastian Fehr.

„Prokljatye ubljudki. Widetj ich nemogu."

Der lange, ausgemergelte, doch von Medikamenten aufgedunsene Mann schritt bedächtig über die Landungsbrücke. Er meinte, endlich seine Hütte im Endalen verlassen zu dürfen, jetzt, wo die Sabotin ein letztes Mal im Jahr eingelaufen war und sich dazu bereitmachte, noch höher oben im Nordpolarmeer eisfreie Stellen zu finden. Bald würde das Schiff seinen Bug in Eis und Wasser rammen und entlang der West- und Nordküste Spitsbergens hinauf in den arktischen Nordosten gleiten. 22.000 PS, 10.877 Tonnen Wasserverdrängung, der konvex geformte

Eisbrecherbug. Auch wenn bereits mehrere Jahrzehnte im Dienst, bezwang dieses Schiff die rauen polaren Gewässer wie kaum ein anderes. Es schien seine Bestimmung zu sein, immer wieder ins Eismeer zu stechen, nach notdürftigen Reparaturen in Petersburger Docks immer wieder aufzubrechen.

Elegant und majestätisch glitt die Sabotin vorbei an Ny-Ålesund, der kleinen Forscherkommune an der Westküste Spitsbergens. Vorbei an den wenigen Holzhäusern, die die nördlichste Siedlung Europas bildeten. Knapp hundert Forscher aus der ganzen Welt waren dort – nur 1227 Kilometer vom Nordpol entfernt – im Sommer beherbergt. Die paar Dutzend Wissenschaftler, die am Ende des arktischen Sommers noch in Ny-Ålesund ausharrten und die Ergebnisse ihrer Klima- und Meeresstudien auswerteten, kannten den Anblick dieses vorbeigleitenden rostroten Eisbrechers. Kein anderes Schiff dieser Größe wagte sich um diese Jahreszeit noch mit Touristen an Bord in derartige Breitengrade. Die Sabotin verließ die zivilisierte Welt. Sie nützte das letzte Licht des Jahres, um dem Nordmeer zu trotzen. Stur schob sie sich weiter Richtung Norden und bald würde sie die Moffen-Insel passieren und mit ihr den 80. Breitengrad. Erst dann würde sie wenden, sich langsam gegen Osten drehen und auf möglichst direktem Weg durch die ersten Treibeisfelder des Winters das Franz-Joseph-Archipel ansteuern. Die Augen der Forschergemeinschaft folgten dem durch den Eisnebel schwebenden Farbtupfer am weiß verhangenen Horizont, bis er verschwunden war. Wie ein Geisterschiff wirkte er. Wie ein letztes Zeichen, dass es an der Zeit war, die Lager in Ny-Ålesund abzubrechen und zurück in die südlicheren Länder zu reisen, die ihre Forschungen bezahlten. „Die Russen sind wieder da“, hieß es. Der September war vorangeschritten. Bald würde die Dunkelheit sich Spitsbergen zurückholen. Dann war es an der Zeit zu gehen. Die meisten Wissenschaftler kehrten erst mit dem Sonnenlicht im Frühjahr wieder zurück nach Ny-Ålesund, um ihre Arbeit fortzusetzen.

Ja, die Sabotin war eingelaufen im Freihafen Longyearbyens. Sie würde als letztes Schiff dieser Saison den immer anderen

Weg durch das Eistrümmerfeld nach Franz-Joseph-Land wagen. Sie war eingelaufen und wollte Sebastian Fehr an Bord nehmen. Wollte diesen Mann noch hinüberbringen in sein 758 Kilometer entferntes neues Heimatland. Auf ihr würde er nun seine letzte Reise tun dürfen.

Langsam, geschwächt von seiner Ekstase im Endalen, wo das Weiß der Schneefelder und Sonnenstrahlen ihm zugesetzt hatte, versuchte Sebastian auf jeden Schritt zu achten, den er auf das wackelige Gerüst der Landungsbrücke setzte, welches das Festland Spitsbergens ein letztes Mal mit ihm verband. Er zählte die Schritte, die er auf der Gangway tat. Eins. Zwei. Drei. Zuerst noch über dem asphaltierten Hafenrand, dann langsam weiter über das zischende Hafenwasser des Adventfjorden hinweg. Zehn Schritte waren es, die ihn aus dem Festland herausführten und an Bord seines letzten Transportmittels brachten. Zehn Schritte heraus aus seinem alten Leben, zehn hinein ins ewige Eis.

Der Kapitän der Sabotin stand oben auf seiner Navigationsbrücke und beobachtete mit regungslosem Gesicht die Zivilisten, die sein Schiff betraten.

Sebastian hätte dem Kapitän dieses Frachters, der ihn hinein in die Eiswelt entführen sollte, beinahe zugewinkt, so befreit fühlte er sich jetzt, als er diese Schritte unternahm. Er atmete in tiefen Zügen die klare arktische Luft ein, die über die Meeresbucht blies. Er fühlte sich leicht. So leicht wie nie zuvor. Beinahe als ob er schweben könnte. Unter ihm tobte das eisige Wasser. Auch das Meer war in einer aufgeregten Laune. Jetzt, da es für kurze Zeit unter der dicken Eisschicht hervorquellen durfte, die es normalerweise überzog, fauchte und brodelte es ungestüm. Immer wieder spritzten Tropfen der Gischt in Sebastians Gesicht. Sechs. Sieben. Acht. Sebastian war jetzt an Bord des Schiffes. Jetzt hatte er sein altes Europa verlassen. Endgültig verlassen. Die alte Welt lag hinter ihm. Nur wenige Schritte noch. Schon spürte er den kalten, gekerbten Boden des Hinterdecks unter seinen Füßen. Zehn Schritte, und er war gelandet in einer Welt aus Stahl.

Es war ein weißer Tag. Ein Donnerstag Anfang September in einem in Weiß getauchten Land. Die Sonne, die sich mit jedem Tag nun weiter in den Süden zurückzog, durchbrach den dichten, blendenden Nebel nur in kurzen Momenten. Sie schien sich damit zu begnügen, diesen Vorhang, der sich vom Eismeer im Westen bis zu den Gletscherzungen im Osten spannte, von hinten anzustrahlen, sodass er von allen Seiten ein schattenloses, weißes Licht auf jene Menschen warf, die nahezu lautlos und ehrfürchtig in diesem Moment das massive Schiff betraten.

Der hellweiße Himmel war durchzogen nur von wenigen gräulichen und bräunlichen Schattierungen, die der Schneewind durch den Nebel trieb. Alle Konturen waren vage und in ständiger stiller Veränderung begriffen. Nichts behielt eine eindeutige Form. Nichts war groß oder klein. Nichts war mehr begrenzt in dieser neuen Welt, die Sebastian nun betreten hatte. Alles leuchtete in einem matten Licht. Keine Schatten und keine Farben. Kein Raum. Bloß das Meerwasser, das von der offenen See hereindrängte in den Freihafen, war dunkel. Anthrazitfarben. Beinahe Schwarz. Eine dunkel schimmernde Fläche umhüllt von weißem Nebel.

Zehn.

Ein Matrose empfing ihn an Bord und wies ihn kommentarlos zu einem Eingangsbereich, wo ein anderer Seemann die Namen und Pässe der Schiffsgäste kontrollierte, sie abglich mit einer Liste in kyrillischer Schrift. Dort hatten die Passagiere nun zu warten, windgeschützt und beaufsichtigt, umgeben von kaltem, ächzendem Stahl. Dort fanden die Gruppen zueinander, die sich die acht Kajüten teilten, die für Touristen an Bord der Sabotin vorgesehen waren.

Sebastian hoffte, dass sich auf dieser letzten Fahrt in der Saison nur mehr wenige Reiseteilnehmer einfinden würden und er eine Kabine für sich allein haben konnte. Mit einem knappen Kopfnicken und einem abwesenden Handschlag erwiderte er die Begrüßung verschiedener norwegischer und italienischer Abenteurer, die kontaktfreudig zu ihm aufschlossen. Es lohnte sich nicht, mit ihnen eine Beziehung einzugehen. Ja, vielmehr war es riskant, mit irgendjemandem in eine persönliche Bindung zu treten. Er versuchte den Kontakt zu vermeiden. Er würde ja ohnehin nur wenige Tage an Bord bleiben und sich bei ihrer Ankunft auf Franz-Joseph-Land beim ersten Landgang auf Ostrow Nortbruk bereits möglichst ungesehen verziehen. Nur der Seemann mit der kyrillischen Liste, der nun sein Visum prüfte, sollte hier seinen Namen kennen. Und der schien zum Glück nicht weiter interessiert am Schicksal der Schiffspassagiere. Dieser regungslose Mann, der kein Wort und keine Geste zu verschwenden hatte, würde ihm keine Probleme bereiten. Er würde die Liste, die der feuchte Nebel ohnehin bereits aufweichte und bald unleserlich machen würde, nicht noch einmal prüfen, wenn das Schiff nach dem Zwischenstopp auf der Nortbruk-Insel die Zodiacs wieder an Bord nehmen und weiterfahren würde in Richtung der Gukera-Insel. Niemandem würde es dann auffallen, dass ab dieser Stelle ein Mann weniger an Bord der Sabotin war, dass ein Mann nicht zurückgekehrt war auf das Schiff.

Es waren zwar nur zwölf Passagiere, die sich auf Deck der Sabotin eingefunden hatten, aber Sebastian hatte nicht das Glück, eine Einzelkabine zu bekommen. Alle Kabinen wurden der Reihe nach mit drei Gästen belegt, während die restlichen Kabinen offensichtlich verschlossen und leer blieben, um den Aufwand zu minimieren und die Übersicht zu erleichtern. So beschloss Sebastian, sich so unsichtbar wie möglich zu machen, sich in den nächsten Tagen auf keine Konversation einzulassen und vor der Ankunft auf Ostrow Nortbruk den Mitreisenden in seiner Kabine mitzuteilen, dass er in eine andere Kabine übersiedle. Sie würden diese Aussage nicht hinterfragen, und falls es ihnen später überhaupt auffiel, dass er an Bord nicht mehr zu sehen war, säße Sebastian bereits mit seinem Rucksack in irgendeinem Unterschlupf, den ihm seine Anlaufstelle des Archipels bot.

Dort würde er verharren. Endlich allein. Warten. Sich einleben. Sich ausleben. Warten, bis die Sabotin ohne ihn im Eisnebel verschwunden war und nicht mehr zurückkommen würde, um ihn zu suchen.

Er hatte genügend Proviant mitgebracht, um es einige Tage in der Wildnis auszuhalten. Adventure Food, Flatbrød, Müsliriegel, den kleinen Gaskocher, um Schnee zu schmelzen. Würde es der Crew oder sonst jemandem schließlich auffallen, dass er fehlte, so müssten sie annehmen, er sei über Bord gegangen und ersoffen. Verlorengegangen im Eismeer.

Bitter natürlich für die Sabotin, einen Gast zu verlieren. Eine unangenehme Geschichte, die so weit wie möglich verschwiegen werden musste. Die russische Reederei würde im eigenen Interesse darauf achten, dass ein derartiger Menschenverlust nicht an die große Glocke gehängt wurde. Man würde vorerst abwarten, ob jemand Interesse an diesem von Bord gegangenen Individuum zeigte. Nur in wenigen Akten war sein Name ja überhaupt verzeichnet – Aufzeichnungen, die man notfalls immer noch verschwinden lassen konnte. Es gab keinen Beweis, dass dieser Mensch jemals an Bord gegangen war. Mit etwas Glück würde man sich aus der Sache herausschwindeln können. Wenn sich niemand über das Verschwinden eines Sebastian Fehr beklagen würde, dann würde man es freiwillig nicht bekannt machen.

Und es würde sich niemand darüber beklagen. Niemand würde es hinterfragen. Niemandem würde das Verschwinden Sebastian Fehrs auffallen. Kein Mensch würde ihm nachtrauern. Kein Mensch dort unten hatte Sebastian Fehr gebraucht. Jetzt würde ihm niemand im Weg stehen. Je unauffälliger er verschwand, desto besser für alle.

Dieses unauffällige Verschwinden war also der letzte Moment, auf den es noch ankam. Der letzte Schritt hinaus.

Sebastian lag ruhig im Stockbett der Dreier-Kabine, nahezu unsichtbar für seine Kajütenkollegen, lag da, dachte nach und ruhte sich aus. Erholte sich vor seiner letzten Anstrengung, machte sich bereit für seinen letzten Ausstieg.

Fünf Tage dauerte die Seereise von Longyearbyen bis ans Kap Flora der Nortbruk-Insel. Fünf Tage lang kämpfte sich die Sabotin durch sich immer dichter schließende Packeisfelder – eine wogende, funkelnde Masse, deren unaufhörliches Klirren und Krachen ihre Allgewalt verriet. Das Wasser kristallisierte hier allerorts bereits zu frischem Eis, das sich aneinanderheftete und Halt suchte an großen, alten Eisbrocken, die das Tauen der kurzen Sommermonate überstanden hatten. Eine dünne Eishaut begann sich über das Meer zu ziehen. Überall am Horizont waren Eisberge unterschiedlichster Größe und Form zu erkennen. Die Vielgestalt dieser surrealen Spitzen ließ furchteinflößende Vermutungen bei Besatzung und Passagieren aufkommen. Wie weit dehnten sich diese Berge aus gefrorenem Süßwasser wohl unter dem schwarz einschneidenden Wasserspiegel aus? Welche Untiefen, welche Eisgebilde lauerten hier verborgen unter der Wasseroberfläche? Die Sabotin war ein Eisbrecher von 130 Meter Länge und wog über 10.000 Tonnen, aber wenn das mächtige Eis sich meterdick um sie herum verschloss, dann gab es selbst für dieses Schiff kein Durchkommen mehr. Wenn sich die Eisdecke im arktischen Winter lückenlos über das Nordpolarmeer legte, hatten nur mehr atombetriebene Eisbrecher, wie sie im russischen Arktishafen Murmansk stationiert waren, eine Chance, durch die erstarrte See zu stechen. Und trotz ihrer Leistungen bis zu 55.000 PS benötigten selbst diese Giganten oft Stunden, um sich nur hundert Meter durch die Polarnacht zu schieben.

Überall sah man bereits die Vorboten des sich ausdehnenden Eispanzers. Eissturmvögel verrieten die beständig nach Süden wachsende Grenze des Packeises, in allen Richtungen konnte man neue, majestätische Eisberge erspähen, die Abgesandten der polaren Gletscherwelten. Überall ragten sie aus dem Wasser, still und starr, als säßen sie auf Grund, und versperrten die Wasserwege. Die Schleusen, durch die das Schiff sich einen Weg durch die Eislandschaft suchen musste, verschoben sich mit jedem neuen Blick. Einige Eisberge hatten sich tatsächlich tief unter Wasser in den Meeresgrund gebohrt und verharrten dort auf unbestimmte Zeit, verschnauften, bis sie ihre Todesreise in den Süden fortsetzten. Sie waren Land geworden. Ein Land mit Ablaufdatum, ein Stück arktisches Eisland – bis plötzlich mit einem gewaltigen Schwung die Strömung sie weitertrieb, mitriss und mit roher Gewalt aus dem Gleichgewicht brachte. Unversehens verschob sich dann ihr Schwerpunkt, brachen riesige Luftblasen auf, die in ihrem Eis eingeschlossen waren, und die Kolosse kippten mit einem furchteinflößenden Getöse um oder fielen in sich zusammen. Das Nordpolarmeer unterspülte sie, fuhr in sie hinein.

Noch war das Meer der Herrscher über diesen Ort. Noch floss die Wasserwelt. Doch in wenigen Wochen schon würde sie erstarren unter einer meterdicken Schicht aus Eis, bedeckt von gefrorenem Süßwasser, während das flüssig gebliebene Salzwasser sank und sich unter dieser Winterdecke vor der monatelangen Finsternis verbarg.

Noch rann, noch wogte, tobte und bewegte sich unaufhörlich das Eismeer vor Sebastians Kajütenfenster. Er starrte durch das Bullauge auf die immerhelle Wasserlandschaft. Dicke Nebelschwaden und Wasserdampf umhüllten das Schiff, das sich immer neue Fährten suchen musste, um möglichst zielstrebig sein Ziel zu erreichen. Schon war der nordwestliche Eckpunkt der Reise erreicht. Weit hinter sich gelassen hatte die Sabotin bereits Ny-Ålesund und damit die letzte Menschensiedlung. Kapitän Smochow hatte das Schiff konzentriert vorbei am Prins-Karls-Forland, dem Kongsfjorden und Krossfjorden in direkter Linie Richtung Norden navigiert und die nahezu unberührte Eiswüste Nordspitsbergens umfahren. Als er die steilen Felswände des Magdalenefjordens und die in ihn mündenden Gletscherfronten steuerbord wusste – eine unwirkliche, nebelumhangene Bergwelt, die ihn an seine frühere Route nach Franz-Joseph-Land entlang der russischen Sichelinsel Nowaja Semlja erinnerte –, wurde ihm mit jeder Seemeile nördlicher und jedem Tag später in den September hinein die Undurchdringlichkeit dieser Region mehr und mehr bewusst. Schließlich passierte er mit dem Kap Amsterdamaya den Nordwesten Spitsbergens und drehte das Schiff auf der Höhe der Moffen-Insel gegen Osten. Nun hatten sie den 80. Breitengrad überschritten. Nun mussten sie nur mehr wenige hundert Seemeilen hinüberfinden. Durch das Labyrinth aus zusammenwachsendem Eis einen Weg finden in das östlich vor ihnen gelegene Archipel.

Fünf Tage dauerte die Seereise. Fünf Tage hatte Sebastian zu bangen, ob er mit der Sabotin das Polarmeer bezwingen würde. Er hatte alles hinter sich gelassen. Wenn die Sabotin sich aufgrund der Wetterbedingungen keinen Weg nach Franz-Joseph-Land bahnen konnte, dann musste er sich von ihr wieder zurückbringen lassen nach Longyearbyen und dort einen Winter abwarten, bis sich im nächsten Jahr wieder ein Schiff in sein Zukunftsland finden ließ. Doch er wollte nicht zurück. Nie mehr. Nie mehr in den Süden. Nie mehr etwas anderes sehen als diesen Eishorizont. Nur wenige Tage auf der vereisenden See trennten ihn von seinem Ziel.

Ostrow Nortbruk würde bald vor ihnen auftauchen. Dort würde er von Bord gehen wie alle Passagiere bei ihrer ersten planmäßigen Schlauchboot-Landung auf dem Franz-Joseph-Archipel. Wendige Zodiacs brachten die dick in Überlebenswesten eingehüllten Touristen auf die Insel, damit die Freizeitabenteurer dort eine kurze Wanderung zu den Überresten der Hütte Leigh Smiths sowie nach Elmwood, zu den verfallenen Baracken der Jackson-Harmsworth-Expedition unternehmen konnten. Bei diesen ehemaligen Winterquartieren der polaren Forscher aus dem vorletzten Jahrhundert würde sich dem deutschen Aussteiger eine Chance bieten, sich unerkannt zu verstecken, sich verschwinden zu lassen, zu verschwinden aus der alten Menschenwelt. Dort, wo vor über hundert Jahren Jackson und Nansen aufeinandergetroffen waren, würde er landen, endlich landen. In Elmwood, wo Jacksons Expeditionsteam drei arktische Winter überstand, würde auch er Unterschlupf finden. Dort, wo Leigh Smith 1881 die Einsamkeit der Polarnacht entdecken musste und – nachdem sein Schiff von Eispressungen zermalmt und gesunken war – zur Überwinterung auf dem schroffen Land verbannt wurde, da lag auch Sebastian Fehrs Wendepunkt. Hier war seine Grenze zwischen Alt und Neu, die Trennlinie zwischen Mensch und Eis. Er musste sie nur erreichen.

Der Weg zu seinem Ausstiegspunkt verlief nun ostwärts direkt unterhalb der Packeisgrenze, jenseits derer das polare Eisschild selbst im Sommer nicht aufbrach. Die Sabotin ließ die Hinlopenstraße und mit dem Nordaustlandet auch die letzten Gebiete Svalbards hinter sich – vergletscherte, unter Naturschutz gestellte Regionen, in denen keine Menschen je gesiedelt hatten. Ein Land zog südlich unter ihr vorbei, das wie das Franz-Joseph-Land den Eisbären gehörte, die über die riesigen Eisfelder trotteten. Bald würde das winterliche Packeis eine Brücke geschlagen haben, dann würden die Herrscher der Arktis zwischen ihren Hoheitsgebieten hin und herwandern und dabei gewaltige Entfernungen zurücklegen. Nur wenige Wochen noch, dann würde das alles hier, Meer und Fels, zu einer einzigen Welt aus Eis geworden sein.

Immer öfter rammte das mächtige Schiff, das auf offenem Meer 15 Knoten machen konnte, seinen Eisbrecherbug in frisch gefrorene Packeisschichten. Die Besatzung der Sabotin war es gewohnt, gegen die Allmacht einer menschenfeindlichen Natur anzurennen. Um diese Jahreszeit waren jedoch selbst für ein so routiniertes Team diese letzten Passagen vor dem Archipel im hohen Norden ein Glücksspiel, das nicht immer zu gewinnen war. Einige Male hatte Kapitän Smochow auf Arktisreisen so spät im Jahr bereits den Befehl zur Umkehr geben müssen. In manchen Jahren hatte das Eis sich zu früh und zu dick gebildet. Zu kräftig sich ihm in den Weg gestellt, als dass es noch sinnvoll gewesen wäre, dagegen anzukämpfen. Dann waren die wenigen Polarniks auf dem Franz-Joseph-Land der Petersburger Führung das Risiko nicht wert gewesen. Dann mussten die armen Teufel eben mit weniger auskommen auf dem menschenleeren Eiland.

Der September war ein unberechenbarer Monat in diesen Regionen. Der Winter hatte dann eingesetzt in der hohen Arktis und es war eine Sache des Glücks, ob die Eisverhältnisse und Witterungsbedingungen die Überfahrt der nördlichen Barentssee erlaubten. Die Touristen an Bord seines Schiffes waren auf diesen Umstand vorbereitet worden und hatten ausdrücklich keine

Garantie für das Erreichen des Franz-Joseph-Landes erhalten. Wer sich dennoch auf solch eine kostspielige Reise einließ oder sich von derartigen Umständen sogar in seiner Abenteuerlust bestätigt fühlte, war selbst schuld. Kapitän Smochow verschwendete keine Gedanken an die Gefühle seiner westlichen Passagiere. Er hatte sie schließlich nicht dazu eingeladen, diese Reise zu unternehmen. Er hatte seine eigenen Ziele zu erreichen – die wenigen verbliebenen Polarstationen auf Franz-Joseph-Land – und setzte alles daran, ein letztes Mal im Jahr noch das Eis zu durchbrechen.

Die offene Barentssee lag vor ihnen. Ausgestreckte, junge Treibeisfelder trieben goldschimmernd im Sonnenlicht.

Noch war die Eisdecke dünn hier auf dem von den letzten Ausläufern des Golfstroms durchströmten Randmeer des Arktischen Ozeans. Gemächlich schwebten die Spitzen der Eisberge durch die funkelnde See. Robben und Walrosse nützten die wie Floße scheinbar ziellos treibenden Eisschollen als praktische Fortbewegungsmittel, um weiter entfernte Jagdgebiete zu erreichen. Überall entstanden neue Stellen, auf denen eine Eishaut die See überzog, die Wellen bändigte. An anderen Stellen zerbrachen die Wellen das Neueis wiederum mit klirrender Gewalt, wehrte sich die Arktik gegen ihre Einfrierung.

Fortlaufend hob und senkte die Dünung das Schiff und Sebastian in seiner Kajüte. Die Sonne, die bis Ende August noch 24 Stunden täglich am Himmel gestanden war, war binnen kurzer Zeit nun selbst am Tag schon tief an den südlichen Horizont gesunken. Wenn der Dunst ihr Durchkommen erlaubte, spiegelten sich ihre flach einfallenden Strahlen in schrägem Winkel auf den Eisfeldern vor seinem Bullauge wider. Ihr goldweißes Licht, das aus der Unendlichkeit herüberfand in diese kristalline Welt, blendete Sebastians unentwegt geöffneten Augen. Er konnte sie dem Leuchten nicht verschließen. Keinen Moment wollte er verpassen. Jetzt, da er sich endgültig seinem Ziel näherte. Unaufhörlich starrte er in die Irrlichter, die im Eisnebel aufblitzten.

Eisblumen bildeten sich an den Fenstern des Schiffes. Eisblumen, die das letzte Licht des Jahres in tausende Splitter zerbrachen. Eisblumen auf dem Glas und Eisblumen auf Sebastians Netzhaut. Furchen, Risse, Narben. Sie meißelten unwirkliche Muster in seine Retina. Bläschen, Trübungen, Erosionen. Sebastian betrachtete ihre weißen, zackenförmigen Linien. Figuren, die immer neue Gestalten annahmen. Übermütig überkritzelten sie immer wieder die vorhergehenden Zeichnungen. Sebastian liebte die Bilder, die das Licht ihm schenkte.

Ende Oktober schon würde die Sonne gänzlich verschwunden sein aus dem Polargebiet, zurückgezogen in eine menschenfreundlichere Welt, weit unten im Süden. Drei Monate herrschten dann die Ruhe und Dunkelheit der Polarnacht über das gefrorene Land. Auch die letzten jetzt noch offenen Wasserwege würden einfrieren. Sunde, Meerengen und Buchten, über die Sebastian wandern könnte. Die wenigen Kilometer seines allerletzten Reiseabschnitts würde er dann zu Fuß gehen können auf der gefrorenen See, von Ostrow Nortbruk nach Ostrow Brjusa. Hoch würde sich an vielen Stellen das zusammengepresste Packeis auftürmen. Er würde diese Hügel umgehen in der Finsternis. Nichts würde ihn aufhalten können.

Abwechselnd schritt er, nur mehr von diesem einen Gedanken besessen, auf dem Hinterdeck auf und ab. Zwischendurch wärmte er sich in der Kabine, im Aufenthalts- oder im Essraum auf. Nichts würde ihn jetzt noch trennen von seinem langersehnten Ziel. Jetzt hatte er sich nur noch körperlich zu stärken, damit er sich bei seiner Ankunft auf Nortbruk in möglichst guter physischer Verfassung befinden würde. Kraft tanken, Kohlenhydrate aufnehmen. Die Kartoffeln und das Fleisch, die die russische Bordküche anbot. Wann immer es noch die Möglichkeit dazu gab, stopfte er Nahrung in sich hinein. Nahm Flüssigkeit und Medikamente zu sich. Schmerztabletten, die er zu jeder Mahlzeit schluckte. Aspirin und Paracetamol waren längst durch Metamizol, Tramadol oder Amitriptylin ergänzt. Opioide und nichtopioide Analgetika. Voltaren Retard. Ergotam 5. Almogran 12,5.

Die Packungen von Novalgin-, Tramal- und Saroten-Filmtabletten in seinen Jackentaschen gaben ihm das Gefühl der Sicherheit, sein Vorhaben durchstehen zu können. Dank ihnen hatte er nichts zu befürchten. Unter ihrem Einfluss hatte er durch das Eisland zu schweben begonnen. Sie hatten seinen Körper betäubt und empfindungslos gemacht gegenüber der Kälte. Sie hatten seine Augen der Schneewelt geöffnet.

Das klirrende Eis war für Sebastian bloß noch Watte. Er hatte keine Angst davor, davon überzogen zu werden. Darin einzufrieren würde ihm keinerlei Schmerzen bereiten. Unaufhörlich zirkulierte der Medikamentencocktail in seinem Blut. Er würde weiter zirkulieren, bis die Kerntemperatur seines Körpers 31 Grad Celsius unterschritt. Dann endlich würde sein Blut verdicken und ins Stocken geraten. Die Temperatur würde weiter sinken. Sinken bis unter 27 Grad, wo er die Befreiung erlangen würde.

Unaufhörlich starrte Sebastian geradeaus, wo am Horizont doch endlich die Berge der Franz-Joseph-Inseln auftauchen sollten. Er war nun dem Winter ganz nah. Die Pillen in seiner Jacke begleiteten ihn auf der Sabotin ins Eis. Sie trugen ihn ins Eis. Immer wieder starrte er ungeduldig gegen Osten. Bald würde dort die Nortbruk-Insel aus dem vereisenden Meer aufragen. Bald würde er dort im Osten sein Land sehen. Endlich sehen. Durch die Eisblumen hindurch mit seinen eigenen Augen sehen.

Doch noch blendete ihn das von den Eisfeldern der Barentssee zurückgeworfene Sonnenlicht. Ein heller Dunst und der immer wieder zuziehende weiße Nebel verstellten ihm die Sicht auf das Franz-Joseph-Land.

Möwenschreie verrieten, dass die Sabotin schon Ostrow Wiktorija passiert hatte, eine kleine vorgelagerte Felsinsel, 86 nautische Meilen westlich des Archipels. Sebastian und seine Mitreisenden hatten ihre Klippen nicht sehen können, als das Schiff südlich der Insel in Eisdampf und Nebel vorbeigezogen war. Aber schnell hatte sich an Bord herumgesprochen, dass der westlichste Punkt des Franz-Joseph-Lands nun überschritten war. Jetzt waren sie tatsächlich angekommen in den gefrorenen Gewässern ihres Reiseziels.

Die Sabotin krachte durch neue Eisschichten.

Auf ihrem Deck starrte Sebastian Fehr in das Weiß hinein. Als ob er hinter diesen Eisgardinen etwas anderes erkennen könnte als bloß weiteres Weiß und undeutliche Lichtreflexionen und Schattenspiele.

Arktische Vogelarten schwebten aus der weißen Welt heraus. Ihre Rufe schrien gegen das Bersten des Eises und das Rauschen der Wellen an. In Sebastians Augen hinterließen ihre Flügelschläge jedoch lediglich verschwommene Spuren, helle Schatten, die sich nun mit der Sonne in den Süden zurückzogen. Zu Hunderttausenden hatten die Möwen und Alkenvögel in den kurzen, intensiven arktischen Sommerwochen auf den südlichen Abhängen der Nortbruk-Insel und anderen Felsvorsprüngen des Franz-Joseph-Landes genistet. In riesigen Kolonien hatten sie dort auf Felswänden und Ausläufern ihre Brut vor Wind und Feinden geschützt. Es war ein Kampf um jeden Zentimeter gewesen, den sich hier Krabbentaucher, Dickschnabellummen, Sterntaucher und Arktische Raubmöwen Jahr für Jahr lieferten. Ein kurzer, heftiger Moment, bevor das nördlichste Inselland der Welt wieder den Eisbären, Walrossen und sich selbst überlassen wurde.

Nur sieben Vogelarten, etwa die Elfenbeinmöwe, wagten es, hier zu überwintern. Die Küstenseeschwalbe hingegen überwinterte sogar am anderen Ende der Welt. Wenn im hohen Norden die Dunkelheit über das Land zog, flog sie bis hinunter an den Südpol in den antarktischen Sommer. Jährlich pendelte sie um den ganzen Globus. Mit dem Beginn des Frühlings, wenn im April die Polarnacht in die Antarktis wanderte und das Licht auf Franz-Joseph-Land zurückkehrte, dann kehrte auch sie wieder zurück. Dann erst kamen die Vögel wieder, die nun das Land verließen. Dann würden sie ein weiteres Mal die wenigen dauerhaft eisfreien Stellen im Wasser nützen, um ihre Brut vorzubereiten. Und dann wieder würde der Nachwuchs, der es bis zum Wintereinbruch im September nicht geschafft hatte, selbst zu fliegen, in der Arktis zurückgelassen und dem Eis geopfert werden.

Sebastian hörte ihre Schreie. Tausende Vögel flogen über die Sabotin hinweg. Tausende machten sich auf in die wärmeren Gebiete des nördlichen Atlantiks. Nun konnte die Nortbruk-Insel nicht mehr weit sein. Bald würden die vorbeiziehenden Nebelschwaden sie preisgeben müssen.

Sebastian Fehr, der nur mehr Weiß und nichts als Weiß sah, meinte trotz aller Unwirklichkeit, die ihn erfasst hatte, am Nachmittag des fünften Tages auf See die steilen Basaltwände der Vulkaninsel erkennen zu können. Von den hoch aus der Brandung ragenden Felsvorsprüngen hatten sich mit dem Einsetzen des Tauwetters im polaren Sommer etliche Steinbrocken gelöst, als die oberen Gesteinsschichten der Klippen beim Auftauen nach dem langen Frost aufbrachen und zersplitterten. Das heruntergefallene Geröll hatte die Ausläufer der Hänge in Frostschuttwüsten verwandelt.

Rote Algen waren die ersten Einwanderer in dieses kurzlebige Brachland. Wo immer sich die Süßwasserströme der im Landesinneren gelegenen Gletscher ihren Weg ins Meer gebahnt hatten, hatten sie sich niedergelassen. Mit rostigem Rot und blühendem Weiß hatten sie die scheintote Wildnis in ein Farbenmeer verwandelt. Für kurze Zeit war hier die arktische Wüste erblüht, und auch nun, als die Sabotin das Kap Flora anlief, gaben sie ihre Farbenpracht zu erkennen.

Wo der Passagier aus Deutschland nur Weiß sah und alle Farben bereits aus seiner Empfindung verbannt hatte, erleuchtete das tiefe Sonnenlicht des Septembers noch eine bunte Oase vor ihm. Eine Vielfalt von Algen, Flechten, Moosen, Pilzen und sogar Blumen wie der Polarmohn strahlte aus der kalten, gräulich weißen Einöde heraus, in die sie eingebettet waren.

Kap Flora. Ostrow Nortbruk. Endlich waren sie da.

160 verschiedene Arten von grün und rot schimmerndem arktischen Moos überzogen die Traumwelt, die Sebastian nun nicht mehr aufzunehmen imstande war. Jetzt, da er sie endlich erreicht hatte, wollte er sich keine Enttäuschung über die überraschende Vielfalt an Leben in diesem tot gehofften Winkel der

Erde zugestehen. Lieber sah er nichts mehr. Sah nur mehr Weiß. Zu lange hatte er auf Schneeverwehungen, Gletschermoränen, Treibeisfelder und Nebelschwaden gestarrt, durch die sich die den ganzen Tag am Himmel kreisende Sonne gedreht hatte. Zu hell, zu rein war seine Polarwelt gewesen. Jetzt konnte er sie nicht mehr mit Farben beschmutzen. Wo Algen und Pilze sich in perfekter Symbiose zu gelblich leuchtenden Juwelenflechten zusammengeschlossen hatten, sah Sebastian nur karges Land aus Stein und Eis. Nur Weiß. Nur die äußerste Dürftigkeit wollte er erblicken. Kein Pflanzenreich. Nur schneebedeckten, toten Fels. Wo die schwarze Nabelflechte seit tausend Jahren lebte, da akzeptierte er kein Leben mehr, da wollte er kein Atmen mehr hören, nur das Heulen des Windes.

Sebastian sah, wie die Sunde zufroren und Schnee und Eis sich über die Pflanzenwelt zu legen begannen.

Die Vögel hatten das Archipel für diese Saison bereits verlassen, als das Wetter umschlug. Nur ihre zu schwach geratenen Jungen blieben zurück, um schnell zu sterben und von der Arktis begraben zu werden.

Bald würde es also sein Land sein. Ganz sein Land.

Die drei Zodiacs, die in großer Eile die letzten Touristen des Jahres auf die Insel gebracht hatten, würden bald ihre Fracht wieder zurück an Bord des Eisbrechers bringen und ein leeres Eiland hinterlassen, eine Welt ohne Vögel, ohne Menschen und ohne Farbe.

Man hatte die Passagiere auf Kap Flora an Land gehen lassen. Sie hatten die Hüttenreste Elmwoods noch erkannt. Doch dann wurde der Eisnebel dichter und der Nordwind immer stärker. Sturmböen peitschten plötzlich über das Land. Sie fegten Schneepartikel und Nebelfetzen vom Berghang hinunter an den Strand. Schnell wurde die Sicht so schlecht auf Nortbruk, dass man kaum noch die eigene Hand im Schneetreiben erkennen konnte. Schnell verschwand die Welt in einem gespenstischen, grünlichen Weiß.

Die Russen mahnten jetzt zur Umkehr. Ein Schneesturm kam auf. Jetzt müsse man rasch umdrehen. Zurück in die Zodiacs.

Zurück auf die Sabotin. Weiter in die nächste sichere Bucht – Tichaja Buchta. Zurück jetzt. Alle!

Sebastian Fehr machte unscheinbare Schritte in den Nebel. Unhörbar. Unsichtbar. Lautlos stahl er sich davon. Er sah und fühlte nichts. Nur er allein wusste, was er tat. Nur er wusste, dass er war.

Bald hörte er das Schreien der Matrosen im Hintergrund nicht mehr. Der Nebel wurde dichter. Weiße, kalte Nebelschwaden. Sie halfen zu verschwinden. Sie trennten den Mann bei der Hütte von den Leuten am Strand. Bald sah man nur mehr Weiß. Und hörte den Sturm heulen.

Sebastian lehnte sich an die Rückwand eines Holzverschlags. Elmwood. Ulmus Campestris. Das ringporige Holz der Bergulme ist zäh, mäßig hart und besonders stoß- und druckfest. Jahrzehnte nachdem es in diesen Breitengraden zu einem Winterquartier zusammengenagelt worden war, konnte es dem Mensch in der Eiswildnis noch Schutz bieten. Schutz vor Stürmen und Eisbären. Schutz vor fremden Blicken.

Durch die Ritzen drängten Nebel und Schneekörner. Feine Kristalle bildeten sich auf Sebastians Gesicht. Er erwartete, dass eine erste Eishaut ihn überziehen würde.

Jetzt nur sich nicht bewegen. Nur nicht verraten. Jetzt die Umwandlung beginnen. Vergessen werden.

Sebastian lehnte an dem Rüsterholz und starrte auf die immer weißer werdende Berglandschaft des Inselinneren vor ihm. Seine Augen hielt er weder geschlossen noch geöffnet. Er hatte keine Augen mehr.

Doch noch war er ein Mensch. Blut zirkulierte in ihm. Noch war er nicht zum Mineral gefroren.

In seinem Rücken lag die flach auslaufende Küste, über die der einbrechende Winter nun alles Leben vertrieb. Was überleben wollte, musste fliehen. Musste zurück an Bord. Wer blieb, wollte sterben.

Und tatsächlich: Als der Nebel immer dichter wurde und der Polarsturm über die Küste zu ziehen begann, vollzogen die

Russen den Aufbruch. Nachdem die neugierigen Reisenden die Insel nur kurz betreten und die Hütten der Entdecker bestaunt hatten, wurden sie wieder abgezogen von diesem Land, das nicht das ihre war. Kurz nur hatten sie einen Blick auf die kurzlebige Flora des Felslandes geworfen. Von der Distanz nur Elmwood gesehen. Kap Flora hatte sich gewehrt gegen diesen Besuch. Jetzt musste man zurück, denn die Zeit des Menschen war hier vorbei. Schnell verwischte der aufkommende Wintersturm seine Fußstapfen, schnell überzog Eis die feuchten Mulden, die er hinterließ. In vorbeifliegenden Nebelschleiern verloren sich die Konturen der Touristen. Sie hatten Angst bekommen. Hatten die Macht der arktischen Natur begriffen. Jetzt hatten sie verstanden, wie stark die Elemente und wie klein sie selbst waren.

„Schnell! Bringt die Leute zurück. Alle Mann an Bord. Der Sturm wird stärker. Wir müssen hinüber in die Tichaja Buchta“, schrie Kapitän Smochow seinen Seeleuten zu.

Die Urlauber wurden gepackt und in die Zodiacs verfrachtet. Hier wurde nicht mehr nachgezählt. Die feuchten Nebelschwaden zwängten sich zwischen die Menschen in den Gummibooten. Gischt spritzte ihnen ins Gesicht, während ein Boot nach dem anderen sich aufbäumte, ein Bug nach dem anderen sich in die Höhe warf und die Motoren aufheulten. Festhalten jetzt. Sich auf den Boden kauern. Und auf die russische Autorität vertrauen. „Dawajte bystree. Wse na bord. My dolshny dobratsja do Tichoj buchty do natshala shtorma.“

Drei motorisierte Schlauchboote voller Touristen aus dem Süden, eingepackt in grell-orange Überlebenswesten, verschwanden im Schleier der Arktis. Sie hievten sich an Bord. Wurden an Bord gehievt. Die Zodiacs hochgezogen. Schon hatte die Sabotin ihre Motoren angeworfen und den Anker gelöst. Ohne Zeit zu verlieren wollte Kapitän Smochow sich auf zur nahen Tichaja-Bucht auf Gukera machen, wo die Sov-Nor-Pol-Station auf ihn wartete.

Wenn sich das Wetter dann wieder beruhigt hätte, würde er weiterfahren nach Plan. Krenkel auf Kheysa, Nagurskoje auf

Semlja Alexandry. Auch wenn er es nach Ostrow Rudolfa in die Teplitz-Bucht diesmal wohl nicht mehr schaffen würde, denn der Winter war früher und härter als üblich hereingebrochen. Dann müssten die Touristen ihren Krimsekt eben auf dem Deck des Schiffes auf der Rückreise trinken. „Zum Wohle. Washe zdorowje, shenki."

Es gab jetzt Wichtigeres zu tun. Die Konzentration des Kapitäns galt nur dem Auftrag, den er vom Arktischen Museum erhalten hatte, und nicht diesen westlichen Jammerlappen, die eine Landschaft bestaunten, in der sie nichts zu suchen hatten. Die wenigen auf diesem Archipel verbliebenen Polarstationen waren sein Lebensinhalt und nicht das Wohlergehen der Touristen, die er zu befördern hatte.

Die Sabotin ließ das Kap Flora hinter sich und brach sich in der Meerenge zwischen den Inseln Nortbruk und Brjusa ihren Weg zum Britischen Kanal. Durch Eis und Wellen zog sie los in Richtung der nur 27 Seemeilen entfernten Gukera-Insel. Doch Sebastian Fehr war nicht an Bord, war nicht mehr unter ihren Passagieren.

Er war im Weiß geblieben. Jetzt endlich war er frei.

Schon einmal – 1943, als die Polarforschung nur mehr Kriegszwecken unterworfen war – hatten sich Deutsche neben den Russen auf Franz-Joseph-Land versteckt gehalten. Unbemerkt hatten sie im September hundert Kilometer von Tichaja Buchta entfernt auf Alexander-Land ihre eigene Wetterwarte errichtet. Unter dem Codenamen „Schatzgräber" hielten sich zehn Männer einen Winter lang dort auf. Ein U-Boot, die U-387, hatte sie ausgesetzt, ohne dass die Alliierten sie entdeckten. Von zwei Flugzeugen wurden ihnen Ausrüstung und Nahrungsmittel abgeworfen.

Doch das Eisbärenfleisch, von dem sie sich hauptsächlich ernährten, bekam den Deutschen nicht. Sie hatten zuwenig Brennmaterial, um es ausreichend zu kochen und seine Parasiten abzutöten. Die Trichine, wenige Millimeter lange Fadenwürmer, die sich im Muskelgewebe eines Bären eingekapselt hatten, gelangten in den Darm der Männer. Dort gebaren sie tausende Larven, die über das Blutsystem die Muskeln ihrer neuen Wirte erreichten. Die Trichinose breitete sich mit Durchfall und Erbrechen, Fieber und Muskelschwellungen, Ödemen und Atemstörungen schnell in der gesamten Besatzung aus. Schon im Frühjahr war die Station nicht mehr funktionsfähig.

Unter großem Aufwand konnten die Meteorologen gerettet werden, nachdem sie es geschafft hatten, eine provisorische Landebahn für ihr Rettungsflugzeug zu errichten.

Ihre Station sollte unter dem neuen Namen „Goldschmied" neu besetzt werden, aber dazu kam es nicht mehr. Zu dick hatte sich der Eispanzer über der Cambridge-Bucht vor Alexander-Land geschlossen, als dass die U-387 das Lager neuerlich hätte erreichen können. Wieder blieben nur dem Tod geweihte Baracken zurück. Und etliche Tretminen, die zur Sicherung der Station im Umland vergraben waren.

Die Russen, die die zwei Hütten nach dem Krieg fanden, ließen sie verfallen. Sie errichteten in ihrer Nähe die Station Nagurskoje und bauten die von den Deutschen angelegte Landebahn für ihre eigenen Zwecke aus.

Sebastian Fehr war Tichaja Buchta, wohin die Sabotin mittlerweile verschwunden war, noch deutlich näher als die Deutschen 1943. Nur zwei Dutzend Seemeilen trennten ihn von seinem Schiff. Auch er war übersehen worden.

Er lag jztet auf dem eiskalten Boden vor enier Hütte. Er lag da und rühtre scih nicht.

Der Mann war zusammengebrochen, als er das Weiß vor ihm nhcit mher von Dunkelheit unterscheiden kontne, als die Eismosaike, die auf seienn Netzhäuten imemr neue Gebilde erschaffen hatten, sich in enie neuartige Finsternis verwandelt hatten.

Es war rhuig geworden nun um ihn heurm. Er war allien.

Die Bretterwände, die ihn umgaben, hielten Windböen ab. Nur druch die offene Hoüztlr darng der Eiwsind ncoh zu ihm vor und külhte seine Kleidung, seinen Kröper, sien Gesicht, seine Augenlider. Sien Körperinneres war heiß, es gülhte förmlich vor Aufregung, vor Eksatse. Doch von aeßun war daovn nicths zu bemerken.

Da lag nur ein regungsloser Mann und atemte in flacehn Zügen die Polarluft. Seine Aguen hatte er geschlossen. Sebastian Fehr mustse nicths mehr sehen, er hatte bireets genug gesehen, hatte genügend Weiß gesehen. Die Snone hatte das Schneelicht der Aiktrs für immer in ihn hineingebrannt.

Weiß.

Nihcts als Weiß.

Schmutziges Wieß.

Weiß wie das Franz-Joseph-Land in seinem Wentir.

Grelles Wieß. Ein seillts Ntchis. Ein satrrer Klumpen Eis.

Kein Schene, den der Ploarwnid verweht.

Kein eigises Wessar, das senier Herkunft entfließt.

Keine Bewegung mher.

Eine satrre Unterlage sein für ein gefrorenes Lnad. Danach hatte er sich gesehnt.

Doch nun war er auf dem Boden vor eienr Httüe gelandet. Eine einsame Hütte im Polarkreis. Er httae scih versteckt bei ihr, war hingefallen und liegengeblieben. Nun war er zu schwach, um aufzustehen.

Das wßiee Lhcit shcien überall um ihn hreum. Es umhüllte ihn von allen Seiten. Weiche Watte, die ihn an aelln Enden polsterte. Kien Oben oder Unten gab es in ihr. Licht und Dunkelheit von allen Setien. Wie wnen er von einer Lawine mitgerissen und verschüttet worden wäre und nun nicht wssute, in welche Richtung er zu graben beginnen sollte.

Sebastian hatte kniee Kfart mehr zu garben, kenie Kraft, um aufzustehen.

Nur ein leztter Weg mehr waetrte auf ihn: die Eiswanderung auf die Nachbarinsel Brjusa. Bald wrüde das Eis in den Sunden zwischen den Inslen des Franz-Joseph-Landes dick genug gefroren sien, dsas man hinüberwandern könetn, die letetzn paar Kilometer ncoh nach Ostrow Brjusa. Fantastische Gebilde würden die Eispressungen bald über dem Wasser errichtet heban.

Ein Krachen, ein Tosen. Eine unaufhörliche Gewalt. Das Eis bämute scih bireets auf. Aber er knönte Wege um es hreum finden.

Noch stand deesir lettze Abschnitt der Rseie vor ihm. Eine ltezte Wanderung über das Polarmeer, das man blad scohn nicht mher wüdre unterscheiden können vom Schiefer und Basaltgestein des Festlandes – und das man auch bald shcon nciht mher unterscheiden wüdre können von dem gefrorenen Mann, der Teil dseier Landschaft geworden war.

Der Eistod.

Nichts wdrüe man in ihm mher unterscheiden können. Nichts wüdre man unterscheiden messün. Alles nur Wieß.

Packeistrüme. Begre. Löcher. Schollen. Polynias.

Das Flel des Eisbären. Watte.

Der Eisnbeel, in dem die Sabotin verschwunden war.

Der Mnan, der da lag, war schawch jetzt. Unendlich müde.

Wie wiet war Ostrow Brjusa noch? Seiben Kilometer? Zehn Kilometer? Selbst ein tausende Tonnen schwerer Eisbrecher brauchte in deiser Witterung Stnduen für eine solche Strecke. Und wo lag Noredn, wo der Süden jetzt? War alles heir Norden und alels adnere von hier aus Sdüen schon?

Sebastian war zu schwach, um scih noch zu bewegen.

Wo war sein Rucksack jetzt? Wo der Kompass? Wo wraen die Schokoladeregiel und Beutelmahzleiten? Der Camping-Kocher, um das Eis zu tauen?

Nein.

Er brauchte ihn nhcit mehr. Nichts brauchte er mehr.

Nien, er musste efniach nur liegen bleiben.

Liegen, atemn, bis der Atem gefror.

Dazu mssute er nihct nach Brjusa. Nortbruk war ebesno gut.

80°00' Gard nördliche Breite. 50°70' Grad östlhice Länge von Greenwich.

Auch hier war es stlil gneug. Er brauchte den lettzen Abschnitt seenir Reise gar nciht anzutreten, denn er htate das Wieß ja hier bireets gefunden.

344 Meter hcoh ragte die Nortbruk-Insel aus dem Polarmeer. Arktische Gebirgswände. Er knnote sie nicht umeghen. 288 Quadratkilometer Gsetein. Er würde nicht hbnüierkoemmn ncah Brjusa. Er konnte deesin Weg jetzt nhcit mher gehen.

Es war rhuig in dieesr Hütte. Das Ulmenholz hatte afugehört zu äzchen. Ganz fern nur hörte er noch das Toben des Strums. Wie Schrtite auf dem Harsch klang das Brechen des Eises. Hatte er da in der Fenre nciht das Nebelhorn eiens Sfhifcs gehröt?

Eine unendliche Müdikgeit.

Liegenbleiben. Jetzt ecnfaih nur mehr liegenbleiben.

Nein, er knonte jetzt nicht aufstehen. Er wotlle liegenbleiben. Für immer lieegnbleiben. Festfrieren. Die Isnel Brjusa wüdre einfrieren müsesn onhe ihn und er ohne sie.

Schritte auf Eis.

Nortbruk.

Das Nordenskiöldland.

Er kontne jetzt nihct mher aufstehen.

Ein Knirschen.

Eben erst war er ja enldich gelandet.

Stimmen.

Ein und derißig Grad.

Sieben und zwaizng Grad.

Wie

ß.

ALBEDO

Als der Mann aufwachte, wusste er nicht, wo er war. Selbst nach einiger Zeit konnte er sich nicht orientieren. Er wusste auch nicht, wie lange er schon wach war. Ob er überhaupt aufgewacht war. Und eingeschlafen vor dem Aufwachen. War er denn jemals eingeschlafen und aufgewacht?

Wenn er die Augen öffnete, langsam und behutsam blinzelnd, wurde es nicht hell. Es gab nichts zu sehen. Nichts. Ein dunkles Nichts.

Er erwartete, dass seine Augen sich an diese Dunkelheit gewöhnen würden. Langsam würden sie Konturen erkennen, Nuancen im Dunkeln, verschiedene Abstufungen der Nacht. Langsam würden sie mit geringer Beleuchtung umzugehen lernen und ihm sehen helfen, wo er war. Doch diese Nacht um ihn schien keine Stufen zu haben. Sie bot ihm kein helleres und dunkleres Schwarz an, nichts Weitentferntes oder Nahes, kein Grau, keine Schatten, keine Flächen. Keine Tiefe hatte dieses Schwarz. Es war, als wäre er in die Zweidimensionalität gerutscht.

Vielleicht gab es ein Oben, ein Unten, ein Links und Rechts. Doch es gab kein Hinein in dieses Schwarz. Es schien ihm, als ob ein schwarzes Band eng um seine Augen gespannt wäre, das ihn nur wenige Millimeter weit blicken ließ. Seine Augen waren gefangen in ihren Höhlen und konnten ihre Gefängnismauern nicht durchdringen. Je länger Sebastian versuchte, sie einzusetzen, desto nutzloser erschienen sie ihm.

Er schloss sie wieder. Öffnete sie wieder. Mehrmals, so weit er konnte. Doch das einzige, was er sah, waren kleine, transparente Punkte und Kreise, die auf der Oberfläche des nichtssagenden Schwarz schwebten. Lautlos und langsam glitten sie in verschiedene Richtungen, überlappten sich, fuhren übereinander und entfernten sich voneinander. Ihre chaotischen Bahnen ergaben ein Muster, eine stille Bewegung. Seine Augen waren ein Mikroskop geworden, das ein leeres, schwarzes Nichts studierte.

Manchmal nahmen die farblosen Ringe, ziellos auf der unbekannten Oberfläche treibend, bizarre Formen an oder bildeten die Form einer Riesenschlange, die sich geschmeidig durch ein Feld bewegte. Dann wieder wurden sie plötzlich irre Fratzen, die ihn auslachten und erschreckten. Er wollte seine Augen schließen, damit er diese Fratzen nicht mehr sehen musste. Aber es machte keinen Unterschied, ob er seine Augenlider geschlossen oder geöffnet hielt. Er sah nur die Nacht mit den Ringen, die auf ihr trieben.

Sie hatten auch etwas Beruhigendes an sich, diese Ringe. Etwas Fürsorgliches fast, jetzt, wo er sich langsam an seine neue Umgebung gewöhnte.

Sebastian ließ sich treiben mit diesen Ringen, hinein in seine Nacht. Er begann die unendliche Tiefe zu erahnen, die dieses Schwarz vor ihm ausbreitete. Er hatte die Zweidimensionalität missverstanden, er hatte solche Tiefe bislang nicht gekannt. Jetzt, wo er die unverständliche Dünnheit dieses Körpers vor ihm als seine unmessbare Dicke erfuhr, ließ er sich fallen. Hinein in seinen schwarzen Spiegel, ohne jemals auf Grund zu stoßen. Auf der Oberfläche tänzelten noch die abstrakten Gebilde – sie waren ihm nur Führer in diese neue Welt gewesen.

Dann begann sich das Schwarz als Farbton aufzulösen, während er wach war oder schlief. Seine Augen hielt er geöffnet oder geschlossen. Bald wusste er es gar nicht mehr. Das Schwarz wurde grau, wurde hell, wurde weiß. Irgendwann hatte es keine Definition mehr. Er konnte sich gar nicht mehr erinnern, wie es ausgesehen hatte oder wie andere Farben ausgesehen hatten. Sie hatten keine Bedeutung mehr für ihn. Er hatte sich von den Farben getrennt. Sein Sehen kam jetzt ohne sie aus. Sein Schwarz war sein Weiß geworden. Weiß: das sichtbare Fehlen anderer Farben.

Sebastian klammerte sich noch eine Zeit lang an die farblosen Ringe, die durch seine neue Welt schwebten. Sie waren das Letzte gewesen, das er bewusst gesehen hatte. Noch versuchte er, sich an ihre Formen zu erinnern. Eine Weile noch hielt er fest an ihnen. Wollte noch nicht ganz loslassen. Auf unbestimmte Dauer schimmerten die Ringe noch gelblich oder grünlich, so wie die Eisalgen matt durch das polare Eis geschienen hatten. Doch die Eisalgen verloren ihren Wert in seinem neuen Bewusstsein. Sie verloren ihre Kontur, ihre Gestalt, ihre Bewegung. Er hatte sie durchlebt, sie hatten ihn durchwachsen. Jetzt ließ er sie hinter sich. Bald konnte er sie nicht mehr von ihrem Hintergrund unterscheiden. Farblos waren sie eingetaucht in Farblosigkeit, verschwommen im Nichts.

Sebastian fühlte sich leicht. Wie befreit von einer unbekannten Last, gab er seinen Sehsinn auf. Er schloss seine Augen. Das spürte er, doch er sah es nicht. Er schloss seine Augen und sank in einen tiefen Schlaf von unbestimmter Dauer, erschöpft, gelähmt und zufrieden in sich geschlossen. Ein Verständnis für das kontinuierliche Verrinnen der Zeit war ihm abhanden gekommen. Die Mittel taten ihre Wirkung, die durch seinen schlaffen Körper strömten.

Der Schläfer war beruhigt. Von Grund auf beruhigt. Er war wach und am Leben. Was ihm sonst noch geblieben war, würde er später kennenlernen.

Auch als er ein weiteres Mal erwachte – Stunden, Tage oder Wochen später –, mit etwas mehr Bewusstsein jetzt, fühlte er sich schmerzfrei und schwerelos. Rein aus alter Gewohnheit schlug er seine Augen auf, auch wenn es keinerlei Unterschied machte. Er lag auf einem weichen Untergrund, sein Rücken auf einem frisch gemachten Bett, sein Kopf auf einem frisch überzogenen Kissen. Er roch einen sauberen, geschlossenen Raum um ihn herum und hörte die Ruhe. Er hörte sich selbst atmen und durch ein Fenster den leichten Wind, der durch Bäume blies und an Fensterscheiben stieß. Er hörte die Stille. Es musste Nacht sein – eine Nacht, wo immer sie war. Später Herbst oder bald schon Winter. Wenn auch nicht gleich dem arktischen Winter, den er kennengelernt hatte.

Sebastian schloss die Augen in die Nacht und hörte ihr zu. Lauschte ihr und sich selbst, lauschte bis er wieder einschlief, schwerelos.

Er lag immer noch auf seinem Bett, als er irgendwann wieder erwachte und sich selbst spürte. Seinen Kreislauf spürte. Sein Gewicht. In ihm zirkulierte etwas. Es zog ihn nach unten. Er war der Schwerkraft unterworfen. Sie zog alles an ihm nach unten. Es rann durch ihn, Flüssiges, Elektrisches. Sein ganzer Körper vibrierte leicht. Er war kein starrer Klumpen Eis. Er war aufgetaut. Irgendwo angespült. Irgendetwas, das irgendwo angespült worden war und floss.

Seine Arme waren ausgestreckt. Seine Beine waren ausgestreckt. Er spürte sie bis in die Spitzen. Auf dem Rücken lag er da.

Und er war nicht allein. Seine linke Hand lag in einer anderen linken Hand. In einer schönen Hand, einer glatten, gepflegten Hand. Sie strahlte Wärme aus und Verständnis.

Die Hand einer Frau hielt seine Hand. Sie hielt sie nicht nur, sondern sie durchströmte ihn mit Leben. Er versuchte, nicht preiszugeben, dass er wach war und bewusst wahrnahm, was ihm geschah, damit er diesen Augenblick noch still und nur für sich genießen konnte. Er versuchte zu verharren in seinem Paradies. Doch ein leichtes Zucken musste ihn verraten haben.

Sebastian fühlte sich beobachtet. Dann hörte er die Stimme dieser Hand. „Hallo, Herr Fehr. Sind Sie wach?", sagte sie, die Hand. „Können Sie mich hören?"

Aber natürlich, ja, und wie er diese Hand hören konnte. Er vernahm auch ihren Duft. Nur ein kleines bisschen. Sie roch nach Mensch, diese Hand. Zärtlich berührten ihre Finger seinen Daumenansatz. Ein süßlicher Atem wehte mit ihren Worten an ihm vorüber.

„Es ist alles gut. Sie müssen keine Angst haben. Sie sind in Sicherheit, Herr Fehr."

Eine zweite Hand kam jetzt dazu und legte sich neben die erste. Sie gehörte zu derselben Stimme. Es war ein Wesen, ein zusammengehörendes Wesen, das auf ihn einwirkte. Zwei Hände, Finger und eine gehauchte Stimme. Eine wunderbare Einheit, die sich um ihn kümmerte.

Für den Mann, der blind auf seinem Krankenbett lag, war es ein Traum in der Wirklichkeit. Er wollte weiterträumen. Und die Stimme und die Hände hatten verstanden, dass er noch Zeit brauchte. Sie gaben ihm Zeit. Gedehnte Momente, deren Länge er nicht abschätzen konnte.

„Ich bin Eva Sörensen. Ich werde Ihnen helfen, ein neues Leben zu beginnen. Sie haben Ihr Augenlicht verloren, Herr Fehr. Das Longyearbyen Hospital hat Sie überstellt zu uns. Ich möchte Sie lehren, mit Ihrer Blindheit umzugehen."

Er war also wieder in Deutschland gelandet, dachte er desillusioniert. Jetzt war er in der Wirklichkeit gelandet. Es war kein Traum mehr, sondern eine trockene Tatsache. Nach Deutschland war er geflossen, in Deutschland war er aufgetaut. In Deutschland musste er jetzt erwachen. Sie hatten ihn gefunden in seinem Eis. Gefunden, herausgehackt und zurückgeschickt. Man hatte ihn nicht gefragt, ob er das wolle. Oder hatten sie das?

Er konnte sich an nichts erinnern. Er hatte mit niemandem gesprochen seit so Langem. Seit den seltenen Gesprächen mit der schottischen Kellnerin im Barentsz Pub auf Spitsbergen hatte er kein Wort mit irgendjemandem gewechselt. Sebastian wusste nicht mehr, wie ein Miteinander-Sprechen funktionierte. Doch er wusste, wie es klang, wenn Eva Sörensen zu ihm redete. Es war angenehm, wenn sie das tat. Er wollte ihr zuhören und ihre Hand noch länger spüren.

Sebastian lag in einem Zimmer des hessischen Rehabilitationszentrums für Blinde und Sehbehinderte. Lange würde er hier nicht mehr bleiben können, jetzt, wo er aufgewacht war aus seinem Winterschlaf. Körperliche und psychische Stabilität würde er bald erlangt haben, und das Erlernen der grundlegendsten Orientierungsfertigkeiten und Körperschutztechniken würde nicht allzu viel Zeit in Anspruch nehmen. Es kam ihm vor, als ob er jetzt schon daran gewöhnt wäre, mit seinen Augen nicht mehr zu sehen.

„Mein Einfrieren auf Nortbruk war nur der Tod meines Sehens“, sprach er stumm zu sich. Er schrieb seine Gedanken in die konturenlose Finsternis, in der er nun schwebte, ohne einer Bindung an Zeit und Raum zu gehorchen. „Ein Rest in mir hat nach dem Tod meiner Mutter und dem meiner Großmutter nun ein drittes Mal überlebt. Jetzt muss ich auch dieses Restleben zurückbringen. In den Norden. In den nächsten Tod. In das nächste Leben. Eisleben.“

Er entschied, dass sein unfreiwilliges Überleben nur so kurz wie möglich dauern sollte. Dieser Entschluss war in ihm bereits in der Dunkelheit herangereift. Im Schlafen und Wachen, die sich nicht voneinander unterschieden hatten. In den zeitlosen Minuten, die in der Finsternis an ihm vorbeigezogen waren, hatte er sich dafür bereitgemacht, die Entscheidung gefällt. Händchenhaltend mit einem Menschen, den er nicht kannte, dachte er nun an die Weiterreise ins Eis. Ein kurzes viertes Leben wollte er ansteuern. Ein Leben, das nur einem Ziel gewidmet war: Möglichst rasch zurückzukehren zu seiner wahren Destination, Ostrow Brjusa.

Er musste fit werden für diese Reise. Sie war ihm nun durch den Verlust seines Augenlichts erschwert worden. Mit dem Sehsinn hatte Sebastian einen wichtigen Teil seiner selbst dort liegengelassen, oben in der klirrenden Stille. Es würde große Mühen und Anstrengungen kosten, ohne die Hilfe der Augen die ihm verbliebenen Sinne in den Norden zu bringen. Jetzt musste er stärker sein als zuvor. Seine Arktisreise war erst ein Teilerfolg gewesen. Bloß eine erste Reise. Sein Sehen war nur ein erstes Gepäckstück, das er im hohen Norden deponiert hatte. Die Tatsache, dass er es dort abgegeben hatte, würde ihn nicht aufhalten können. Sie sollte kein unüberwindbares Hindernis darstellen.

Sebastian fühlte sich bestätigt, weil er einen so bedeutenden Bestandteil seiner selbst erfolgreich am Zielpunkt abgeliefert hatte. Er konnte seinen Plan also tatsächlich umsetzen. Er hatte die Kraft bewiesen. Seine Sehnerven hatten den Absprung geschafft. Sie waren im Eis verschwunden. Es konnte also gelingen. Nun musste er nur noch konsequenter daran arbeiten.

Irgendetwas war ihm dort oben dazwischengekommen. Der Umstieg in eine neue Existenz funktionierte wohl nicht in einem Schritt. Er vollzog sich anscheinend in mehreren Etappen. Man konnte scheinbar nicht in einem einzigen Satz in das Neue hineinspringen. Sich nicht in einem ganzen Stück im Eis abgeben. Stückweise bloß schien es zu funktionieren. Das musste er akzeptieren. Er würde aus seiner Ungeduld lernen müssen. Sich sammeln und lernen, unter neuen Umständen sich neuerlich ins Eis hinaufzubringen. Als ein Ganzes oder in Teilen – die Zeit würde es weisen.

Die Zeit. Auch sie war ihm abhanden gekommen in der Dunkelheit. Auch ihr schien die Rückreise nach Deutschland erspart geblieben zu sein. Auch sie hatte es wie sein Sehen geschafft, für immer in der Arktis zu bleiben und dort eine neue Heimat zu finden. Sein Sehen und seine Zeit waren zumindest jetzt schon eingefroren oben im Norden, im heulenden Eiswind Ostrow Nortbruks.

Er hatte es zwar letztendlich nicht geschafft, sie bis nach Ostrow Brjusa zu transportieren, aber für einen ersten Anlauf war er schon weit gekommen. Er war zufrieden mit dem Erreichten. Die Holzhütte auf Ostrow Nortbruk war ein guter Ersatz. Zwei Dinge hatte er dort abgelegt. Bald würde er zurückkehren mit dem Rest. Das vierte Leben in ein fünftes umwandeln.

Von seinen Gedankenschüben beflügelt, wollte Sebastian nun möglichst rasch erlernen, mit den neuen Bedingungen zurechtzukommen. Er würde lernen müssen, mit dem Blindenlangstock umzugehen, zuerst im Gebäudeinneren, dann mit Eva Sörensens Hilfe auf den Straßen Deutschlands. Und sobald er stark genug dafür war, wollte dieser ganze Rest von Sebastian Fehr wieder zurückreisen ins Franz-Joseph-Land. Sich wieder Hinbringen in die Wahlheimat.

Gerade war er also irgendwo erwacht, wo er nicht einmal wusste, wie er hingekommen war, so hatte er schon wieder ein klares Ziel vor seinen blinden Augen: Ostrow Brjusa mit einem Langstock erreichen und endlich gänzlich einfrieren dort. Blind.

Alle vier Sinne, die ihm geblieben waren, so bald wie möglich abliefern im ewigen Eis. Alles, was er dafür brauchte, war die Hilfe Eva Sörensens und die nötige Zeit, sich startklar zu machen für den neuerlichen Aufbruch.

Sebastian fühlte sich wohl in seinem Irrsinn. Er war zufrieden mit dem Erreichten und angespornt durch sein Vorhaben, das zu vollenden, was er Erfolg versprechend bereits begonnen hatte. Nicht seine Behinderung zählte nun für ihn, sondern die getane und die zu vollbringende Arbeit.

Sebastian Fehr war jetzt bereit aufzuwachen. Sein Mund war trocken und klebrig, als er zum ersten Mal seit so langer Zeit wieder zu sprechen ansetzte.

„Bitte helfen Sie mir, Frau Sörensen." Er hauchte es heiser in die unbekannte Dunkelheit.

Die beiden zärtlichen Hände umfassten seine linke Hand nun fester als zuvor. Er spürte eine versteckte Aufregung in ihnen.

„Aber natürlich, Herr Fehr. Selbstverständlich. Ich werde Ihnen helfen."

Der erblindete Herr Fehr würde sein ganzes Leben neu erlernen müssen. Jede Bewegung, jeder Handgriff, den er machte, sobald er aus seinem Bett in der Rehabilitationsklinik aufgestanden war, musste neu bedacht und anders ausgeführt werden als zuvor. Sein Leben als Blinder würde nicht vergleichbar mit seinem vorigen Leben sein. Eva Sörensen wusste das. Sie war schon mit vielen Patienten durch diese Blindenschulung gegangen. Etwa hundert Stunden Einzelunterricht hatte sie jeweils benötigt, um ihre Schützlinge wieder zurück ins Alltagsleben zu führen. Es hatte schwierige Fälle gegeben, hartnäckige Verweigerer, die sich den neuen Anforderungen nicht gewachsen fühlten. Aber auch Wissbegierige, die an ihrer eigenen Umstellung tatkräftig mitarbeiteten, die Herausforderung annahmen und sich mutig dem Schicksal stellten, das ihr bisheriges Dasein vollständig aus den Bahnen geworfen hatte. Fast immer jedoch musste Eva Sörensen zu Beginn gegen die Lernunwilligkeit der Erblindeten ankämpfen. Aus Furcht und Entsetzen über die neuen Umstände weigerten sie sich zuerst, die Tatsachen anzuerkennen. Sie konnten sich ein Dasein in dieser totalen Veränderung nicht vorstellen und wurden aggressiv und abweisend, wenn man sie mit der Realität konfrontierte. Mit einem Leben in Finsternis.

Ihr neuer Schüler hingegen schien in seinem geistesabwesenden Zustand, in dem er reaktionslos seinen Unfall auf Spitsbergen und den Transport nach Deutschland über sich ergehen hatte lassen, einen Großteil der Umstellung bereits verarbeitet zu haben.

Wochenlang hatte er kein Wort gesprochen und keinerlei Reaktion gezeigt, auch nachdem die Wirkung der überdosierten Menge an Schmerztabletten, die er geschluckt hatte, verflogen war. Zwei amerikanische Abenteuerurlauber hatten ihn im Eingangsbereich einer Trapperhütte auf der norwegischen Insel auf dem Boden liegend gefunden, als sie von einer Trekking-Tour über die Gletscherzungen des Karl-Bay-Fjellet nach Longyearbyen zurückkehrten.

Die Tür der Hütte hatte weit offen gestanden. Von Weitem schon hatten sie die regungslosen Beine gesehen, die flach ausgestreckt auf dem harten Fußboden lagen.

Der Mann, den sie vorfanden, als sie die Hütte erreichten, lag ausgebreitet auf dem Rücken vor ihnen, alle Gliedmaßen von sich gestreckt. Er hielt die Augen geschlossen und machte einen friedlichen Eindruck. Er atmete.

Dieser Mensch am Boden war nicht tot, sondern schien nur so fest zu schlafen, dass auch heftiges Rütteln ihn nicht aufwecken konnte. Sie informierten die Resepsjon des Nybyen Gjestehus und bald schon war der Schläfer ins Sykehus, das Krankenhaus Longyearbyens, gebracht. Lärmende Schneescooter hatten ihn geholt, aber nicht geweckt. Er hatte auf das Blitzlicht nicht reagiert, als ein Foto für die Svalbard Posten gemacht wurde.

Der Mann musste bereits lange auf dem Boden vor Karsons Trapperhütte im Endalen gelegen sein, bevor man ihn gefunden hatte. Die Außenfläche seiner Bekleidung war eisig kalt. Doch das Körperinnere war noch gut durchblutet. Durchströmt von schnellem, warmem Blut, in dem eine gewaltige Dosis Pharmazeutika trieb – Drogen, die er gerade ausreichend geschluckt hatte, um nicht zu kollabieren. Er war in einen Ohnmachtszustand gefallen, in einen Grenzbereich zwischen Schlaf und Wahn, der ihn äußerlich verharren ließ, während sein Blut in großer Aufruhr weiter zirkulierte. Der Schnee, den die Septemberstürme über das Plateau des Nordenskiöldlandes fegten, hatte bereits begonnen ihn zuzudecken.

Dr. Tore Sivertsen, der leitende Stationsarzt, schüttelte den Kopf.

Ein ruhiger arktischer Sommer war im Longyearbyener Hospital zu Ende gegangen. Wenige Unfälle hatte es gegeben in den vergangenen Monaten. Keine Vorfälle mit Eisbären, keine Schneescooter-Unfälle, keine unachtsamen Touristen, die ins Eiswasser gestürzt waren oder sich irgendetwas erfroren hatten. Die täglichen Visiten in den Krankenhauszimmern waren nichts anderes als kurze Routinebesuche gewesen. Und jetzt, da der Winter ins Land zog, das: ein wahnsinniger Südeuropäer, dem offensichtlich die Erfindung der Sonnenbrille entgangen war.

„Viele Stunden, über Tage hindurch immer wieder muss dieser Patient auf die grellweißen Schneefelder gestarrt haben, die die schräg einfallenden Sonnenstrahlen ohne Abschwächung reflektierten. Ich weiß nicht, warum er keine Sonnenbrille benützte. Es muss sich um einen Verrückten handeln“, teilte er dem Turnusarzt Dr. Olaf Vatnan mit, als sie das Zimmer besuchten, in dem Sebastian schlief. „90 Prozent des Sonnenlichts wurden direkt auf seine Netzhaut zurückgeworfen. Sie wissen ja von der hohen Albedo unserer verschneiten Berghänge und Gletschermoränen hier auf Spitsbergen. Dennoch kam ihm der Griff zur Sonnenbrille nicht in den Sinn. Er hat die Schmerzen gesucht, scheint mir. Dieser Patient hat die Selbstverstümmelung gewollt. Anders kann ich es mir nicht erklären. Er hat sich bewusst in die aktinische Keratopathie, die Schneeblindheit fallenlassen. Die UV-Strahlung des Schneelichts hat sich hineingebrannt in die Binde- und Hornhaut seiner Augen. Dort hat sie sonnenbrandähnliche Wunden verursacht, Bläschen, Narben und Trübungen. Sehen Sie selbst. Das sind Erosionen, die nie mehr heilen werden.“

Auch der Turnusarzt schüttelte den Kopf. Was mochte bloß in diesen Mann gefahren sein? Warum hatte er sich das angetan? Und woher hatte er nur dieses ganze Arsenal von Schmerzstillern, die ihm eine solche Tat erst ermöglichten?

„Die Hornhaut des menschlichen Auges kann eine lange Einstrahlung ertragen", fuhr Dr. Sivertsen fort. „Sie schützt das Innere des Sehorgans, indem ihre Oberfläche einen großen Teil der Strahlung absorbiert. Sie wehrt sich lange, ehe ihr Tränenfilm versiegt und ihre oberste Deckschicht, das Epithel, aufreißt unter den Verbrennungen. Wird sie stark belastet, braucht sie mehrere Tage, um sich zu regenerieren. Doch wird ihr keine Erholung gegeben, sondern wird sie im Gegenteil weiter und weiter den Angriffen der kurzwelligen UV-B-Strahlung ausgesetzt, so beginnt sich ihre verschorfte Epithelschicht im Laufe dieser Zerstörung abzulösen. Unter großen Schmerzen wird die nervenreiche Hornhaut dann Schicht für Schicht abgebrannt und werden Nervenenden freigelegt. Der Mensch wehrt sich mit krampfartigem Lidschluss, tränenden Augen und Lichtscheu dagegen.

Doch dieser Mann hier vor uns hat die Schmerzen anscheinend in Kauf genommen. Er muss sich mit Pillen vollgepumpt haben, um das Absterben seines Augenlichts zu ertragen. Er musste die Schneeblindheit bewusst geschehen lassen haben."

„Nur soweit bewusst freilich, wie ein unter dem Einfluss von schweren Analgetika stehender Mensch noch bewusst zu handeln fähig ist", fügte Dr. Vatnan hinzu.

„Sie haben völlig recht", bestätigte der Stationsarzt. „Das ist mir ja das nächste Rätsel bei diesem Fall. Bei seiner Einlieferung fanden wir diesen Mann vollgepumpt mit rezeptpflichtiger Chemie vor. Metamizol, Tramadol und Amitriptylin. Wirkstoffe opioider sowie nicht-opioider Schmerzmittel. Er scheint sie schon seit Langem eingenommen zu haben. Das alles hatte seine natürliche Schmerzempfindung auf ein Minimum gesenkt."

Dr. Vatnan hatte schon von vielen Möglichkeiten gehört, wie die natürliche menschliche Schmerzempfindung durch Medikamente oder Drogen, auch durch Hypnose oder Meditation umgangen werden konnte. Doch so einem Fall der Selbstverstümmelung war er bislang nicht begegnet.

An den synaptischen Spalten, wo von einer Nervenendung zur nächsten postsynaptischen Membran die Botenstoffe ausgeschüttet und weitergeleitet werden, um die Kunde des Schmerzes an den Thalamus im Zwischenhirn zu überbringen, waren die Neurotransmitter dieses Patienten abgefangen, aufgehalten, inaktiviert worden. Opioide hatten sein schmerzhemmendes System in Gang gebracht und das Schmerzerlebnis in seinem limbischen System dahingehend verzerrt, dass er heftige Schmerzen nicht mehr als besonders unangenehm oder bedrohlich empfand. Wohl hatte er die Schmerzen noch wahrgenommen, aber sein Tablettenkonsum hatte die Symptome in eine erträgliche Entfernung gerückt. Lokal betäubende Augentropfen hatten seine Noziption, die natürliche Schmerzempfindung weiter vermindert und zu einer zusätzlichen Schädigung der Hornhaut geführt.

„Schmerzschleifen und Rückkopplungen haben sein Nervensystem durchzogen. Halluzinationen und Verwirrungen müssen seiner sedierten Sinneswahrnehmung den Bezug zur Realität geraubt haben. Das ist ja ein durchaus bekannter Nebeneffekt von unkontrollierter und zu hoch dosierter Einnahme von Opioiden. Er verfiel wohl den Wahnvorstellungen, die aus der Betäubung seines protektiven Systems resultierten. Er sammelte die Schmerzen in sich und erkannte ihre Schutzfunktionen nicht mehr, bis er irgendwann zusammengebrochen und auf dem Boden vor der Hütte zum Liegen gekommen ist. Da lag er dann in einem Rausch von Analgetika, als die beiden Trekker ihn fanden. Diesen Rausch muss er anscheinend erst ausschlafen."

„Wahrscheinlich ist er deshalb so völlig apathisch", fügte der Turnusarzt hinzu. „In seinem Blut fließt ja immer noch eine angsteinflößende Menge aus all diesen Betäubungsstoffen. Kein Wunder, dass sein Reaktionsvermögen dermaßen herabgesetzt ist."

„Ja. Das wird es wohl sein. Er reagiert auf nichts. Als wäre er tot. Und doch zeigen alle seine restlichen Lebensbereiche normale

Werte an. Er träumt. Sein Organismus scheint einwandfrei zu funktionieren. Ich nehme an, zusätzlich zu den Überdosierungen ist es nach wie vor der Schockzustand, der ihn derartig verharren lässt. Wenn erst einmal die Wirkung der Medikamente abgeklungen ist, wird man feststellen können, welche psychischen Schäden er genommen hat. Doch das soll dann glücklicherweise nicht mehr unsere Sorge sein. Damit werden sie sich in seiner Heimat beschäftigen. Oder auch nicht ... Wir jedenfalls haben getan, was wir konnten. Wir behalten ihn unter Beobachtung und warten, bis sein Rücktransport nach Deutschland organisiert ist. Wenigstens hat er eine gute Reiseversicherung abgeschlossen. Sie ist bereits informiert und leitet die nächsten Schritte ein. Bald wird er wieder daheim sein. In Deutschland werden sie schon herausfinden, was um Himmels Willen in diesen Kerl gefahren ist. Ich kann es mir nicht erklären.

Und ich verstehe übrigens auch nicht, welcher Arzt ihm eine solche Medikamenten-Mixtur verschreiben konnte. In seinen Jackentaschen haben wir Packungen von Novalgin-, Tramal- und Saroten-Filmtabletten, Diclobene, Voltaren Retard und Novesine Augentropfen gefunden. Selbst wenn diese Mittel in Deutschland ohne ein Betäubungsmittelrezept erhältlich sein mögen; es ist mir unvorstellbar, wie er zu so einer Drogenmischung kommen konnte."

Durch die Blutbahnen des deutschen Touristen zirkulierte ein Medikamentencocktail, der einem Menschen das Leiden und Sterben weitgehend schmerzfrei gestalten konnte; eine Analgetika-Mischung, die den Irrsinn immer weiter in den Irrsinn trieb und den Organismus jeden Schmerz ertragen ließ. Bis er den Tod ertragen würde. Bis er sterben würde, ohne dieses Sterben wahrzunehmen. Bis er erfroren wäre in der arktischen Wüste Svalbards.

Die hoch dosierten Pharmaka hatten sich in seinem Blut verbunden mit einer Ausschüttung körpereigener Endorphine, wie sie nur in einem Moment höchster Erregung, höchster Anspannung produziert werden. Der Organismus dieses Mannes war auf eine Reise in den unfühlbaren Tod geschickt worden. Er war einer schmerzfreien Tötung freigegeben worden.

Doch er starb nicht. Er sackte bloß in sich zusammen. Er ergab sich seiner Bestimmung, aber an der äußersten Grenze seiner Ekstase übermannte ihn die Erschöpfung und er glitt hinein in einen Scheinschlaf.

Dieser bleiche, kalte, von Medikamenten aufgeschwemmte Körper war nicht gestorben. Nur seine Augen waren es. Der Mensch, dem diese Augen gehörten, war liegengeblieben. Liegengeblieben auf dem gefrorenen Boden Spitsbergens; gerade nicht lange genug, um selbst zu erfrieren. Er war liegengeblieben und hinübergetragen worden ins Longyearbyen Hospital.

Dort lag er weiter, lag er vor den norwegischen Ärzten. Noch durchströmten die Opioide seinen ermüdeten Kreislauf.

Er hatte seine Augen in ihren Tod geöffnet. Hatte den weißen Tod angestarrt. Hineingestarrt in ihn. Hineingestarrt in das weiße Licht und das Sterben nicht gefühlt. Das Sterben angestarrt und die Augen nicht geschlossen.

Erst als er im Delirium aus Endorphinen und Pharmazeutika schlussendlich am Eingang der Trapperhütte zu Boden ging, konnte die kalte arktische Luft seine Augen abkühlen. Endlich schloss er dann die Lider und hielt sie geschlossen, hielt Augen und Mund geschlossen. Lag da. Lag da und wurde kalt.

Doch die Abkühlung kam zu spät. Das Ärzteteam entfernte das verbrannte Epithel und musste feststellen, dass die Hornhaut durch und durch vernarbt war, bis hin zum Endothel, ihrer untersten Schicht. Bis hinein zu seiner Papille, den Gefäßtrichter am inneren Ende des Augenapfels, wo die Nervenfasern der Netzhaut sich sammeln und sich zum Sehnerv bündeln, hatte sich die Spur der Verwüstung gezogen. Über die dunkelrote Netzhaut hinein bis zu diesem blassrosa blinden Fleck, wo keine Sinneszellen für das Sehen mehr vorhanden sind, hatte dieser Mann seine Augen zerstört. Er hatte zugesehen, wie seine Augen verbrannten.

Und jetzt lag er friedlich, mit gelöstem Gesichtsausdruck vor ihnen. Tief schlafend, blind, nahezu im Koma.

Dass er Deutscher war, hatten sie seinem Pass entnehmen können, den sie ebenso wie seine Versicherungspapiere in der GoreTex-Windstopper-Jacke fanden, die er trug.

„Nur Deutsche oder Japaner sind zu solchen Wahnsinnstaten fähig“, ging dem assistierenden Dr. Vatnan durch den Kopf. Noch einmal sah er auf die Karteikarte dieses Patienten.

„Sebastian Fehr, geboren 1965, wohnhaft in Frankfurt am Main“, murmelte er. „Den muss der arktische Koller überkommen haben. Ein Glück, dass er seinen Aufenthalt in Spitsbergen überhaupt überlebt hat und nicht erfroren ist dort oben im Endalen. Es ist gut, wenn wir ihn so schnell wie möglich loswerden. Sicherlich ist es das Beste, ihn zurück in den Süden zu schicken.“

„Jå, jå …“, sagte Dr. Sivertsen als sie das Zimmer verließen. „Das polare Klima hat so manchen schon in den Wahnsinn getrieben. Sollen sie doch lieber in ihren grünen, warmen Ländern bleiben. Hier oben haben wir nichts als Scherereien mit ihnen. Mögen die dort unten im Herzen Europas Verständnis für ihn aufbringen. Wir hier in Longyearbyen, wir können es wohl nicht. Wer hier nicht für sich selbst sorgen kann, den verbannt der Sysselmannen von der Insel. Und das ist gut so.“

„Der Sysselmannen. Genau“, grinste der Turnusarzt. Leise schlossen sie die Tür des Krankenzimmers und schritten den Gang des Sykehus hinab.

Der deutsche Mann schlief weiter, kümmerte sich nicht um die Außenwelt. Erschöpft und gelähmt vom Schock seiner Schneeblindheit schlief er sich durch seine Diagnosen, friedlich und ruhig. Wortlos, regungslos. Nach innen gekehrt. Er verharrte in seinem Schockzustand und ließ die notwendigste Versorgung durch seinen Körper wandern. Er sah nichts und schien auch nichts zu hören und nicht sprechen zu wollen. Apathisch lebte er in sich hinein. Doch er lebte. Beim Rücktransport nach Deutschland, den seine Reiseversicherung zügig organisierte, lag er im Flugzeug gleich still wie in seinem Krankenbett oder auf der Bahre, mit der er durch die Klimazonen gerollt wurde.

Zwei Wochen später nahm er sogar wieder feste Nahrung zu sich und trank brav, was man ihm an die Lippen legte. Nur reagierte er auf keinerlei Kommunikation, die ihm angeboten wurde. Er hörte nicht, obwohl sein Hörsinn keineswegs beschädigt schien. Er existierte nur als Organismus, aber nicht als lebendiger Mensch.

Da man ihn in erster Linie nur als erblindetes Unfallopfer beschreiben konnte, das sich psychisch erst von einem schweren Schock erholen musste, wurde er nach einigen Zwischenstationen und Tests, die er passiv über sich ergehen ließ, nach Absprache mit amtlichen Behörden und dem hessischen Blindenverband ins Klinikum des hessischen Sehwerks überwiesen. Angehörige hatte man keine ausfindig machen können. Damit war die Angelegenheit für die norwegischen Ärzte und den Sysselmannen, für die Reiseversicherung und für die deutschen Beamten erledigt.

Diesen bedauernswerten, einsamen Mann, der offensichtlich seinen Arzneimittelrausch erst ausschlafen und seine körperliche Behinderung erst begreifen lernen musste, konnte man ja nicht einfach in seiner Wohnung im Frankfurter Bahnhofsviertel, wo er gemeldet war, vor die Hunde gehen lassen. Die Blindenseelsorge der evangelischen Kirche, der hessische Blindenbund, Blindenselbsthilfegruppen und andere Institutionen waren voller Mitleid auf ihn aufmerksam geworden. Alle wollten sie mehr über ihn erfahren und helfen, was zu helfen war.

Ja, hier im Süden konnte man Verständnis für seine Situation aufbringen. Hier war der Mann kein Narr mehr, sondern ein Behinderter. Man müsse ihm Zeit zur Erholung und zur Therapie geben und ihn langsam, sofern er zu einer gewissen Normalität finden könne, wieder eingliedern in die Gesellschaft.

Die deutsche Seele zeigte Respekt vor den immensen arktischen Gefahren und vor den Qualen, die dieser Mensch durchgestanden hatte. Sie streckte dem Verunglückten eine helfende Hand entgegen.

Sebastian Fehr war nun ein Fall für die Krankenkasse und die Sozialhilfe geworden. Wenn ein Mensch im Urlaub einen Unfall erleidet und sein Augenlicht verlor, war das eine unkomplizierte Sachlage. Die Bürokratie kam schnell ins Rollen und erledigte den Fall gemäß den üblichen Normen. Ob der Patient jemals wieder in seinen Beruf zurückkehren würde können oder nicht, das würde sich später weisen. Vorerst war er noch beurlaubt, sein Arbeitgeber verständigt und sein Krankenstand attestiert.

Die Einweisung in den Gebrauch des Blindenlangstocks und eine Schulung in Orientierung und Mobilität wurden Sebastian Fehr ungefragt verordnet. Die gesetzliche Krankenkasse würde seine Krankenhauskosten übernehmen, der zuständige Sozialhilfeträger kümmerte sich im Rahmen der Eingliederungshilfe für Behinderte um die notwendige weitere Rehabilitation.

Die Fachkraft, die seine Blindenschulung übernahm, hieß Eva Sörensen.

Über Jahrzehnte hinweg war Eva Sörensen zum ersten Halt für etliche Erblindete geworden. Sie stand an ihrer Seite, nachdem deren System aus Gewohnheiten und Funktionalitäten von einem Tag auf den anderen zusammengebrochen war. Mit großer Geduld ermöglichte sie ihnen den langsamen Wiedereinstieg in den Alltag. Wo nichts mehr so zu sein schien, wie es kurz zuvor noch gewesen war, hatten die Erblindeten in ihr wenigstens einen neuen Fixpunkt, auf den sie sich verlassen konnten. Selbst wenn sie solch blindes Vertrauen erst erlernen, erst akzeptieren lernen mussten; Eva Sörensen gab ihnen ein erstes Gefühl der Sicherheit in einer zerrütteten, fremden Welt. Sie waren ausgespuckt worden in der Finsternis und nun war da zumindest jemand, an dem sie sich aufrichten konnten, jemand, der sie einweihte in die vielen neuen Geheimnisse.

Diese unscheinbare Frau war einfach da. Auch wenn ihre Patienten sie nicht sehen konnten, so wussten sie, dass sie da war, immer da war, dass sie wartete, bis sie bereit waren, von ihr in ein neues Leben geführt zu werden. Die Dimensionen ihrer Umgebung gab sie ihnen allmählich neu zu verstehen. Jede Aura schien sie wahrzunehmen, jede Regung und Veränderung; von jeder Entwicklung ihrer Schüler nahm sie Notiz.

Selbst nach dutzenden Patienten wurden diese für sie keine Routinefälle, wurde ihre Arbeit mit ihnen zu keiner Routinearbeit, sondern sah sie in jedem wieder eine neue Herausforderung, ein neues Individuum, zu dem sie auf eine andere Art und Weise einen Zugang finden musste. Oft hatten sich ihre Vorgesetzten im Klinikum des hessischen Sehwerks über ihre Aufopferung in diesem Beruf gewundert und sich Gedanken darüber gemacht, warum diese alleinstehende, stille Frau wohl auf ein Privatleben außerhalb ihrer Arbeit verzichtete. Mehr Zeit innerhalb des Rehabilitationszentrums als außerhalb verbrachte. Jede Sonderschicht freiwillig übernahm. Selbst unbeliebte Arbeitszeiten wie Weihnachten oder Neujahr schienen sie nicht zu stören. Es müsse wohl an ihrer Krankheit liegen. Zu dieser Überzeugung war der Vorstand des Sehwerks gekommen. Bald müsse sie in Frührente gehen. Da wolle sie vorher wohl noch ihre Arbeit ausschöpfen.

Für einen außergewöhnlichen Fall wie den dieses Schnee-Erblindeten war Eva Sörensen jedenfalls genau die Richtige. Sofort wurde sie mit der Aufgabe betreut. Und mit großem Interesse hatte die feinsinnige Betreuerin die Herausforderung angenommen. Tage und Nächte war sie immer wieder bei dem Schlafenden gesessen, hatte seine Hand gehalten und seine Atmosphäre gespürt. Sie hatte ihn angesehen, seinem Verharren zugehört und auf sein Erwachen gewartet. So hatte sie ihn kennengelernt. Und so fühlte sie, dass auch er sie kennenlernte. Sie ahnte, wann er wach war und wann er schlief. Sie ließ ihn seinem eigenen Tempo folgen. Sie verfolgte mit ruhiger Geduld, wie er sich langsam immer näher an die Realität herantastete. Eva Sörensen spürte, als Sebastian Fehr sich langsam dafür bereitmachte aufzuwachen.

Nein, er war nicht wahnsinnig, dieser lange, flache Mann, wie es im Büro ihres Chefs immer wieder angedeutet wurde. Nein, im Gegenteil. Er strahlte eine ungewöhnliche Ruhe aus. Er schien sich nur zu erholen. Schließlich hatte er ein außergewöhnliches Schicksal erlitten und brauchte nun in erster Linie Zeit. Zeit, um das Geschehene zu verarbeiten. Zeit, um sich umzustellen. Zeit, die sie ihm gab. Zeit, die Eva Sörensen für ihn organisierte.

Auf alle möglichen Typen war sie in ihren Arbeitsjahren bereits gestoßen. Auf Patienten, die sich gegen ihre Hilfe sträubten, auf Menschen, die in Selbstmitleid zerfließend unfähig waren, sich einer Schulung zu unterziehen, oder dermaßen jämmerlich und verstört waren, dass ihre Trauer einer konsequenten Arbeit immer wieder im Weg gestanden hatte. Wutanfälle, Tobsuchtsattacken, apathisches Verharren, Suizidversuche oder überschwängliche Liebeserklärungen hatte sie erlebt, wenn sie fremde Menschen an einem solch drastischen Wendepunkt in ein neues Leben hatte einschulen müssen. Immer wieder musste sie mit Beharrlichkeit und Geduld auf den Rhythmus und das Temperament ihrer Schüler eingehen.

Hundert Stunden Einzelunterricht waren gesetzlich vorgesehen für die Blindenschulung, doch diese Angabe war eine dehnbare Norm. Eva Sörensen hielt sich nicht daran. Die sprechenden Uhren, in deren Gebrauch sie ihre Patienten einwies, waren für sie keine gültigen Zeitmesser. Ihre eigenen Arbeitsstunden flossen schon so lange und vehement mit ihrem Privatleben zusammen, dass sie aufgehört hatte, eine Unterscheidung zu machen. Es war ihre Lebensaufgabe, Menschen in einer Not, die sie gut verstand, zu helfen. Und sie lebte auf in dieser Tätigkeit.

Der Mensch auf dem Krankenbett vor ihr nun war ein besonderer Fall. Er schien zufrieden zu sein mit seinem Schicksal. Sein Sehsinn war keinem Arbeits- oder Autounfall zu Opfer gefallen, sondern war im grellen Licht sonnenbestrahlter arktischer Schneefelder gestorben. Er hatte sich in einem endlosen Weiß verloren. Dieser Mann hatte eine eigenartige Krankengeschichte durchlebt, obgleich es wirkte, als ob er dadurch weniger verstört als im Gegenteil sogar zutiefst beruhigt wäre.

Auch als er „Bitte helfen Sie mir“ sagte, klang es weniger nach Verzweiflung, sondern eher nach einer sachlichen Anfrage. Beinahe professionell kam es ihr vor, wie er mit seiner Erblindung umging. Er schien ein klares Ziel vor Augen zu haben, an dem er sich nun aufzurichten begann. Eva Sörensen hatte keine Vorstellung davon, was dieses Ziel tatsächlich war; derartige

Entschlossenheit machte ihre gemeinsame Arbeit aber jedenfalls um ein großes Stück einfacher.

Aus ihrer Erfahrung heraus konnte Eva Sörensen jedoch gut abschätzen, dass eine derart grundlegende Lebensänderung, wie sie Sebastian Fehr nun durchlebte, nicht so einfach zu bewältigen war, wie es seine friedliche Ausstrahlung noch vermuten ließ. Sobald er richtig aufgewacht war, würde eine unbarmherzige Realität über ihn hereinbrechen. Das Aufstehen, Anziehen, Gehen, Stehen, Treppensteigen, Waschen, Essen oder Trinken würde in sein Leben zurückkehren müssen und ihn vor ungeahnte Probleme stellen. Schon in seinem Krankenzimmer würde die sichere Umgebung für ihn zu einem Abenteuerfeld werden, sobald er aufgestanden war. Und mit dem Moment, da er die Welt außerhalb seines Zimmers betrat, würde diese für ihn zu einem fremden Planeten voller Gefahren. Eine Welt ohne Licht erwartete ihn, in der er langsam erst ein neues Sehen erlernen würde müssen. Während er von all dem noch nichts zu ahnen schien, wappnete sich seine Betreuerin bereits für seine ersten Rückschläge und Frustrationen.

„Wo bin ich?" Mit leisen Worten setzte Sebastian sein Gespräch mit Eva Sörensen fort. Mit diesen Händen, die ihn hielten in der Dunkelheit, und dieser Stimme, in der er sich geborgen fühlte, wollte er jetzt reden. Er wollte dieser Stimme beim Sprechen zuhören.

Und sie war da für ihn. Die Stimme sprach mit ihm. Er genoss jeden ihrer Laute. Sie redete mit viel Luft, diese Frau. Leise und langsam redete sie. Sie sagte nicht viel, aber es war ausreichend. Es war beruhigend, ihr zuzuhören, egal was sie sagte.

Eva Sörensen erzählte ihm seine Geschichte. Eine Geschichte, die Sebastian nur ungläubig aufnahm. Sie prallte ab an seinem eingeschränkten Aufnahmewillen. Sie stieß an seine vorgefertigte unverrückbare Meinung. Was immer Eva Sörensen ihm auch erzählte, er konnte es nur insoweit als eine Wahrheit akzeptieren, wie es sich mit seinen eigenen Vorstellungen deckte. Diese nämlich gingen weit über Spitsbergen und die Schneefelder des

Nordenskiöldlandes hinaus. Die Sabotin hatte doch das Nordpolarmeer befahren, bis die Franz-Joseph-Inseln aus der eisigen See herausragten. Die fünf Tage auf hoher See. Der mürrische Kapitän. Die Packeisfelder. Die Eisblumen auf den Bullaugen. Die drei Zodiacs. Er war doch an Bord gegangen mit elf anderen Passagieren. Sie hatten ihn doch hinübergebracht auf Kap Flora. Und nur die elf anderen zurückgebracht. „Warum nur erwähnt das diese Frau nicht?“, überlegte Sebastian. Sie sprach nur von der Trapperhütte im Endalen, nicht aber von Elmwood, wo Jackson, Nansen und er sich niedergelegt hatten.

„Nun gut, sie ist schließlich nicht auf Ostrow Nortbruk gewesen.“ Sie hatte den eisigen Sturm nicht gefühlt, der ihm entgegengeschlagen hatte, der ihn gehindert hatte, nach Ostrow Brjusa zu gelangen. Sie hatte die wunderbare Kälte nicht gespürt, die seine Augen erfrieren ließ an der Hütte aus Ulmenholz. Sie hatte sich nicht hingelegt mit ihm auf den kalten, harten Dolerit des Franz-Joseph-Landes und war nicht zusammengewachsen mit dem Schieferboden des Archipels, so wie er es war. Nein, diese Frau konnte nicht wissen, wovon sie redete.

Doch Sebastian genoss den Klang ihrer Aussprache und saugte die Wörter, die sie ihm schenkte, mit Genugtuung auf. Auch wenn er ihren Inhalt nicht zur Kenntnis nahm. Er wollte dieser Frau höflich zuhören, sie sprechen hören, sprechen mit ihm, egal was sie erzählte. Es war angenehm, ihrer Stimme zuzuhören, ganz egal, was sie erzählte. Und sie konnte in jedem Fall von Nutzen für ihn sein. Für ihn und seinen weiteren Plan. Nein, er wollte sie jetzt nicht unterbrechen, auch wenn er meinte, besser über sich selbst Bescheid zu wissen als dieser fremde Mensch es tat.

Sebastian ließ sich nicht beirren in seiner Vorstellung, wo er gewesen war und als Vorhut seiner Existenzveränderung sein Augenlicht gelassen hatte. Ein paar Verbindungsglieder bloß fehlten ihm. Der Freihafen Longyearbyens. Die Hütte im Endalen. Die schneebedeckten Gletscherrücken. Das Weiß. Das grelle Weißlicht, das ähnlich der eisigen Kälte ihn mit Schmerzen durchflutet hatte, ohne ihm dabei weh zu tun. Die Fahrt ins Eis auf dem russischen Eisbrecher. Die ersten Inseln des Franz-Joseph-Archipels. Kap Flora. Ostrow Nortbruk. Er hatte die Inseln doch gesehen. Mit eigenen Augen, als diese noch des Sehens fähig waren. Das hatte er sich doch nicht alles bloß einbilden können. Das Eis, das ihn umschloss. Er hatte es doch gespürt. Hatte doch gefühlt, wie es sich auf seiner Haut in glühende Hitze verwandelt hatte. Das Eis, das sich hineingebrannt hatte in ihn. Das Licht, das sich hineingebrannt hatte in ihn. Er hatte es doch gesehen, das Weiß.

Und jetzt die Finsternis. Das Schwarzlicht. Es war von irgendwo hergekommen. Hatte ihn irgendwo hingetragen. Hatte ihn irgendwie hingetragen zu dieser Frau, die er jetzt hörte und nicht sah. Wie viel Zeit inzwischen wohl verstrichen war?

Die Stimme sprach weiter. Kurz und vorsichtig erzählte sie. Transportierte Fakten. Sprach von Spitsbergen und Frankfurt, aber erwähnte kein Franz-Joseph-Land. Sie ließ eine Lücke dort, wo seine Erinnerung noch verbunden war mit Bildern der Vergangenheit. Warum tat sie das? Warum diese Lücken?

Sebastians Welt war nun gleich wie das Leben jedes Blinden zu einem unendlichen Puzzle geworden. Ein Puzzlespiel, das in der Finsternis nie vollständig zusammengesetzt werden konnte. Ein Bild voller Lücken. Teile hier und dort, Verbindungsglieder, Brücken durch die Dunkelheit. Und überall leere Flächen dazwischen. Wüsten, deren Abmessungen man nicht einschätzen konnte. Konturenloses Schwarz. Jetzt, da seine Welt aus lauter Lücken bestand, begann er auch seine eigene Vergangenheit in Puzzleteilen zusammenzusetzen.

Was brauchte er das Ganze! Er war blind geworden, also würde er die Welt in ihrer Gesamtheit ohnehin nie mehr erfassen können. Ein Gesamtbild gab es nicht. Es gab nur Teile. Große Teile, kleine Teile. Teile, die sich zusammenfügten, und Teile, die nie einen Sinn miteinander ergeben würden. Bereiche, die nah aneinander grenzten, und solche, die so weit von einem entfernt lagen, dass man nie eine Brücke zu ihnen schlagen könnte, selbst wenn man wusste, dass sie existierten.

Ostrow Nortbruk lag da draußen in der Ferne. Irgendwo da draußen. Es war nur nicht verbunden mit dem Jetzt. Zu weit entfernt von Deutschland.

Sebastian erfuhr nun zumindest, wie und wohin und in welchem Zustand er zurück nach Deutschland gekommen war. Er verstand, dass er war, wo er nicht hätte landen wollen. Das reichte ihm schon für ein Verständnis des Geschehenen und des Bevorstehenden. Er wollte Eva Sörensen ihre Vorstellungen lassen. Er hatte schließlich seine eigene Welt. Seine eigenen Lücken. Da sollte auch diese sanfte Stimme ein Recht auf ihre Lücken haben. Sie sollte einfach weiter sprechen zu ihm und glauben, was immer sie für richtig hielt. Er musste ihre Vorstellungen ja weder korrigieren noch teilen. Er musste nicht wissen, was sie zu wissen glaubte.

In jedem Fall benötigte er jedoch die Hilfe dieser Frau, um eines Tages – möglichst rasch – sein Vorhaben zu vollenden. Er brauchte sie, um so bald wie möglich sein endgültiges Einfrieren auf Ostrow Brjusa zu erreichen. Er brauchte sie, um zurückzukehren.

Die Schneeblindheit stellte für diesen dem Wahnsinn entkommenen und nun wieder verfallenden Mann kein Scheitern seines Unterfangens dar. Er verstand sie vielmehr als das Ergebnis einer halbgeglückten Generalprobe. Sebastian hatte bei seinem ersten arktischen Testlauf viel gelernt und viel verloren. Ähnlich wie Robert Peary, der bei seinen ersten Versuchen, den Nordpol zu bezwingen, seine Zehen verlor und doch immer besessener wurde. Der alles hinter sich ließ, alles gab, alles riskierte, bis er nach 23 Jahren endlich sein Werk vollbrachte und sich als Entdecker des Pols in die Geschichtsbücher eintragen ließ. „Ein paar Zehen sind kein großes Opfer, wenn man den Pol erreichen will“, hatte Robert Peary verkündet. Auch bei Sebastian Fehrs nächstem Anlauf in die Einfrierung würde alles auf eine Karte gesetzt werden müssen.

Und weiterhin durfte niemand von seinem Vorhaben erfahren. Auch die zärtliche Stimme Eva Sörensens nicht, zu der er in so kurzer Zeit ein ungekanntes Vertrauen aufgebaut hatte. Er mochte sie und er brauchte sie. Doch nur er selbst wusste, was er wollte. Nur ihm war klar, was zu tun war. Er hatte eine Aufgabe zu vollbringen. Es würde viel Disziplin verlangen, um sein Vorhaben unter den geänderten Gegebenheiten erneut umzusetzen. Doch es war möglich. Peary hatte es ihm vorgemacht. Es war möglich, immer wieder zurückzukehren ins Eis, bis man das Ziel erreichte. Irgendwie erreichte. Ob mit oder ohne Zehen. Mit oder ohne Augen. Zurückzukehren durch die Finsternis. Zurück nach Ostrow Nortbruk.

Die Polarnacht hatte sich im November über die Arktik gelegt. Eine feste Schicht aus neuem Eis hatte sich auf dem Meer gebildet. Dort, wo für einige Monate im Jahr die Wellen rauschten, wogte jetzt eine zähe graue Masse. Dünungswellen unterliefen den Eisbrei. Die Brandung, die an die Packeisgrenze schlug, war außer Reichweite der Küste. An noch weichen Stellen wölbte sich in der Bucht die Eisoberfläche, riss auf und setzte sprudelndes Wasser frei, das sogleich gefror. Ein ständiges Klirren war hinter dem Heulen des Sturms zu hören. Die Sunde zwischen den Franz-Joseph-Inseln konnten kaum mehr vom Felsland unterschieden werden, das sie durchschnitten. Hinter einem schwarzen Eisnebel blieb das Licht des Sternenhimmels verborgen und auch die Nordlichter konnten die Nebeldecke nicht durchdringen, sodass die gesamte Umgebung in einem tiefen Schwarz zu ertrinken schien.

Tagelang war es im Oktober bitterkalt und windstill gewesen. Die Temperatur des Meeres hatte minus zwei Grad erreicht. Im stillen Wasser wuchsen dann die kleinen Eiskristalle rasch. Wie Schaumbläschen schwammen sie an der Oberfläche. Dort klumpten sie sich zusammen und formten sich zu einem knackenden Eisbrei. Mit jedem Tag in der Dunkelheit verdichtete sich die Masse und begann, eine feste Fläche zu bilden. Endlos erstreckte sie sich in der Finsternis.

Sebastian wollte die ihm bevorstehende Arbeit möglichst zielgerecht anpacken. Er durfte seine Motivation nicht durch Leichtsinn oder Ungeduld untergraben. Dieser Fehler war schon zu vielen arktischen Entdeckern unterlaufen. Sie hatten ihr Ziel verfehlt, weil sie die Arktis unterschätzt hatten. Sebastian konnte von den Fehlern und Erkenntnissen der Pioniere lernen. Weyprecht, Smith, Jackson, der Herzog der Abruzzen, selbst Peary, Cook oder Nansen; sie alle waren nicht ausreichend auf die Gefahren der Arktis vorbereitet gewesen. Sie alle hatten das Ziel ihrer Expeditionen nicht erreicht. Auch Sebastian war es bei seinem ersten Anlauf nicht gelungen, sein Vorhaben gänzlich umzusetzen. Nun wollte er sich beim nächsten Versuch nicht selbst die Chancen verbauen. Mit großer Konzentration würde er diesmal an die Sache herangehen. Alles in Ruhe vorbereiten, kein Risiko mehr eingehen. Es war schwer genug, ohne Sehsinn wieder zurück ins Franz-Joseph-Land zu kommen. Kein weiterer Fehler durfte ihm unterlaufen.

Schon im März würde die Sabotin ein nächstes Mal ablegen.

Die grenzenlose Dunkelheit um ihn herum lenkte ihn ab vom fürsorglichen Klang der Frauenstimme. Hinter den Wörtern Eva Sörensens eröffnete sich ein unendlich weiter Raum. So weit hatte er noch nie zuvor sehen können. Alles, was er ersehnte, war dort zu finden. Es gab keine Begrenzungen mehr, keine Ecken, keine Wände. Nichts von Menschenhand Gemachtes. Alles und nichts schlummerte um ihn herum. Alles schwebte. Er schwebte. Es gab kein Unten und kein Oben. Keine Begrenzungen. Seine Welt hatte jetzt keine Grenzen mehr. Sie dehnte sich in die Unendlichkeit. Schwerelos.

Weit riss Sebastian seine Augen auf und sah die Dunkelheit. Langsam begann er, die direkte Umgebung um ihn herum zu sehen. Er betrachtete sie, sah sie, jedoch nicht mit seinen Augen. Er hörte sie, fühlte sie, erahnte sie. Vorsichtig begann er sie zu betasten. Ein gespanntes Leintuch. Hartgewaschene Bettwäsche. Direkt neben ihm die Kante eines wackeligen Nachttisches. Glatter Kunststoff, den er streichelte. Gegenstände, die darauf standen. Vorsichtig betastete er sie, behutsam, ohne etwas umzuwerfen. Ganz ruhig bewegte er sich in der Finsternis.

Glas. Metall. Plastik. Papier. Allmählich machte er sich vorsichtig ein Bild seiner nächsten Umgebung. Alles, was er erfühlen konnte, schwebte im Nichts. Unten nichts. Oben nichts. Alles in völliger Leichtigkeit. Die Schwerkraft war verlorengegangen in seiner neuen Welt.

Auch kein schweres Licht lastete mehr auf ihm. Keine Helligkeit drückte auf seine Augenbrauen. Ihm wurde bewusst, dass Licht eine Materie gewesen war, die er hatte tragen müssen durch ein langes früheres Leben. Licht war Masse. Gewicht. Gepäck. Nie hatte er bislang das Licht abwerfen können, nie völlig aussperren, nie sich ganz von seiner Last befreien.

Oben in der Arktis war das Licht letztendlich so schwer geworden, dass es ihn erdrückt hatte. Solch ein Gewicht hatte er nicht mit sich tragen können auf seiner letzten großen Reise nach Ostrow Brjusa. Immer war es dagewesen, gleißend hell und unbeschreiblich schwer. Er hatte es tragen müssen, dieses Licht-Gewicht. Viel zu lange. Nun hatte man es ausgeschaltet. Endlich.

Ein Polarreisender muss sein Gepäck penibel planen. Alles Unnötige muss er zurücklassen. Auch Sebastians Rucksack war voll und schwer gewesen mit wind- und wasserfesten Jacken, Wollpullovern, Hosen, Thermo-Unterwäsche, Mützen, Strümpfen, Innen- und Außenhandschuhen, Thermosflaschen, Werkzeugen. Er hatte ihn beladen mit Medizin, Schlafsack, Isoliermatte, Kompass, Adventure Food, Flatbrød, Schokoriegeln. Mit so vielem, dass der Rucksack sich kaum noch zuschnüren ließ und der Träger unter seiner Last stöhnte. Und zusätzlich war da das Licht gewesen. Die ständige Helligkeit. Schräg einfallendes Licht am Tag und in der Nacht. Die weißen Schneefelder und der Eisnebel hatten die Irrlichter der Mitternachtssonne auf den beladenen Mann geworfen, hinein in ihn, durch die Augenlöcher seines Kopfes hindurch. Sonnenstrahlen, weiße Bündel einer schweren Materie, hatten auf ihm gelastet, auf ihn gedrückt. Von allen Seiten hatten sie ihn hinuntergedrückt, so lange, bis er gelegen war auf dem Schneeboden und nicht mehr aufstehen konnte mit solcher Last über ihm. Bis er gelegen war und sich verloren hatte, bevor er an seinem Ziel angekommen war.

Dieses Gepäck war sein Fehler gewesen. Jetzt erst verstand Sebastian, dass er zuerst Ballast abwerfen musste, bevor er sich zu Eis transformieren konnte. Das Licht war zu schwer gewesen. Dieses Gewicht hatte er loswerden müssen. Erst danach konnte er zu Eis werden. Eis, das die Schneeverwehungen aufnahm. Eis, das nur zu einem Bruchteil das einfallende Licht brach und es stattdessen zurückschickte. 90 Prozent des Lichtes schickte das Eis zurück. Eine Albedo von 0.9.

Wenigstens hatte er nun diesen Schritt getan. Hatte sich von der Helligkeit befreit. Überall hatte sie ihn zusammengepresst. Überall. Immer. Lichtpressungen. Doch jetzt hatte er sie ausgeschaltet. Für immer.

„Für immer?“, fragte er Eva Sörensen mit trockener Stimme.

„Ja, Herr Fehr, die Schädigung Ihrer Netzhaut ist nach heutigem Stand der medizinischen Forschung nicht wieder rückgängig zu machen. Es tut mir leid, Ihnen das mitteilen zu müssen.“

Die Wissenschaft arbeite eifrig an den Möglichkeiten einer Netzhauttransplantation, aber bislang sei daraus keine verlässliche Methode entstanden, um das Sehvermögen wiederherzustellen.

„Gut. Umso besser“, dachte Sebastian in sich hinein. Dann musste er sich darüber wenigstens keine Gedanken mehr machen. Er würde nun leichter reisen. Ohne dieses hinderliche Gepäckstück würde er besser vorankommen. Ohne diese Last würde er es im nächsten Anlauf womöglich sogar nach Ostrow Brjusa schaffen, dorthin, wohin er sich samt seinem Gepäck beim ersten Versuch nicht hatte bringen können.

„Ich bin Ihnen dankbar für möglichst klare Auskünfte“, sagte Sebastian ruhig und deutlich. „Ich bitte Sie, Frau Sörensen, mir nichts zu verschweigen. Nehmen Sie keine Rücksicht auf meine Gefühle. Ich brauche mein Augenlicht nicht mehr. Zu lange hat es mich belastet. Zu viele Jahre hat es mein Leben bloß beschwert. Meine Augen haben mir Bilder gesendet, denen ich nicht trauen konnte. Bilder, die mich verwirrt haben. Nun habe ich sie ausgetauscht gegen kalte, weiße Flächen, gegen Licht, das in seiner höchstmöglichen Dichte schwarz geworden ist. Ein tiefes, ein leichtes Schwarz. Schwerelos! Bitte denken Sie nicht, Mitleid mit mir haben zu müssen. Ich würde jetzt gerne aufstehen."

Sebastian Fehr erhob sich langsam in das Schwarz hinein. Seine Füße baumelten eine Weile im Nichts, bis er sie tief genug gesenkt hatte, dass sie auf Widerstand stießen. Vorsichtig festigten sie sich auf dem PVC-Boden seines Krankenzimmers. Er fand Halt in seiner Schwerelosigkeit.

„Halten Sie sich an meinem rechten Arm fest. Hängen Sie sich ruhig richtig ein, wenn Sie wollen. Ich werde Sie durch das Zimmer führen, damit Sie ein Gefühl bekommen für Ihre neue Umgebung. Bleiben Sie immer einen Schritt hinter mir."

Hinter Eva Sörensens Stimme dehnte sich der Raum in die Unendlichkeit. Sebastian sah die polaren Eisfelder in der Ferne. Doch sie waren nicht kalt. Kein Wind heulte über diese Eiswüste, keine Eisbrechungen erschütterten sie. Er öffnete seine Augen so weit er konnte. Seine Augen und seine Ohren riss er auf. Auch seinen Mund und seine Nasenlöcher spannte er auf, so weit es ging, und versuchte, ein Gefühl für seinen Körper in dieser unbegrenzten Weite zu bekommen. Langsam drehte er den Kopf von links nach rechts. Von links nach rechts und wieder zurück. Von oben nach unten. Behutsam kreiste er ihn durch die schwarze Atmosphäre. Überall war dieses Schwarz, das jetzt kein Schwarz mehr war, sondern die Unendlichkeit. Er schaute in sie hinein. Und er würde hineintreten in sie, jetzt.

Eva Sörensen half der hageren Gestalt aufzustehen – einem Wesen, das geschwächt war durch das lange Liegen und durch all die Medikamente und Strapazen. Doch obwohl Sebastian schwach war, fühlte er sich so leicht wie nie zuvor in seinem Leben. Er hatte kein Gewicht mehr. Nichts wurde mehr von einem Unten angezogen. Nichts gehorchte mehr der Erdanziehung. Nichts gehorchte mehr den vorgegebenen Formaten, denen er ausgeliefert gewesen war so lange Zeit. Alles war nur mehr eine schwarze, leere Welt, eine endlose Weite, die offen vor ihm lag und darauf wartete, von ihm gestaltet zu werden, eingerichtet mit größtmöglicher Leere.

„Was für eine herrliche Freiheit in dieser endgültigen Dunkelheit liegt“, dachte Sebastian euphorisch. Er fühlte sich frei und glücklich, als er an Eva Sörensens Seite die ersten Schritte in die Dunkelheit tat.

Gemeinsam schritten die beiden nun durch diese seine neue Welt, wie ein Brautpaar auf dem Weg durch die Kirche mit einer Mischung aus Ehrfurcht, Furcht und Aufregung. Eva Sörensen hatte das schon unzählige Male getan. Etliche Blinde hatte sie geführt durch Krankenzimmer, Gänge, Korridore, Innenhöfe, Parks und Straßen, eingeführt in alltägliche Umgebungen, die zu neuen wunderlichen Abenteuerwelten geworden waren für ihre Patienten. Manche hatte sie zu jedem Schritt erst ermutigen müssen. Mit großer Geduld hatte sie erst eine Vertrauensbasis schaffen müssen, bis diese Menschen, die von nun an ihre Hilfe benötigten, diese auch anzunehmen bereit waren.

Sebastian Fehr hatte dagegen anscheinend in seiner langen Schlafphase bereits ein ausreichendes Vertrauen in sie aufgebaut. Ein blindes Vertrauen, das ihn in solcher Selbstverständlichkeit sich einhängen ließ an ihr, dass Eva Sörensen dieser Hingabe nicht wirklich trauen wollte. Es ging zu schnell, wie dieser Mensch sich in seiner neuen Situation einfand, zu schnell, wie er sie akzeptierte als Führerin. Er schien ebenso wenig eine Scheu vor der Blindheit zu haben wie davor, ihre Hilfe anzunehmen. Es konnte doch nicht sein, dass er sich so schnell umzustellen bereit war. War sein Schlaf kein Schlafen, kein Dämmern, kein Dösen gewesen, sondern eine behutsame Öffnung in die blinde Welt? Hatte er in wochenlangem Verharren die ersten eigenen Schritte in die Blindheit unternommen, die Umstellung akzeptiert? Und musste nun nur noch seine Körperbewegungen anpassen an die neuen Gegebenheiten? Hatte er sich in seinem Scheinschlaf auch an seine Betreuerin gewöhnt, sie erkannt, gefühlt, aufgenommen?

Es schien ihr gespenstisch, wie dieser Mann – zaghaft zwar, aber trotzdem furchtlos – an ihrer Seite entlangschlurfte und kaum irgendwo anstieß oder stolperte. Welche Überraschungen würde er noch für sie parat haben, dieser letzte Patient, den sie in ihrer Ausübung als Blindentherapeutin übernommen hatte? Dieser letzte Auftrag, den sie in ihrem Beruf noch ausführen konnte.

Mit Sebastian Fehr würde sie ohne Zeitdruck arbeiten können. Ein letztes Mal noch würde sie einem Menschen, dem sie das Blindsein lehrte, zusehen können, wenn er sich einlebte in das Nicht-Sehen. Ihn beobachten, wenn er sich dort zurechtfand, wo auch sie sich bald zurechtfinden würde müssen. Denn ihr Gesichtsfeld war bereits merklich eingeschränkt. Die Retinitis Pigmentosa hatten ihren üblichen Verlauf genommen.

Als Kind schon war diese erbliche Degeneration der Netzhaut bei ihr festgestellt worden. Viele Jahre, Jahrzehnte hatte sie die erschütternde Diagnose vor sich wegschieben können, denn das Absterben der Photorezeptoren – der Lichtsinneszellen der Netzhaut – schreitet für gewöhnlich äußerst langsam voran. Erst in ihrem fünften oder sechsten Lebensjahrzehnt würde sie ganz erblinden, würden ihre gesamten Sehzellen abgestorben sein. Erst dann würde die lichtempfindliche Schicht ihrer Augen keine Funktion mehr haben. Erst dann hätte die Retinitis Pigmentosa ihre volle Zerstörungskraft ausgelebt.

Es war eine träge Entwicklung, die durch dieses langsame Absterben der Sehzellen immer wieder abwendbar wirkte. Eva hatte die Krankheit immer wieder vergessen oder sich vorgemacht, dass sie sie nicht in vollem Ausmaß treffen würde. Sich abgelenkt, sich selbst angelogen. Sie hatte sich davor gesträubt, die unheilbare Krankheit, deren absehbarer Verlauf nur eine Frage der Zeit war, als ihr eigenes Problem anzuerkennen. Sie hatte immer wieder weggeschaut. Bis ihr mit jedem Schub die Ausweglosigkeit ihrer Situation deutlicher vor die kranken Augen geführt wurde. In unregelmäßigen Abständen, mit schonungsloser Klarheit wurde ihr dann aufgezeigt, wo sie unaufhaltsam eines Tages landen würde.

Es war ein gespenstischer Fall in die Blindheit. Ein Erblinden über die Jahrzehnte. Unabwendbar. Über Jahrzehnte hinweg hatte ihr Sehen sie verlassen. Jetzt war es soweit, dass sie sich selbst zu den Sehbehinderten zählen musste. Irgendwann in naher Zukunft würde sich ihr Tunnelblick dermaßen verengt haben, dass sie höchstens im Zentrum ihres letzten kleinen Sehausschnittes noch Dinge erkennen würde können. Eine Zeit lang würde sie sogar noch lesen können – in begrenztem Raum, in der Mitte ihres schrumpfenden Röhrengesichtsfeldes. Sie würde noch lesen können, auch wenn sie sonst praktisch nichts mehr sah. Doch bald würden auch diese letzten Bilder verschwimmen, die unscharfen Farben in einem konturlosen abstrakten Gemälde ineinanderfließen und nach weiteren Schüben nur mehr zu helleren und dunkleren Stellen zergehen. Verschwommene, großflächige Lichtpunkte, die ihr keinerlei Hilfe mehr bieten würden, sich in der Welt zu orientieren. Jahrelang würde sie dann weder deutlich sehen noch in absoluter Dunkelheit leben. Bis sie schließlich die Helligkeit, die Farben, Formen und Konturen vergessen würde. Bis sie endgültig das Sehen vergessen haben würde. Und sich ein Sehen ohne Augen aneignen würde müssen.

Eva Sörensen konnte nichts dagegen unternehmen, nichts tun gegen diesen Untergang der Sehzellen, gegen diesen schrittweisen Verfall. Sie konnte es nicht abwenden, ihr Eintauchen in die Unklarheit, in die Dunkelheit, in die Invalidität.

Noch sah sie aber, was Sebastian schon nicht mehr sah. Noch konnte sie ihn die Hindernisse umgehen lassen, die ihm im Weg standen. Noch war sein Vertrauen in sie gerechtfertigt.

„Sie machen das sehr gut, Herr Fehr“, ermutigte sie ihn, als er alleine schon seine ersten Schritte unternahm.

Je sicherer er sich fühlte, je schneller er sich bewegte, desto öfter rannte er in Gegenstände hinein. Sie ließ ihn dann Fehler machen. Ließ ihn seine Grenzen erkennen. Denn dieser Mann benötigte bald kein gutes Zureden mehr, keine Stärkung des Selbstvertrauens, eher das Gegenteil: Rückschläge, die ihn zu Vorsicht ermahnten, Niederlagen, die ihm seine schwierige Situation bewusst machten. Doch so leicht ließ sich Sebastian nicht aus der Fassung bringen. Er war zum ersten Mal in seinem

Leben aufgewacht. Hatte einen ersten Erfolg verbucht und eine neue Aufgabe gefunden. Auf dem Weg zurück nach Ostrow Brjusa würde er sich noch oft das Knie anschlagen und Hindernisse kennen und umgehen lernen, indem er in sie hineinrannte. Jetzt wollte er gegen sie anrennen. Jeden Gegenstand, den er erspürte, versuchte er einzuscannen und zu vermerken in der Umgebungskarte, die er eingravierte in sein farbloses Schwarz, diesen unbegrenzten Raum, den er mit immer neuen Bildern auffüllte. Aus Puzzleteilen baute er seine neue Welt auf. Setzte sie zusammen aus kleinen Erfahrungen und Berührungen, die ihm früher gar nicht aufgefallen wären.

Hier ein Tisch mit einer scharfen Kante, dort das Metallgitter eines Krankenbettes. Kein Mensch lag darin. Kein Mensch außer Eva Sörensen und er war in diesem lichtlosen Hohlkörper, den er durchwanderte. Niemand störte die Dunkelheit. Diese Lückenwelt. Dieses Wunderland begann Sebastian zu begeistern.

Seine gebeugt ausgestreckten Arme ertasteten einen Türrahmen. Eine abgewetzte Raufasertapete, eine kalte Metallzarge.

„Geben Sie mir wieder Ihren Arm, Herr Fehr. Dann kann ich Sie hinausführen aus diesem Zimmer in den Korridor, der uns mit dem Rest des Gebäudes verbindet."

Seine Finger strichen fasziniert über eine kunststoffbeschichtete Hartfaserplatte. Die leichte Resopaltür öffnete sich von selbst. Eva Sörensen stand nun wieder dicht neben ihm. Sebastian war bereits erschöpft von den vielen neuen Eindrücken und genoss es, sich einfach an ihr anhalten zu dürfen. Ihr Arm strahlte ein Gefühl der Geborgenheit aus. Langsam führte sie ihn durch den Gang.

Sie war groß, diese Frau. Mindestens so groß wie er. Ihr langer, waagrecht gehaltener Unterarm gab kaum nach, wenn Sebastian sich daran festhielt. Ein Gefühl der Sicherheit und Überzeugung ging von ihr aus.

Bedächtig schritt das Paar geradeaus. Sie wechselten kein Wort. Die volle Konzentration auf jeden Augenblick erlaubte Sebastian keine Ablenkung. Er hörte die Länge dieses Ganges. Der Schall verlor sich in der Weite vor und hinter ihm.

Stimmen waren zu hören, Schritte, Maschinen. Etwas fiel zu Boden, rollte weg. Er hörte die Geräusche. Türen gingen auf und zu. Menschen waren hier draußen. Solche, die er hören konnte, und andere, die er nicht hören konnte. Er wusste nicht, wie viele es waren. Doch sie waren da, und sie konnten ihn sehen. Menschen. Fremdkörper. Wahrscheinlich starrten sie ihn an, beobachteten, wie unbeholfen er sich bewegte, betrachteten seine kauernde Körperführung. Plötzlich fühlte er ihre Blicke auf sich. Ihr Mitleid. Ihre Schadenfreude. Ihre Gleichgültigkeit. Er hörte sie. Spürte sie.

In seinem Krankenzimmer noch hatte für ihn nicht existiert, was er nicht hören konnte. Seine Welt war leer und frei gewesen. Doch jetzt wurde ihm mit einem Schlag bewusst, wie viele Dinge und Menschen da draußen einfach nur versteckt vor ihm waren. Nur weil er sie nicht mehr sah, waren sie trotzdem da. Sie mussten nur ruhig sein, schon waren sie außerhalb seiner Reichweite. Schon existierten sie nicht für ihn. Er jedoch für sie. Sie waren zwar außerhalb seines Orbits, er jedoch nicht außerhalb des ihren. Jetzt brachten sie das Gewicht zurück in die Schwerelosigkeit seiner schwebenden Welt.

Der Gang da draußen war voller Licht, voll schwerem Licht, das ihn jetzt anstrahlte, sodass ihn jeder sehen konnte, während nur er nicht zurückblicken konnte. Er fühlte die Materie des Lichtes jetzt wieder. Den Ballast des Sehens. Er erinnerte sich daran. Er spürte die Blicke. Überall waren Blicke im Licht. Blicke, die sich vor ihm versteckten.

Sebastian konnte ihnen nicht entkommen. Er wollte ihnen ausweichen, aber so sehr er sich auch zusammenkauerte, so klein er sich machte an Eva Sörensens Arm, so sehr er sich unsichtbar zu machen versuchte, sie sahen ihn trotzdem.

„Was sehen sie denn überhaupt?“, fuhr es ihm durch den Kopf, als sich die panischen Gedanken in ihm wie ein von Sturmböen aufgepeitschtes Meer erhoben. „Wie sehe ich aus? Was habe ich überhaupt an?“

Er betastete den steifen Stoff eines Pyjamas, den er auf nackter Haut trug. Ein dicker, fremder Flanell-Pyjama, den er jetzt zum ersten Mal spürte.

„Tragen auch die anderen hier so einen Schlafanzug? Sehen wir alle gleich aus, wie Häftlinge hinter Gefängnismauern? Oder bin ich der einzige Gefangene? Bin ich hier der einzige Kranke, Bettlägrige, Behinderte?“

In seinem früheren Leben, als er noch sehen konnte, hatte Sebastian voller Entrüstung gelesen, was Sehende mit Blinden alles anstellen konnten.

Im Gegensatz zu Stummen, Tauben, Gelähmten haben Blinde keine Kontrolle über ihre äußere Erscheinung, sehen weder was sie, noch was die anderen tun, wippen vor und zurück, eingeschlossen in ihrer eigenen Sphäre.

Der französische Hof hatte zu seinem Vergnügen blinde Bettler von der Straße ins Schloss geholt, wo sie zum Amüsement der Sehenden verkleidet wurden und tanzen und singen mussten für die erheiterte Hofgesellschaft. Blinde Hofnarren taten für eine warme Mahlzeit alles, was man ihnen befahl, ohne zu wissen, welche Gestalt sie dabei machten.

„Vielleicht hat man auch mit mir schon vieles angestellt, Unfug getrieben? Vielleicht trägt meine Kleidung eine lächerliche Aufschrift? Vielleicht lachen da draußen ja schon alle über mich?“, kam Sebastian in den Sinn. Er glaubte das stille Lachen der Gesunden, das Lachen der Mehrheit über die Minderheit, der Wissenden über die Unwissenden, der Sehenden über die Blinden zu hören. Sie lachten es da draußen für seine Ohren.

„Vielleicht haben sie mich angemalt, diese Menschen, die mich so unverhohlen anstarren?“ Sebastian tastete sein Gesicht nach Farbe ab. Nein, er war nicht geschminkt. Auch seine Haare fühlten sich wie früher an, ein wenig fettiger vielleicht. Er war nicht rasiert. Ein unrasierter, blinder Bettler, der durch die Gänge schlich. Ein Aussätziger. Wann würden sie ihm die ersten Almosen in die Hände drücken?

Seine Augen! Wie sahen seine Augen aus? Waren da denn überhaupt noch Augen in den nutzlosen Augenhöhlen seines seitlich gesenkten Kopfes? Oder hatte sich die Haut bereits geschlossen über einem toten, ausgebrannten Punkt, einem nutzlos gewordenen Körperteil?

Ein entstelltes Monster schlich durch den Korridor, versuchte sich zu verbergen, aber wusste, dass es gesehen wurde. Beobachtet. Schamlos angestarrt von einer privilegierten Welt, die er wagte, zu betreten.

Sie waren bis zum Aufzug gekommen, da legte Eva ihm nahe, wieder umzudrehen und zu versuchen, den Weg alleine zurückzufinden. Jetzt wollte sie ihn also auch im Stich lassen, schoss es durch Sebastians Kopf. Sie hatte ihn nicht eingeführt in eine neue Welt, sondern ihn vorgeführt vor der alten Welt, einen Freak an der Leine gezogen, an schaulustigen Betrachtern vorbei.

Er wollte zurückrennen, weg von dieser Frau, weg von den Gaffern, weg aus diesem Rampenlicht, zurück in sein Zimmer, wo er so sanft erwacht war. Weg aus diesem blinden Vertrauen.

Doch es war überall nur Dunkelheit um ihn herum. Eine undurchdringliche Leere, in der sich seine Feinde versteckten. Dieses endlose Nichts war keine Freiheit mehr, sondern Feindesland. Es drehte sich, es umkreiste ihn. Er konnte es nicht festhalten, ohne dass die anderen ihn dabei sahen und seine hilflosen Versuche belächelten. Er hatte seine Orientierung verloren, hatte sich selbst verloren in der Dunkelheit.

Sebastian wusste nicht, in welche Richtung er sich wenden sollte. Er hatte vergessen, von wo er hergekommen war und wo er hingehen hatte wollen. Wo zum Teufel war er? Wo war vorne, wo hinten, wo die anderen, wo er? Und warum konnte er nicht endlich hinter diesen Vorhang blicken? Oder ihn zumindest zuziehen und allein sein im Nichts? Allein. Weiß. Nichts. Schwarz. Innen. Außen.

Sie waren wieder da, die anderen. Auch wenn er sie nicht sah. Sie waren da draußen. Er hatte sie ausgeblendet. Und trotzdem waren sie noch immer da. Er musste sie abhängen. Aufhalten. Er musste zurück ins Franz-Joseph-Land.

„Gimme, gimme, gimme a man after midnight." Die Geigen, das Schlagzeug, der Gesang. Sie dröhnten in seinem Kopf.

Sie hallten von links nach rechts, von oben nach unten. Es gab kein Links, kein Rechts, kein Oben und kein Unten mehr. Abba war jetzt überall.

Sebastian begann loszurennen. Sein Kopf war der Korridor. Er rannte.

Wenige Schritte bloß, bis er in eine Ablage mit schmutzigem Geschirr stieß. Zwei Teller fielen zu Boden. Gabeln, Messer. Ein Glas zerbrach. Das Eis brach auf, in dem er eingefroren war. Hitze durchfuhr ihn, durchströmte seinen Körper.

Die Hitze. Er schrie sie aus sich heraus. Wortlose, heiße Schreie, die er ins Nichts schickte, das kein Nichts war, sondern nur vorgegeben hatte, ein Nichts zu sein. Er schrie es weg, das falsche Nichts. Er schrie es weg.

Schon waren mehrere Arme um ihn herum. Kräftige Arme, die ihn festhielten. Männerarme. Und auch Eva Sörensens Hände waren wieder da. Und ihre Stimme. Sie redete sanft und beruhigend auf ihn ein.

Diese Arme, diese Hände, diese Stimme; sie bewegten ihn, sie transportierten ihn. Es war eine schnelle Bewegung jetzt, ein fester Griff. Ein Fliegen über schwarzem Abgrund. Ruckartig durchzuckten Verkrampfungen seinen Oberkörper, seine Gliedmaßen und seinen Kopf. Die Resopaltür öffnete sich schnell vor ihm und schloss sich wieder. Da spürte er schon den Einstich einer spitzen Nadel in seinem Gesäß.

„Es wird alles gut, Herr Fehr. Beruhigen Sie sich."

Eine Weile noch saß Eva Sörensen neben ihm und hielt seine Hand, nachdem er eingeschlafen war, erschöpft und betäubt. Der Mann war wieder zurückgefallen in seinen Schlafzustand. Sebastian Fehr hatte zurückgefunden in seinen Eistraum, aus dem er nicht wieder erwachen hatte wollen.

Draußen hatte die Dämmerung bereits eingesetzt, jetzt, da die Novembertage auch in Deutschland schon früh den langen Nächten wichen. Es war dunkel und still um Eva herum geworden. Das diffuse Graulicht verstärkte ihre Orientierungsschwierigkeiten. Sie musste sich bei solchen Lichtbedingungen sehr konzentrieren, um sich zurechtfinden und Konturen und Abmessungen noch richtig erfassen zu können. Eine Kollegin würde sie heimbegleiten müssen zu ihrer Wohnung im Frankfurter Westend. Eine ruhige Seitenstraße nahe dem Grüneburgpark.

Evas absterbenden Sehzellen konnten die Lichtreizung des Dämmerlichts nicht mehr in ausreichende Sinneserregung umwandeln. Die Retinitis Pigmentosa war bereits zu weit fortgeschritten, um ihr das Nachtsehen noch zu gestatten. Da waren zu wenige Signale, die ihre Netzhaut dem Gehirn noch zuleiten konnte. Sinnlose Signale, löchrige Informationen, mit denen sie nichts mehr anzufangen wusste. Sie boten ihr höchstens einen Vorgeschmack auf das, was sie bald auch bei Tageslicht erfahren würde müssen.

Eva stemmte sich gegen diese Nachtblindheit, indem sie jeden Winkel ihrer Wohnung mit starken Neonleuchten ausleuchtete. Ein Generalschalter erhellte sogar tagsüber ihre gesamte Wohnung, damit sie die Anpassungsschwierigkeiten vermied, die ihr der Wechsel von Hell und Dunkel, von einem sonnendurchfluteten in einen schattigen Raum bereitete. So konnte sie sich wenigstens zuhause noch ungehindert bewegen.

Doch es war ein auf Dauer begrenzter Zustand. Ihr Sehen hatte ein Ablaufdatum. Langsam glitt sie hinüber in dieselbe Finsternis, in der Sebastian Fehr bereits angekommen war. Nur machte sie keinen plötzlichen Schritt in sie hinein – so wie er es getan hatte – sondern flog in einem langsamen, tiefen Fall darauf zu.

Ab Mitte November herrschte die Dunkelheit über Spitsbergen. Mørketiden. Den ganzen Tag finstere Nacht. Auch um die Mittagszeit ließ sich seit Tagen kaum mehr ein schwacher Lichtstrahl am Südhimmel erkennen.

Angekündigt hatte sich diese Finsternis schon seit Wochen. In den zwei Monaten seit dem Ende der Mitternachtssonne hatte sich die Nacht mit jedem Tag länger über das Inselland gelegt. Schon im Oktober wurde es dann kaum mehr richtig hell. Nur ein diffuses Dämmerlicht tauchte die schneebedeckten Berge manchmal in surreales Blau. Die weißen Hänge gaben noch ein wenig Helligkeit ab. Doch mit jedem Tag wurde die Dämmerung matter.

Die Sternbilder kreisten gegen den Uhrzeigersinn unaufhörlich um den Polarstern, der im Zentrum des Nachthimmels stand. Orion, Aldebaran, Arcturus, die Plejaden, der Große und der Kleine Wagen. Ursa Maior. Ursa Minor. Der Große und der Kleine Bär, Arktos auf Griechisch, von denen die Arktis ihren Namen hatte. Nordlichter wehten über sie hinweg. Elektronen, Protonen, Ionen von der verschwundenen Sonne. Sie traten dort in die atmosphärische Luftschicht ein, wo die magnetischen Feldlinien zusammentreffen, die unseren Erdball umhüllen. Zerfaserte Lichtsträhnen leuchteten auf, grünlich, bläulich, weißgelb. Langsam bewegten sie sich durch die Nacht, veränderten ihre Formen, strahlten oder verblassten.

Im hell erleuchteten Badezimmer stand Eva Sörensen und betrachtete sich im Spiegel. Sie wollte sich betrachten, solange sie noch etwas sehen konnte. Bilder sehen, Bilder aufnehmen, Bilder sammeln für die Zeit danach.

Wenn es soweit sein würde, dass sie nur mehr hellere Flächen von dunkleren unterscheiden konnte, dann wollte sie diesem nutzlos gewordenen Sehsinn ein rasches Ende gönnen. Wenn ihr Gehirn mit den kläglichen Informationen ihrer Lichtsinneszellen eines Tages wirklich nichts mehr anzufangen wusste und nicht einmal mehr Konturen voneinander unterscheiden konnte, dann wollte sie diesem apoptotischen Tod ihrer Sehwahrnehmung klein beigeben und ihre Sehnerven durchtrennen lassen. Dann endlich müsste sie den Tod ihres Sehens akzeptieren, hatte sie sich vorgenommen. So wie ihr letzter Schüler es getan hatte.

Lieber ganz blind sein, dachte sie, als nur nicht mehr sehen können. Lieber auf einen Schlag erblinden und eintauchen in die lichtlose Welt. Wenn das Licht ihr nichts mehr bieten würde, dann wollte sie blind werden über Nacht.

Hinein in farbloses Weiß. In farbloses Schwarz.

Hinein über Nacht. So wie Sebastian Fehr es getan hatte.

ABER BEI SICH

Im naturwissenschaftlichen Sinn werden die über zwei Millionen uns bekannten Arten von Lebewesen in fünf Gebiete eingeteilt: Monera, das Reich der Prokaryonten, der Bakterien, Blaualgen oder Archaebakterien also, die Milliarden von Jahren alleine die Welt belebt haben; Protista, die über 50.000 verschiedenen einzelligen Organismen, Algen und Schleimpilze; Fungi, die vielzelligen Pilze, die näher mit den Tieren als mit den Pflanzen verwandt sind; sowie Plantae, das Pflanzen-, und Animalia, das Tierreich.

Noch gehörte Sebastian Fehr in Letzteres. Noch hatte er keine Metamorphose vollzogen.

Im Reich der Tiere haben die Biologen in ihrer Klassifizierung der Organismen den Menschen dem großen Stamm der Tiere mit Rückenknochen zugeordnet, dessen Unterstamm der Wirbeltiere er angehört. In einer weiteren Unterteilung fällt die Spezies Jetztmensch hier der Klasse der Säugetiere zu, genauer noch deren Unterklasse der Säugetiere mit Plazenta, dem Organ, das der Ernährung des Embryos dient. Die zoologische Einteilung wird genauer, wenn sie den Menschen der nächsten Unterstufe, den Primaten zuordnet, der Ordnung der Herrentiere und der hierfür geschaffenen Unterordnung der Menschenähnlichen. Dort findet man wiederum die Überfamilie der Menschenartigen und darin eingebettet in der Familie der Menschen den Homo, den Frühmenschen, den Neandertaler, den Jetztmenschen. In diesem System des Lebens, das wir Menschen selbst ersonnen haben, um unsere eigene Stellung in der Gesamtschau der Evolution zu definieren, stuft uns die Wissenschaft letztendlich in unterster und endlich einmaliger Kategorie als Art „vernunftbegabter Mensch" ein. Die Spezies Homo sapiens, die Menschform, die den Neandertaler verdrängt hat. Alle heute lebenden Menschen.

Sebastian Fehr war einer dieser vernunftbegabten Menschen, einer von sechseinhalb Milliarden, die die Erdkugel dichter und dichter bevölkerten. 6.546.516.151 Menschen waren es in dieser Minute seines Lebens. Jede neue Minute würden 154 weitere Jetztmenschen dazukommen und – dem Gesetz des Stärkeren gehorchend – sich Untertan machen, was immer sie vorfinden und beherrschen könnten. Sebastian würde ein Homo sapiens bleiben, selbst wenn er im Franz-Joseph-Land zu Eis gefrieren und zu kalter, harter Landmasse werden würde, auf die arktische Winde Schnee und Eis ablagerten. Er würde dann lediglich ein toter Homo sapiens sein, überlegte er. Mit den Wochen in Eva Sörensens Nähe keimte in seinem Inneren verborgen ein leichtes Zweifeln an seinem Plan auf.

Doch er schob es weg. Nur nicht schwach werden jetzt. Nur ja nicht aufgeben!

Nach jedem Rückschlag hatte er sich wieder aufgerappelt. Nach jedem Schlaf war er wieder aufgestanden. Er hatte die veränderten Koordinaten akzeptiert. Doch ob er wollte oder nicht; er war und würde es bleiben, das wusste er: ein Menschengesicht wie jedes der 2,6 Menschengesichter, die in jeder Sekunde zu den anderen sechseinhalb Milliarden hinzukamen. Ein Nichts in der Evolution von Leben, das keinem höheren Zweck diente und kein bestimmtes Ziel verfolgte. Ein vernachlässigbares Detail in einer unbegreiflichen Zeitspanne eines unbegreiflichen Systems. Da brachte sich Leben hervor, das sich weiterentwickelte, bis es wieder ausstarb und entweder gar nichts hinterließ oder eine weitere ziellose Entwicklung ermöglichte. Sebastian war darin eingebettet. Diese Entwicklung war ein System des Zufalls und trotzdem nachvollziehbar. Verfolgbar von einer unüberschaubaren Vielfalt bis hinein in die Einzigartigkeit der mit einem großen, zum Denken befähigten Gehirn, mit aufrechtem Gang und mit vielseitig einsetzbaren Händen ausgestatteten Art des Jetztmenschen.

Sebastian schrieb, was ihm zur Gattung Mensch einfiel, nieder auf Papier. Schrieb seine Gedanken nieder mit einem Kugelschreiber, den er nicht sah, sondern nur in seiner rechten Hand fühlte, und den er möglichst gleichmäßig über die Blätter seines

Heftes zu führen versuchte. Er wollte das Schreiben nicht verlernen. Selbst wenn er nie mehr sehen würde, was er schrieb, wollte er festhalten, was er dachte. Und sich selbst dadurch festhalten, wenn er hinauszuschweben drohte in die schwerelose Finsternis. Er musste später nicht nachlesen können, was er festgehalten hatte, und wollte es auch niemandem sonst zu lesen geben. Sein Schreiben diente lediglich dem Moment.

Sobald Sebastian sich versichert hatte, dass niemand im Raum ihn dabei beobachten konnte, begann er auf die Seiten zu kritzeln. Dann war er allein mit seinem stillen Heft, allein mit dem Schaben und Kratzen des Kugelschreibers, der sich in das weiche Papier bohrte und gekrümmte und gebogene Zeilen unterschiedlicher Länge und Dichte dort eingravierte, wo sie kein menschliches Auge je sehen sollte. Die Begrenzungen des Heftes ertastete er mit seiner linken Hand, die, während er schrieb und nicht sehen konnte, was er schrieb, seine blind schreibende rechte Hand wie ein Blindenhund über das Weiß des Papiers leitete.

„Der Homo sapiens torkelt durch Jahrhunderte des Rückschritts. Sein Unvermögen zur Anpassung an geänderte Lebensräume führt ihn in sein Verschwinden. In die Auslöschung. Zurück über vielfache Ebenen einer Kontra-Evolution." Sebastian schrieb es mit Beharrlichkeit in sein Heft.

Da er bei jeder Zeile befürchtete, über den Rand hinauszugeraten oder nicht mehr gerade zurück an den nächsten Zeilenanfang zu finden, wurden seine Zeilen immer kürzer. Noch hatte sich sein Gehirn nicht völlig von den Formatierungen der Sehenden gelöst. Noch war Sebastian nicht angekommen in einem Lesen und Leben in dunkler Unendlichkeit.

Er setzte die kurzen Zeilen in wechselnden Winkeln untereinander. Buchstaben in verschiedenen Größen flossen ineinander. Wo sich die gedachten Hilfslinien der linken Hand verschätzten, gerieten Wörter und ganze Satzglieder übereinander.

Zu Beginn behielt seine Handschrift dennoch ihre Lesbarkeit – eine verschenkte Lesbarkeit freilich, denn es sollte sie niemand lesen dürfen außer ihm, der sie nicht mehr lesen konnte. Mit der

Zeit wurden seine Seiten aber weniger zu Seiten voller Text und Inhalt als zu Bildern, ästhetischen Kunstschriften, die mehr einen geschwungenen Rhythmus und eine eigenwillige Raumaufteilung wiedergaben als Wörter und Sätze, die einem üblichen Format entsprechend Aussagen formulierten und transportierten. Sebastian malte bald mehr, als er schrieb.

Die linke Hand führte die Schreibhand, während der Schreiber sich einlebte in seiner Blindheit. Das Weiß des Papiers und die Zeilenumbrüche begann er zu vergessen. Immer weiter entfernte sich Sebastian von allem, was er in seinem früheren Leben gesehen hatte. In dem Leben, bevor er seine Sehnerven hatte sterben lassen im gleißenden Weiß Spitsbergens. Das Papier, das ihm im Endalen stille Gesellschaft geleistet hatte, sollte auch im neuen Leben sein Freund bleiben, sein Begleiter, dem er sich anvertraute. Das Papier sollte aufnehmen, was er abgab, bevor er es vergaß. Das Papier sollte wissen, was er wusste. Das Papier und sonst niemand. Nur sie beide wussten Bescheid über die Reise auf der Sabotin durch das Septembereis, wussten vom Franz-Joseph-Land, von Ostrow Brjusa und Ostrow Nortbruk. Vom Holzverschlag Elmwoods. Sie kannten seine Geschichte und die Geschichte der Gesellschaft um ihn herum. Nur das Papier und er wussten, dass er erfrieren müsste und Teile von ihm schon abgefroren waren, um dieser Gesellschaft zu entkommen. Wäre in seinem Krankenzimmer ein Holzofen wie in Karsons Trapperhütte gestanden, so hätte er die Seiten seines Heftes darin verbrannt, nachdem er sie vollgeschrieben hatte. Seine Erinnerung als Rauch in die Frankfurter Luft gesandt.

Bald war Sebastians Schrift die Handschrift eines Blinden geworden, klein, gebogen und uneben, mit aller Schönheit und Andersartigkeit, die seine eingeschlossene Welt von nun an von seiner alten Existenz unterscheiden sollte. Sie glich der Schrift eines psychisch Kranken, der sich mit jeder Seite mehr von den gesellschaftlichen Normen löste. Der eines Irren, der sich mit jeder Aufzeichnung weiter von der Normalität entfernte und eine stolze innere Zufriedenheit über diesen Schritt ausstrahlte. Sebastian schuf Kunst für niemanden, Kunst außer Reichweite für ihn selbst oder für die Außenwelt, Kunst, die sich selbst fortlaufend transformierte, hinaus aus der Welt der Sehenden, hinein in die abstrakte Dunkelheit. Schriftzeichen, die die Metamorphose vollzogen.

Zuerst konzentrierte sich der blinde Schriftsteller noch ruhig auf seine Schreibweise und ließ sich Zeit für jeden Satz. Beachtete sogar noch Kommas und Absätze. Doch je mehr er von seinen Aufzeichnungen getrieben wurde und den für ihn jetzt unnütz gewordenen Ballast der Sehenden abschüttelte, desto freier setzten sich die Zeichen auf das Papier. Sie begannen, sich ihren eigenen Platz zu suchen, keinen Vorgaben mehr zu folgen. Wenn er sich zu korrigieren versuchte, so fand er nicht mehr zurück an die Stelle der Verbesserung, erahnte sie nur ungefähr und setzte seine Korrektur an einem Platz an, der mit ihr meist nichts mehr zu tun hatte. Auch verlor er manchmal die Übersicht über die bereits geschriebenen Blätter und überschrieb ganze Seiten oder ließ unvermutete seitenlange Lücken. Manchmal ging sogar die Farbe des Kugelschreibers zu Ende, ohne dass er es bemerkte. Dann presste er nur noch unsichtbare Abdrücke ins Papier und schrieb in einer gestaltlosen Geisterschrift, die man – hätte jemand sie lesen wollen – nur durch vorsichtige Grundierung der Oberfläche mit einem Bleistift noch in Ausschnitten entziffern hätte können.

Eva Sörensen, der seine unsichtbar gewordene Phantomschrift aufgefallen war, hatte überlegt, ihn darauf hinzuweisen, war aber – um ihn in seiner offensichtlich hilfreichen Therapieform nicht zu verunsichern – wieder davon abgekommen. Stattdessen wartete sie einen geeigneten Zeitpunkt ab, um seinen Kugelschreiber heimlich auszutauschen. Unbemerkt zu ersetzen durch einen neuen des gleichen Modells, der sich unerkannt in Sebastians Hand legen und wieder blaue Farbe auftragen würde auf das Notizbuch.

Die vorsichtige, doch bestimmte Frau war nicht überrascht gewesen, als dieser eigenartige Mann, der sich nach allen Verzweiflungen und Zusammenbrüchen stets wieder zurück in einen tagelangen Schlaf rettete, sie mit der Bitte nach einem Schreibheft und einem Kugelschreiber konfrontiert hatte. Tagelang hatte er in sich geruht und den vorausgegangenen Rückschlag aus sich herausgeschlafen. Verharrt, bis Abba und alles andere im Wasserhimmel hinter ihm ersoffen war. Bis es wieder still war in seiner Welt.

Immer wieder, in unregelmäßigen Abständen und plötzlichen Angriffen auf sein Selbstvertrauen überforderte ihn seine Behinderung mit ihrer schonungsloser Härte. Von einem Moment auf den anderen sperrte sie ihn in grenzenlose schwarze Angst ein. Drehte sich um ihn. Immer schneller kurbelnd. Von allen Seiten gleichzeitig, bis er nicht mehr Oben von Unten, Innen von Außen unterscheiden konnte und irgendwann wieder auf seinem Krankenbett lag. Dort hörte die Bewegung auf. Dort glitt Sebastian in die Polarnacht, trieb in warmem, salzigem Eis, das er nicht fühlte, weil er es selbst war, das Eis am unsichtbaren Horizont. Er schlief und wachte und schlief, so lange, bis er wieder bereit wurde für eine andere Wirklichkeit. Er schlief, bis er wieder erwachen wollte. Auch wenn er wusste, dass dieses Erwachen in Deutschland war, dem blinden Land mit Eva Sörensen, die meist an seiner Seite saß, wenn er zu sich kam.

Inzwischen war auch am 50. nördlichen Breitengrad winterliche Kälte ins Land gezogen. Der Dezember hatte Schnee und Eis auch nach Hessen gebracht. Wenn Sebastian am geöffneten Fenster stand und den Nordwind aufnahm, der ihm entgegenwehte, spürte er neue Kraft in sich erwachen. Er fühlte den Drang, seinen Plan zu vollenden, dorthin zurückzukehren, von wo dieser Wind blies. Boden zu werden für diesen Sturm, dort oben, wo die Stürme noch das Land beherrschten.

Und er spürte, wie etwas in ihm diesen Plan beiseiteschob. Wie etwas in ihm das kommende Frühjahr wegschob, den Sommer, das Leben ohne Eva Sörensen.

Ein englischer Wissenschaftler hatte in diesen Tagen mit der apokalyptischen Prognose aufhorchen lassen, dass aufgrund der unumkehrbaren Erderwärmung noch in diesem Jahrhundert die Welt und die Gesellschaften, so wie wir sie kennen, aufhören würden zu existieren. Der Planet Erde leide an unheilbar hohem Fieber, das ihm der „Virus Mensch“ zugefügt habe. Nach einer Klimaerwärmung um rund 10 Grad wäre der Großteil der besiedelten Landstriche zu Meeresboden geworden. Milliarden Menschen wären gestorben. Süßwasservorräte würden knapp und erbittert umkämpft sein. Die Welt in absehbarer Zukunft wurde in der Radiosendung, die Sebastian auf einem kleinen Transistorradio in seinem Zimmer verfolgte, als Schauplatz brutaler Kleinkriege um Lebensraum und Trinkwasser beschrieben. Der einzige Ort, wo überhaupt noch Menschen wohnen könnten, wäre die Arktis, die ihnen dann ein noch lebenstaugliches Klima bieten würde.

Die Arktis. Seine Arktis. Sein Land. Es sollte von ihnen allen eingeholt werden in nicht allzu ferner Zukunft. Eingeholt, besiedelt, umkämpft. Aufgetaut. Zerstört.

Selbst in einem offiziellen UNO-Bericht wurde vor den nicht wieder rückgängig zu machenden Auswirkungen der menschenverschuldeten globalen Klimaerwärmung gewarnt. Mitte des 21. Jahrhunderts schon könnten die Polkappen geschmolzen und die Meeresspiegel gestiegen sein. Vom Aussterben des Eisbären wurde geredet, denn der Herrscher der Arktis hätte bald kein Land mehr, über das er herrschen, kein Eis mehr, auf dem er leben und jagen könnte. Er würde verhungern und untergehen im aufgetauten Nordpolarmeer.

Ja, Sebastian musste sich beeilen. Die Zeit begann zu drängen. Er musste hinauf nach Ostrow Brjusa, bevor andere es taten. Hinauf, bevor ihm andere die Insel wegnahmen. Im Februar war Sol Dag. Im März schon würde die Sabotin wieder auslaufen.

Sebastian begann sich zu beeilen. All seinen aufkeimenden Zweifeln zum Trotz. Mit der Vollendung seines großen Ziels vor seinen toten Augen begann er sich rasch in die Routinen eines Blindenlebens einzufinden. Noch nie hatte Eva Sörensen einen so zielstrebig an sich arbeitenden Patienten betreut. Keiner ihrer bisherigen Schüler hatte die Blindenschulung mit solcher Ausdauer und Konzentration auf sich genommen. Dieser ihr letzter Auftrag schien ihre angenehmste Arbeit zu werden. Selbstverständlich verzweifelte auch Sebastian Fehr wie jeder andere Späterblindete an verschiedenen Handlungsabläufen des täglichen Lebens, die er bis vor Kurzem noch für selbstverständlich genommen hatte und jetzt nicht mehr ausüben konnte. Er scheiterte am Anziehen, wenn er geistesabwesend seine Kleidung nicht über den immer gleichen Stuhl gelegt hatte, hatte Schwierigkeiten bei der täglichen Toilette, beim Gehen durch den Gang und in den Hof, beim Finden des Essens auf seinem Teller, beim Einschenken der Getränke, und häufig überkam ihn Angst, dass er beobachtet würde, angestarrt und belächelt. Doch er ließ sich durch diese momentanen Zusammenbrüche, sein kurzzeitiges Scheitern nur selten in Resignation oder Aggression fallen.

Stattdessen beantwortete er eine Überforderung seines Willens stets mit dem Rückzug in einen Erholungsschlaf, der mehr als Schlafen, der stilles Gleiten über polare Eiswüsten war. Ein Verharren in menschenleerer Kälte, bis die katabatischen Winde ihn wieder zurück nach Frankfurt wehten und er seine Augen aufschlug, ohne sehen zu müssen, dass er in einem anderen Teil der Erde gelandet war. Die Blindheit schenkte ihm eine Narrenfreiheit, die er zu genießen begann und auszunutzen zu seinem eigenen Vorteil. Jetzt musste er keine Rücksicht mehr auf andere nehmen, sondern die anderen auf ihn. Jetzt war er merklich anders als die anderen. Eine Minderheit mit dem Privileg, bemitleidet zu werden anstatt ausgestoßen. Jetzt kümmerten sich plötzlich andere Menschen um ihn. Jetzt waren sie da für ihn.

Jetzt war sie da für ihn, Eva Sörensen. Sie bewachte ihn. Er durfte ihr Kind sein. Ohne dass er versuchen musste, ihr zu gefallen, blieb sie da und unterstützte ihn. Auch wenn er es nicht sehen konnte: endlich war da draußen ein Mensch, der ihn auffing, wenn er fiel, der ihn hinlegte, wenn er liegen musste, und führte, wenn er gehen wollte. Sebastian fühlte, dass er mit seinem gestorbenen Augenlicht einen neuen Wert erkauft hatte, eine Bedeutung erlangt. Jetzt war er jemand und hatte er jemanden. Er war mehr und nicht weniger geworden.

Immer schien Eva Sörensen da zu sein, still und unaufdringlich. Wann immer er sie brauchte, konnte er sich auf sie verlassen. Was wollte sie von ihm? Sie war da, ohne dass er sie sehen konnte und ohne viel zu sprechen. Sie hörte ihn und er hörte sie. Sie beide saßen, gingen und hörten. Er war jetzt nicht mehr allein in seiner Eiswelt. Doch wie lange würde sie noch bei ihm bleiben können und er bei ihr, überlegte er, als er geführt wurde in eine neue Welt, die er nie zuvor erkannt hatte.

„In ihrer Gegenwart treibe ich nicht mehr alleine. Ich berühre ihren Arm, wenn sie mich führt. Manchmal hält sie meine Hand. Ich will mich von ihr führen lassen. In ihrer Nähe bleiben. Sie mitnehmen auf die Reise. Sie kann neben mir Platz finden im Eis. Brjusa ist groß genug für uns beide. Neben mir kann sie sitzen. Und warten. Sehen, wie wir beide kristallisieren. Sie kann gefrieren neben mir, zusammenfrieren mit mir und dem Franz-Joseph-Land. Sie stört mich nicht dabei. Sie kann mich begleiten in den Schneesturm. Materie werden. Sie und ich, gefrorener Basalt."

Eva Sörensen hatte heimlich gelesen, was er aufzeichnete in seinem Heft. In aller Verborgenheit hatte sie einen Teil dessen entziffern können, was er mehr auf das Papier malte als dass er es schrieb. Die Schriften waren mittlerweile ineinandergeschlungen und übereinandergesetzt und begannen sich jeglicher herkömmlichen Schreibart zu entziehen. Besonders dann, wenn Sebastian es offensichtlich eilig hatte, seine Gedanken zu Papier zu bringen. Wenn er Abkürzungen verwendete, Hilfswörter ausließ und ganze Gliedsätze übersprang. Immer öfter stieß Eva auf Kürzel und Namen einer nordischen Sprache, Finnisch vielleicht, Norwegisch oder Russisch. „Vaerforbehold" stand da. Und vielleicht auch frei erfundene Wörter einer Fantasiesprache aus den Fantasiewelten, in die dieser Mensch zu tauchen pflegte. Auch italienische Floskeln waren zu finden und verstärkten ihre Verwunderung über diese Aufzeichnungen, die mit der Zeit ein immer eigenartiges Schriftbild bekamen. Sebastians Schrift entwickelte sich zusehends weg von den lateinischen Buchstaben in der Handschrift eines Mitteleuropäers, hin zu immer eigentümlicheren Gebilden und Zeichen. Teils schien er auch gar nichts Lesbares mehr schreiben zu wollen sondern einfach nur mit kleinen Zeichnungen seinen Gefühlen Ausdruck zu verleihen. Trotz seiner Erblindung versuchte Sebastian sich das Erlebnis des Malens auf Papier zu erhalten. Kreisel und Spiralen waren zu finden, lange gebogene Striche und Muster, geometrische Gebilde, deren Kanten sich nicht trafen, Zeichnungen, die an nichts Reales erinnerten.

Eva Sörensen beobachtete und las ihn und seine Aufzeichnungen mit Zurückhaltung und Respekt. Sie konnte ihrer aufflammenden Neugier nicht widerstehen, die sie mittlerweile dazu drängte, die Geschichte und die Geheimnisse dieses Mannes zu erforschen. Wie nutzte sie es aus, dass sie noch sehen konnte, was er jetzt nicht mehr sah! Heimlich konnte sie ihn beobachten, wenn sie still an seiner Seite saß, während er schlief oder aß oder sich unbeobachtet fühlte. Noch hatte er nicht die Fähigkeit entwickelt, ohne Augen zu erahnen, was ihn umgab. Konnte die Gegenwart von Dingen und Menschen, wenn sie still waren und sich vor ihm verbargen, nicht hören. Er war ihr ausgeliefert, das wusste sie. Und sie spürte, wie auch sie sich seiner Dunkelheit auslieferte. Eintauchen wollte in schwarze, tiefe Gewässer, unter deren gefrorener Oberfläche sie nach Verborgenem suchen und sich verstecken konnte vor der immer mehr verschwimmenden Welt, die sich oberhalb der Eisschicht befand.

Eva Sörensen fokussierte ihren Patienten mit dem kleinen Gesichtsausschnitt, der ihr seit dem letzten Krankheitsschub noch geblieben war. Sie sah ihn in der Mitte ihres eingeengten Gesichtsfeldes. Sah einen Mann, dessen Augenlider sich zufällig zu öffnen und zu schließen schienen. Seine Augen bewegten sich unabhängig von seinem restlichen Tun, scheinbar abgelöst von einem Zustand des Wachens oder Schlafens. Immer öfter hielt er sie geschlossen und seinen Kopf zu Boden gesenkt. Doch oft genug hatte sie die milchig und bräunlich gewordene Hornhaut seiner Augen betrachten können, die an vielen Stellen aufgewölbt und verkrustet war. Seine Augen waren tot und entstellt. Ruinen – sichtbar für jeden, der ihm begegnete. Diese Narben der Selbstverstümmelung waren ein entsetzlicher Anblick, abstoßende Spuren der Vorkommnisse auf Spitsbergen. Sie mussten ausgetauscht werden. Was dieser Mensch auf seiner Reise verloren hatte, musste ersetzt werden.

Als Weihnachtsgeschenk bekam Sebastian von Eva Sörensen seine ersten Glasaugen.

Der seltene Beruf des Okularisten setzt eine siebenjährige Spezialausbildung voraus und ist dennoch eine in Deutschland nicht staatlich anerkannte Profession. Doch Herrn Wagrams Enthusiasmus und Faszination für dieses traditionsreiche Handwerk hatte dies keineswegs mindern können. Seit Generationen widmete sich der kleine Wiesbadener Familienbetrieb den kunstvoll angefertigten Augenprothesen, die sie, bis ins letzte Detail einem echten Auge gleichend, aus Glas bliesen und liebevoll bemalten. Kunstwerke waren das, die sie herstellten, von Hand gemachte Kunstwerke aus Glas und keine klinischen Fließbandprodukte. Bei seinem Großvater schon hatte er als Junge begeistert den Herstellungsprozess eines Glasauges verfolgt und bewundert, mit welcher Ruhe und Konzentration der alte Herr Wagram die Glaskugeln blies und mit immer neu gemischten Farbpaletten bemalte. Zärtlich und liebevoll hatte er stets in persönlichen Treffen mit Kunden, die noch ein gesundes Auge besaßen, alles daran gesetzt, für das Glasauge die genau gleiche, ursprüngliche Farbnote zu finden. Auch bei beidseitig erblindeten Kunden versuchte er, ihre angeborene Augenfarbe sorgfältig zu simulieren. Außer sie hatten spezielle Sonderwünsche. Wie exzentrische Stammkunden, die nach vielen Jahren plötzlich darauf bestanden, eine neue Augenfarbe zu bekommen. Eine Entscheidung übrigens, der der alte Herr Wagram nur widerwillig gehorchte und die meist bei der nächsten Sitzung, ein, zwei Jahre später wieder rückgängig gemacht wurde.

Je älter der Großvater Wagram wurde, desto zittriger wurden seine Hände und ungenauer seine Anfertigungen. Die Glaskugeln begannen Wölbungen aufzuweisen, die selbst seine ältesten Stammkunden bemängeln mussten, und als mit dem Alter auch sein eigenes Augenlicht allmählich verblasste, wurden die Farbmischungen immer abenteuerlicher, die er seinem Klientel anbot. Schließlich hatte er die kleine Augenfirma zu einem zweifelhaften Ruf heruntergewirtschaftet und musste sie widerwillig seinem Sohn abtreten.

Dieser hatte zwar im Lauf der Jahre ebenfalls eine Leidenschaft für Augenprothesen entwickelt, erkannte jedoch zu seines Vaters Leidwesen die Zeichen der Zeit und stellte in den Betrieb auf die Herstellung von Kunststoffaugen um. Mit diesen günstigeren und grundsätzlich haltbareren Plastikprodukten schaffte er es zwar, die Firma wieder zu sanieren, jedoch geriet die Nebenschiene, die traditionelle Herstellung von Glasaugen, immer weiter ins Abseits.

Schon als Teenager hatte dessen Sohn, Wagram junior, beschlossen, das aussterbende Metier unter allen Umständen zu retten. Er perfektionierte in unzähligen Arbeitstunden seine Glasbläserei und Malkunst und schuf sich einen landesweiten Ruf als Meister seines Fachs. Bald schon hatte die Wiesbadener Okularistenfamilie Wagram wieder einen überregional angesehenen Zweig der traditionellen Glasaugenherstellung etabliert, in dem der junge Herr Wagram das überlieferte Wissen und die vererbte Liebe seines Großvaters zu glatt polierten Glasprothesen weiterführte. Jetzt reiste er in seinem schlichten VW-Bus voller vorgefertigter Glaskugeln, die er von mehreren Grundgrößen ausgehend an die jeweilige Augengröße seiner Kunden anpasste, durch die Lande. Farbpaletten, Pinsel, Schleif- und Polierwerkzeuge waren penibel verstaut im umgebauten Wageninneren. Dort empfing und betreute er seine Auftraggeber, sofern diese den wandernden Glaskünstler nicht in ihre Wohnung einluden.

Der junge von Stadt zu Stadt reisende Okularist war wie ein Überbleibsel aus einer anderen Zeit, ein Reststück einer Welt, in der Gebrauchsgegenstände des täglichen Lebens noch als von Hand gefertigte, detailverliebte Kunstwerke behandelt wurden. Selbst seinem eigenen Vater, der parallel zu seinem Sohn das

Land mit Kunststoffaugen abklapperte, war der junge Wagram zu einer gewissen Konkurrenz geworden, deren gut verträgliche, glatt polierte und bestens benetzbare Glasprodukte seine günstigeren Plastikaugen in Frage stellten.

Im Bereich der augenprothetischen Versorgung stellten die Wagrams jedenfalls hoch angesehene Spezialisten dar, und auch Eva Sörensen war die mobile Glasaugenpraxis von Wagram junior bestens bekannt. In allen Fragen der Okularistik genoss sie es, sich an diesen Fachmann wenden zu können.

Vierteljährlich besuchte der Handlungsreisende Frankfurt, wo er jeweils in vier Stadtteilen Station machte und seinen Kunden neue Augen anpasste. Häufig begleitete Eva Sörensen ihre Patienten zu den Terminen. Sie bewunderte die liebevolle Art und Weise und den in sich ruhenden Stolz, mit dem Herr Wagram seine Kunden behandelte und ihnen fein gezeichnete und wunderbar geglättete Kunstaugen aus Glas anfertigte. Lange hatte sie heimlich Sebastian Augenfarbe studiert, um die leeren Augenhöhlen nach der operativen Entnahme seiner nutzlos gewordenen Augäpfel mit möglichst natürlich wirkenden künstlichen Augen bestücken zu lassen. Doch durch die zerstörten und milchig gewordenen Hornhäute seiner Augenleichen konnte sie Sebastians ursprüngliche Augenfarbe nicht mehr deutlich erkennen. Dem Mann, der blind aus dem Eis zurückgekommen war, war es ohnehin egal, welche Farbe man ihm einsetzte. Also hatte sie sich ausführlich mit Herrn Wagram besprochen und schließlich ein grünliches Blau auf die Kryolithgläser malen lassen, die man Sebastian Fehr nun in die Augenhöhlen setzte.

Der Mann zuckte zusammen, als das kühle Glas zum ersten Mal hinter seinen Augenlidern einschnappte. Selbst als sich die Glasobjekte seiner Körpertemperatur angepasst hatten, dauerte es tagelang, bis er sich an diese starren Fremdkörper in seinem Gesicht gewöhnte und akzeptieren konnte, sie von nun an immer in sich herumzutragen. Sie waren keine Weihnachtsgeschenke, mit denen er besonders glücklich war; diese anorganischen Materialien, die sein Körper nun aufzunehmen und als Teil von sich anzuerkennen hatte. Doch es war sein erstes Weihnachtsgeschenk seit vielen Jahren. Ein wunderbares Geschenk letztendlich: Augen aus Spezialglas von Eva Sörensen. Dieser Frau, die ihm näherstand, als es seit Jahrzehnten ein Mensch getan hatte. Ihr zuliebe arrangierte er sich mit den lästigen Bällen in seinen Augenhöhlen. Wäre es nach ihm gegangen, hätte er es vorgezogen, ganz ohne Augenprothesen weiterzuleben. Selbst wenn seine Orbita dann allmählich in sich zusammengesunken und verfallen wären und die Form seines Gesichtes im Laufe der Zeit zerflossen wäre. Ihm hätte es egal sein können. Er würde sich ja nie mehr sehen. Doch diese Frau sah ihn wohl, und offensichtlich sah sie lieber einen optisch intakten Mann vor sich als ein entstelltes Monster. Für sie wollte er das also sein: ein vollständiger Mensch.

Zumindest äußerlich. Auf den ersten Blick. Für eine kurze Zeit wenigstens. Ein paar Monate nur, bis im März die Sabotin vom Kai Longyearbyens ablegte. Oder bis Ende Mai, wenn der nördliche Frühling die Arktis ausreichend erfasst hätte, um das Nordmeer anzutauen und die zweite Schifffahrt des Eisbrechers zum Franz-Joseph-Land zu ermöglichen. Oder wenigstens bis Anfang September, wenn sich sein Bug ein letztes Mal im neuen Jahr durchs Eis bohrte. Seine letzte Reise dorthin, wo ein erfrorener Mann mit zwei vereisten Glasaugen sein Menschsein beenden und zu einem Mineral gefrieren könnte. Wenn nicht dieses Jahr, dann nächstes.

Eva Sörensen sah den von ihr mit glänzend klaren Augen ausgestatteten Mann. In seinem sauber polierten Augenweiß – nur wenig eingetönt und mit spärlichen, handgemalten Aderungen verziert – spiegelten sich die Feuerwerkskörper, die in der Silvesternacht in den Frankfurter Himmel geschossen wurden. Im Gegensatz zu den anderen, nur in schummriges Licht getauchten Zimmern des Blindenheimes waren die Räumlichkeiten, in denen sie den unbeliebten Silvesterdienst verbrachte, hell erleuchtet. So konnte sie sich noch halbwegs frei bewegen. Von den Feuerwerken außerhalb der Fenster erkannte sie jedoch kaum mehr, als es Sebastian tat. Manchmal – wenn ihr Blick zufällig in die richtige Richtung ging – sah sie eine undeutliche Erhellung in der weiten Dunkelheit. Doch grundsätzlich schreckte sie ähnlich wie Sebastian, der neben ihr am Fenster stand, bei jedem Knall ein wenig zusammen, ohne das Ergebnis dieser Zündung zu erkennen.

Der blinde Mann, mit dem sie in das neue Jahr rutschte, bat sie, ihm die Figuren zu beschreiben, die das Feuerwerk in den Himmel brannte. „Roter Sprühregen", „ein goldener Stern", „eine silberne Rakete", erfand sie, und dann sahen sie beide die Gebilde, die sie beschrieb. Sebastian sah nicht durch die Kryolithglaskugeln, die in seinen Augenhöhlen saßen, sondern er sah die Bilder, die Eva ihm gab, direkt mit seinem Gehirn. Er brauchte jetzt die Umwege nicht mehr, die die Sinneserregung durch Lichtreize auf der Umwandlung durch die Sehzellen der Netzhaut bis zur eigentlichen Sehwahrnehmung in seinem Gehirn zu durchlaufen hatten. Er hatte bereits vergessen, diesen herkömmlichen Weg zu gehen, ihn zu denken, durch ihn zu sehen.

Es war da nichts mehr, das er sah. Nichts mehr, das er so sah wie früher; kein Schwarz, kein Weiß, kein Hell oder Dunkel, kein Sehen oder Nicht-Sehen mit den Augen. Stattdessen machte er sich die Bilder so, wie er sie empfand, wandelte seine Eindrücke um in eigene Bilder, die nur er sehen konnte, und bastelte sich so seine eigene neue Welt.

Die Frau, der er vertrauen musste und wollte, lieferte ihm Bilder, die auch sie sich selbst erbaute, weil sie sie nicht mehr sehen konnte. Sie wollte ihm die Bilder der Außenwelt weiterhin liefern. Er sollte es nicht erfahren, wenn sie nur mehr Erfindungen waren. Bloß Vorstellungen. Erinnerungen an die Vergangenheit, kaum frischer als seine eigenen.

Und so sahen sie beide. Sahen das, was sie sehen wollten, und das, was Eva zu sehen vorgab. Sie hörten und rochen das Feuerwerk. Sie sahen es und spürten den Aufbruch in ein neues Jahr. Sie sahen neu. Zwei stille Menschen in der kalten Luft der ersten Januarnacht. Zwei Glasaugen und ein sterbendes Paar Augen, das nur im Röhrengesichtsfeld noch Bilder aufzunehmen vermochte und das ihre Besitzerin eines Tages ebenfalls mit zwei kunstvoll bemalten Glasbällen Herrn Wagrams eintauschen würde.

Ein Punkt ist A, der erste Buchstabe, und eine Eins, wenn das vierpunktige Nummernzeichen vorgesetzt ist. Es ist das Kürzel des Wortes „Aber“. Ein weiterer vertikal daruntergesetzter Punkt ergibt das B, die Nummer Zwei, das „Bei“, für welches es als Kürzel steht. Ein horizontal daneben gestanzter Punkt liest sich in der Punktschrift als C, die Drei, das „Sich“.

Sebastian hatte wenig Schwierigkeiten, sich die Grundprinzipien der Braille-Blindenschrift zu merken, die ihn Eva täglich lehrte. A-B-C, 1-2-3, Aber-Bei-Sich. Doch als die endlos erscheinenden Kombinationen des Sechs-Punkte-Rasters und die vielen Kurzschrift- und Sonderzeichen immer mehr über ihn hereinbrachen und ihm klarmachten, mit welch großem Aufwand er das Erlernen dieser neuen Leseweise betreiben würde müssen, begannen sich die Punkte in ihm zu drehen und aus ihren Dreierreihen zu tanzen. Nach kurzer anfänglicher Euphorie über das 1825 von Louis Braille, dem damals erst 16-jährigen Franzosen, so klug ersonnene Schriftsystem, lösten sie ihre Ordnung auf und schrien ihn förmlich an. Sie schrien ihn an, und er schrie stumm zurück.

Nein, er würde ihre geheimnisvolle Bedeutungsvielfalt bis in den kommenden Sommer nicht ausreichend erlernen können. Die unentzifferbaren Punktreihen würden ihn nicht früh genug zurück in die Arktis leiten, nicht rechtzeitig, um die kurze Zeit zu nützen, wenn die Eisplatten für wenige Wochen im Jahr schmolzen und stückchenweise einen Weg freigaben in die Eislandschaft, deren Teil er werden wollte.

„Was nützt ihr mir dort oben?“, wollte er zurückschreien. „Was nützen mir im Polarkreis zentimeterhohe Reihen mit millimetergroßen Punkten?“ Sie würden sich ohnehin sofort mit einer glatten Schicht aus nassem Eis überziehen und schließlich wie er und alles dort in diesem Wunderland nur Grundlage sein für Eiskristalle, für Schnee und Wind und immerdauernde

Kälte. Was sollte er sich jetzt quälen lassen, wo er die Qual des Menschseins doch ohnehin möglichst rasch zu beenden suchte. Ein für allemal. Nicht nur seine Augen wollte er dann im ewigen Eis abgeben, sondern sich selbst. Ganz.

Wäre Eva nicht neben ihm gewesen, er hätte die Punktetabellen zerrissen und hingeworfen, wo er sie nie mehr wieder finden würde, hingelegt, wo sie sich still und für immer vor ihm, dem Blinden, dem Krüppel, verstecken könnten.

Er versuchte sich zu beherrschen. Anstatt laut zu schreien, zu schlagen und zu werfen, zog er sich zurück in sich. Zurück in die stumme, finstere Welt.

Im neuen Jahr, da Sebastian die Eisuhr ticken hörte und nur einen kurzen Korridor des sich öffnenden Eises vor sich wusste, den es auszunutzen galt, überkam ihn Hast. Eine innere Unruhe hielt ihn davon ab, sich wieder tagelang und zeitlos in den Scheinschlaf zu retten. Er durfte nicht noch mehr Zeit verrinnen lassen. Die Aufgaben, die vor ihm lagen, waren zu groß, die Anstrengungen zu gewaltig. Er musste lernen, sie blind zu meistern. Allein. Oder besser noch mit Eva. Dieser Frau, die konnte, was er nicht konnte.

„Ich muss sie dafür gewinnen. Den Moment abwarten. Sie von der Reise ins Eis überzeugen".

Sorgfältig schrieb er die schiefen, verbogenen Buchstaben in sein Heft. Möglichst leserlich jetzt. Als ob er hoffte, dass sie gelesen würden von einem Paar Augen, das nicht aus Kryolithglas war. Auch wenn seine Aufzeichnungen für niemanden gedacht waren, so konnten sie doch sagen, was er nicht zu sagen wagte, und zu einer Informationsquelle werden für irgendjemanden. Für sie. Die Frau, die er brauchte und weiter brauchen würde.

Sebastians Finger konnten nicht fühlen, was die Punkte, über die sie langsam zu gleiten hatten, ihm mitzuteilen versuchten. Kaum bemerkte er überhaupt die feinen Erhöhungen auf dem harten Papier, über das Eva seine Hand führte. Er konnte mit dieser lästigen Schrift nicht viel mehr anfangen als mit jeder beliebigen Schwarzschrift, sei sie kunstvoll in ein Buch gedruckt, mit sich lösender Druckerfarbe auf dünnem Zeitungspapier aufgetragen oder von ihm selbst gezeichnet in sein eigenes Heft. Sei sie schwarz, blau, rot, groß, klein, tief eingedrückt, behutsam gepinselt oder in sechs Punkte übersetzt eingestanzt in rauen Karton: Ihm würden sie nichts mehr bedeuten, die Schriften, die Wörter, die Zeichen und Leerzeilen, die in seinen Händen lagen.

Nur die Schrift, die aus ihm herausfloss und eigenartige Abbildungen in seinem Heft hinterließ, hatte für ihn noch Wert. Sie war sein Freund, sein Verbündeter, sein Mitwisser. Sie wollte er nicht in der Finsternis verlieren. Das Braille vor Sebastian zog indes unter seinen Fingerkuppen nur gleichförmig mathematische Landschaften. Numerische Codes, die ihm nichts sagten und ihn nicht beeindrucken konnten, ihn abstießen in ihrer Undurchschaubarkeit. Er vermochte sie nicht zu deuten, wenn sie sich aufreihten vor ihm. Spürte die Punkte nicht. Spürte nur die weibliche Hand, die ihn berührte und ihm langsam das Lesen beizubringen versuchte.

Auch Eva hatte, obwohl sie sich seit vielen Jahren damit auseinandersetzte und wusste, dass sie eines Tages davon abhängig sein würde, ihre Probleme mit der Punktschrift. Sie kannte zwar das Braille'sche Alphabet, die Zahlzeichen und Kurzschriften, doch noch sah sie den Punkteraster mehr als sie ihn spürte. Noch belog sie sich, wenn sie sich vormachte, ausschließlich über das Ertasten ihrer Finger zu lesen. Denn nur selten hielt sie beim Lesen die Augen geschlossen oder wagte es, in schlechtem Licht zu lesen. Sie fokussierte die Punkte mit dem Zentrum ihrer Netzhäute und las die Blindenschrift noch wie ein Sehender. Ähnlich wie Sebastian die Schwarzschrift noch wie ein Sehender zu schreiben glaubte.

Für beide hatten die Schriften jedoch nun eine neue Bedeutung erlangt. Als ihre Daumen über die Reliefs der Braille-Schrift wanderten, lasen sie das, was Sebastians Schwarzschrift in seinem Notizheft ausdrückte. Und langsam begannen sie beide die Muster zu verstehen, die unter ihnen lagen. Allmählich wurden ihre Finger empfindsamer für die Berührungen und lernten sie zu deuten. Lernten zu verstehen. Sebastians lichtlose Welt begann sich von seinen alten Vorstellungen zu lösen. Sie verlor die alte Form und floss hinein in eine Sphäre ohne Farben, ohne Zeilenumbrüche, ohne Anfang oder Ende. Er begann die neuen Formen zu denken, Oberflächen zu fühlen, Räume und Gegenstände zu hören. Härte, Dicke, Schwere spürte er, Menschen roch er, Punkte las er jetzt, wo sie sich unter seinen und Evas Händen langsam zu Buchstaben formten und zusammensetzten zu unbegrenzten Wortreihen, sich ausdehnten in die Grenzenlosigkeit.

Die neue Welt, in die Sebastian erwachte, sprach jetzt zu ihm. Eine sprechende Uhr, die er, wenn er zu Bett ging, behutsam neben seinen Glasaugen auf dem Nachttisch ablegte, sagte ihm die Zeit und verband ihn so mit der Wirklichkeit der anderen, mit dem äußeren System. Jetzt wusste er, wie lange er geschlafen hatte und ob es Tag oder Nacht war, wenn er aufwachte. Sein völlig verlorengegangenes Zeitgefühl fand wieder zu einer gewissen Regelmäßigkeit.

Und mit der Uhr wuchs die Eile, steigerte sich die Unruhe in ihm. Jetzt musste er die restlichen Notwendigkeiten noch meistern, um sich nach einem Zwischenschritt in die Normalität in die völlige Lautlosigkeit zu transportieren. Denn so anders seine Welt jetzt aussah als noch ein Jahr zuvor, so laut war sie geblieben.

Die Armbanduhr war nicht die einzige Geräuschquelle, die zu ihm sprach. Selbst in seinem ruhig gelegenen Krankenzimmer, das er wohl oder übel bald verlassen musste, erwartete ihn zu jeder Zeit ein ganzes Orchester an fremden Klängen. Die Menschen hatten ihn umstellt mit ihren Geräuschen. Ihre Schritte, Stimmen, ihr Husten und Räuspern vibrierte in Sebastians Trommelfellen. Die Menschen hatten auch Maschinen gebaut, die ihn in eine ständige Klangkulisse betteten. Der Fernsehapparat summte in einem hohen Pfeifton, selbst wenn er ausgeschalten war – unmerklich zwar zu Beginn, doch mit der

Entdeckung seines immer gleichbleibenden Tons immer deutlicher. Entfernte Telefone und Autos schreckten Sebastian aus dieser Klangkonstante. Musikalischer noch war das Brummen und ständige Wachen von medizinischen Geräten, deren vertrauliches Knistern immer neue Variationen erfand. Ihren subtilen Symphonien begann Sebastian jetzt zu lauschen, so wie er in seiner alten Wohnung noch den Wassertropfen zugehört hatte.

Die Geräusche um ihn herum waren alle menschengemacht, das war Sebastian sehr wohl klar, auch wenn er ihnen neue, selbstständige Gestalten gab. Der hohe Summton der Fernsehröhren entwickelte hinter seinen Glasaugen eine flache, endlos ausgestreckte, glatte Quaderform, ähnlich der bläulich schimmernden Oberfläche einer stillen, dünn gefrorenen Meeresbucht, wenn man sie von unten beobachten würde. Sie begrenzte den Raum, in dem er trieb, und doch wusste er, dass dieser Raum ihn an vielen offenen Wasserstellen freigeben konnte. Das Piepsen und Surren des technischen Geräts in diesem Raum waren zwergenhafte Bälle und Würfel, die Luftblasen gleich aus dem Nichts entstanden und nach kurzem Leben an irgendeiner Stelle zerplatzten. Sie waren ebenso der Willkür ihres Lebensraumes ausgesetzt wie die anderen zerbrechlichen Klanggestalten, die kamen und gingen in der Finsternis. Sie waren von Menschen gemacht, aber hatten in Sebastians Welt zu Eigenständigkeit gefunden. Sie waren jetzt – weder lebendig noch tot, weder Materie noch Geräusch – Scheinorganismen, die mit seinem Realitätsbegriff spielten, sobald er ihnen die Zeit dafür ließ.

Die einzigen realen Klangboten, die aus dem tatsächlichen Eisland zu ihm vordrangen, waren Windböen, die hin und wieder an die Fensterscheiben drückten. Sie hatten eine größere Wucht als Sebastians Illusionsobjekte.

Er kannte und bewunderte die Kraft des Windes. Mit welcher Leichtigkeit sich die Böen durch die Lüfte trugen und tobend anfauchten, was immer sich ihnen in den Weg stellte. Welche langen Wege sie gingen. Sie brachten das Wasser zum Land. Sie brachten das Eis. Sie sollten ihm das Eis bringen.

Wenn Sebastian mit Eva zum Langstocktraining vor die Tür, aus dem Gebäude, dem Hof hinaus auf die Straßen ging, wurde seine Geräuscherfahrung bis ins Schmerzhafte gesteigert. Dort verwandelten sich die Geräusche in Lärm.

Lärm jedoch, der ihn nicht bloß störte. Vielmehr warnte er ihn und half ihm, der da unbeholfen am Gehsteig entlangtappte, sich zu orientieren. Sebastian begann, die lärmenden Hindernisse den stillen vorzuziehen. Die Lärmwände da draußen wurden zu Schutzwällen für ihn, Warnsirenen, die auf Gefahren hinwiesen. Er begann es zu schätzen, wenn etwas Lärm machte. Dadurch gab es sich zu erkennen. Dann lauerte es ihm nicht einfach still und heimlich auf, wie es die anderen taten. Die, die einfach zuschlugen aus dem Nichts. Stille Steine und gefrorene Wege. Da draußen in der lauten, neuen Welt waren sie zu seinen Feinden geworden. Auch wenn er begonnen hatte, ihre Lautlosigkeit zu hören, ihre Gefahren zu erahnen, so versteckten sie dennoch heimtückisch ihr wahres Gesicht vor ihm. Sie passten ihn ab und waren plötzlich da, wo er sie nicht vermutete. Nahmen ihm den Boden unter den Füßen weg.

Wenn er zurück nach Nortbruk gelangen wollte, so durfte das keine Reise durch die Stille sein. Nein, in der Stille würde er sein Ziel nicht erreichen. Weil er es nicht erkennen würde. Er musste es hören, um es zu sehen. Erst am Zielpunkt dann durfte es still werden. Erst in Brjusa durften die Geräusche aufhören. Erst wenn er gefror. Erst dann, wenn es still um ihn herum wurde, war er angekommen.

Bei den Ausflügen auf die Straße dauerte es oft nicht lange, bis Sebastian eine derartige Hilflosigkeit überkam, dass er das Langstocktraining abbrach. Am Straßenrand kauerte er zusammen. Tränen der Verzweiflung schienen aus seinen Glasaugen zu tropfen. Vorbeigehende Passanten bedauerten ihn. Dieser überforderte Mann mit seiner Blindenschleife und seinem Schmerz. Welch trauriges Schicksal musste er erleiden. Wäre nicht diese Frau an seiner Seite gewesen, so hätte seine betroffene Umgebung ihm Almosen zugesteckt. So jedoch wich man den beiden – dem Blinden und der Halbblinden, die sich langsam vorwärtsbewegten – mit verstohlenen Blicken aus und hoffte, ungesehen ein Stückchen von ihrem Leid zu erhaschen.

Man wich ihnen aus, aber trotzdem stieß Sebastian immer wieder auf irgendetwas. Es gab genug, was ihm nicht auswich. Er stolperte, er tastete, ging kleine Schritte, blieb stehen, versuchte kehrtzumachen und wusste bald nicht mehr, in welche Richtung er sich kehren sollte. Der Lärm drehte sich mit ihm. Er war immer da, immer plötzlich da und niemals gleich. Von allen Seiten dröhnte es auf ihn ein und überall war die Lautlosigkeit im Lärm verborgen. Und damit die Unsichtbarkeit.

Auch Eva drehte sich mit ihm. Still und aufmerksam blieb sie hinter ihm, bis er sie neben sich brauchte. Bis sie ihn heimzuführen hatte in die dunkle, vertraute Welt. Zurück zu den Scheinkörpern, die den erschöpften Mann sogleich zu umtänzeln begannen und beruhigten mit ihren Zufallssymphonien.

Im fortgeschrittenen Stadium des Trainings im Umgang mit dem Blindenlangstock ging er dann stets einen Schritt vor seiner Pflegerin. Er ging frei und selbstständig, fühlte aber die Sicherheit, die von ihrer Gegenwart ausstrahlte. Zu jeder Minute war er sich bewusst, dass er nicht allein, sondern Eva direkt hinter ihm war. Dass sie wachte und aufpasste, während er sich vorsichtig über die Bürgersteige und durch den Hof der Klinik tastete. Nie vergaß er sie, wenn er zögerlich einen kleinen Schritt nach dem anderen tat.

Sebastian fühlte sich unwohl inmitten dieser stillen und lauten Lärmquellen, durch die er navigieren musste. Den aufgefalteten Aluminium-Stock schob er mit ausgestreckter Hand vor sich her, dennoch vertraute er der Route nicht ganz, die die rollende Kugelspitze ihm freizugeben schien. Besonders das Eis war zu seinem Widersacher geworden. Das harte, klumpige Eis, die Schneereste und Kieshaufen, die den flachen Bürgersteig zu einer unberechenbaren Trümmerlandschaft machten. An den Wintertagen waren die Frankfurter Straßen wie der arktische Ozean ein sich ständig veränderndes Hügelland voller Hindernisse. Wie Kapitän Smochow sich mit der Sabotin durch das Eismeer kämpfen musste, hatte der Blinde schwer mit dem winterlichen Untergrund zu kämpfen, über den er sich bewegte. Sein Langstock folgte Bahnen, die im Nichts verliefen. Die Absätze seiner Schuhe stießen an vereiste Brocken, brachen ein, rutschten aus. Es knirschte und es krachte. Wie Wladimir Smochow musste Sebastian Fehr des Öfteren einsehen, das er die Wildnis vor ihm nicht bezwingen konnte. Wie Robert Peary auf seinem Weg zum Pol an unüberwindbaren Presseisrücken, so groß wie zweistöckige Häuser, und offenen Wasserrinnen gescheitert war, so zwang die feindliche Winterlandschaft auch Sebastian Fehr immer wieder zur Umkehr. Peary hatte in 23 Jahren sechs Expeditionen unternommen, um den Nordpol zu erreichen. Und als er ihn schließlich auch beim letzten Anlauf verfehlte, meinte dennoch er und die Welt, dass er ihn erobert hatte.

Erst wenn es still um Sebastian herum wurde, war er angekommen. Bis dahin sollte die Frau, die einen Schritt hinter ihm über das Eis wanderte, ihn führen. Ihn halten und nicht mehr loslassen.

„Wir gehen in die von Menschen besiedelten Laute. Eine Stadt aus Lautbalken, eine Stadt aus Lautsteinen, dorthin führe ich euch. In die Stadt der Lautnahrung, in die Stadt der Lautesser gehen wir."

Auf seinem Transistorradio verfolgte Sebastian eine Sendung über den russischen Schriftsteller Welimir Chlebnikow. Das Zitat blieb ihm hängen. Mit ruhiger Hand kritzelte er „In die Stadt der Lautesser gehen wir" in sein Heft und hörte dabei dem Schaben zu, das sein austrocknender Kugelschreiber auf dem Papier erzeugte.

„Der Lautesser", las Eva. Sie überflog die Buchstaben und versuchte dabei, nicht beobachtet zu werden von dem Blinden. Es war eine verhältnismäßig einfach zu entziffernde Passage in seinen Aufzeichnungen. Immer wieder versuchte sie zu dechiffrieren, was Sebastian schrieb. Wenn er schon so wenig redete und doch offensichtlich nachdachte über sich und die Welt, über seinen Zustand, seine Erfahrungen. Und über sie!

Eva musste lesen, was er schrieb, solange sie Schwarzschrift noch lesen konnte.

„Der Lautesser". Das Wort hallte in tagelangen Echos durch ihren Kopf. Bald würden sie beide sich nur mehr von Lauten ernähren und nicht mehr von Bildern.

Der Lautesser schritt über den Bürgersteig vor ihr. Behutsam zwar, aber immer sicherer und mit immer weniger Scheu. Inzwischen wedelte er seinen Langstock selbstverständlich vor sich her. Schon hatte Sebastian, ohne darüber nachzudenken, begonnen, die Straßen im 90-Grad-Winkel zu überqueren und nicht in leicht schräger, der Laufrichtung entsprechenden Linie, wie alle Sehenden es taten. Im Gegensatz zu ihnen musste er möglichst gerade und auf kürzestem Weg auf die andere Seite gelangen, denn ansonsten würde er mitunter Gefahr laufen, nie auf eine andere Seite zu gelangen – etwa wenn die Straße eine Biegung machte, die er nicht sah. Wenn er den gegenüberliegenden Gehsteig in schrägem Winkel anlief, so lief er ebenso Gefahr, vor seiner Führerin auf die Bürgersteigkante zu treffen und darüberzustolpern.

Doch der Lautesser stolperte immer seltener. Mit Blindenschleife und Stock für jeden Passanten als Außenseiter markiert, auf den man aufzupassen habe, ging er unbeeindruckt mit wenigen Schritten Vorsprung vor Eva seine kleinen Wege. Es waren Wege, die immer gleich waren und ihn noch nicht weit fortbrachten vom Blindenheim. Für Sebastian jedoch waren sie jedesmal völlig andere Ausflüge in eine dunkle, laute Abenteuerwelt, die ihn mit immer anderen Geräuschen und Räumen konfrontierte. Sie brachten ihn weit weg von der gewohnten Umgebung. Schleuderten in förmlich auf einen anderen Planeten. Der Platz, durch den er sich zu bewegen hatte, und die Zeit, die er dafür benötigte, waren immer unterschiedlich. Sein Eindruck von der Welt war jetzt nicht mehr von optischen Stützen geprägt, sondern setzte sich stets neu zusammen aus nahen und fernen Klängen, aus nahen und fernen Gegenständen und nahen und fernen Personen und Autos mit immer anderer

Geschwindigkeit, Geruch und Lautstärke. Sebastian wusste Eva hinter sich. Sie war die einzige Konstante in dieser sich ständig verändernden Geisterbahn. Es war gut, sie hinter sich zu wissen. Sich einhängen zu können an ihr. Doch möglichst schnell musste er sich auch selbstständige Mobilität beibringen, um alleine seine große Reise in den Norden anzutreten. Falls sie nicht bereit dazu wäre, ihn zu begleiten.

Das am weitesten entfernte Ziel ihrer Übungsgänge war der neue, als blindengerecht angepriesene Bankomat. Da er zwei Häuserblocks entfernt war, war es eine große nervliche und körperliche Anstrengung, ihn zu erreichen. Noch war es unmöglich für Sebastian, ihn alleine zu finden. Meist führte seine Begleiterin ihn über das letzte Drittel der Strecke. Ab der Hälfte des Weges schon wurde ihm die Umwelt zu voll mit ansteigender Lautstärke und zweifelhafter Stille, zu laut und zu leise.

Er ertastete die wundersame Maschine. Erspürte ihre Knöpfe. Und den Bildschirm. Ein Touch-Screen: der Feind eines jeden Blinden, mit dessen sich ständig verändernder Oberfläche ein Mensch ohne Augen rein gar nichts anfangen konnte. Seine Finger befühlten das blecherne Gesicht dieses Apparates. Sie streichelten es, so wie sie bislang noch kein menschliches Gesicht gestreichelt hatten. Sie machten ihm ein Bild von der Gestalt aus Plastik, Glas und Metall. Sie entdeckten kleine, in säuberlichen Reihen angeordnete Punkte auf der kalten Oberfläche.

Evas Hand hatte Sebastians Finger behutsam dorthin geführt, wo neben großen, viereckigen Druckknöpfen die Bedeutung dieser Tastatur in Braille-Schrift angegeben war. Hinter den zwei Menschen hatte sich bereits eine unruhige Reihe anderer gebildet, die Geld beheben wollten in diesen winterlichen Morgenstunden. Sie sahen wohl die Blindenschleife an Sebastians Arm und verspürten ein gewisses Verständnis für die Situation, in der sich dieser angespannte Mann befand. Doch sie hatten anderes zu tun, als sich von einem Behinderten den Zugang zu ihrem Geld versperren zu lassen und warten zu müssen, ob und wann er die richtigen Tasten fand. Vor allem trug die Frau an seiner

Seite keine Blindenschleife. Sie sollte ja schließlich in der Lage sein, den Vorgang so schnell zu erledigen wie jeder andere auch. Immer unruhiger wackelten sie hin und her, schauten auf ihre Armbanduhren oder brachen aus ihrer Reihe aus und verließen den Ort.

Das alles sah Sebastian Fehr freilich nicht. Seine Gedanken galten einzig und allein der Sechs-Punkte-Schrift, der im Oberflächen-Design dieser kalten Maschine großzügig Raum zugeordnet wurde. Jeder Blinde sollte sie finden können, diese hervorstehenden Pünktchen. Sebastian versuchte sie ohne Evas Hilfe zu entziffern. Es dauerte eine unbestimmte Zeit, bis er das erste Wort erkannte: „Karte". Das hätte er sich auch denken können, denn unweit davon wies ein Schacht mit einem dünnen Schlitz auf diese Bedeutung hin. Weiter unten an einem größeren Schlitz fand er ein weiteres Wort: „Geld". Doch soweit konnte es noch nicht sein. Blindenfreundlich hin oder her – auch diese Maschine würde ihm nicht einfach Geld entgegenschieben, sobald er sie mit seiner Karte gespeist hatte. Nun galt es andere Tasten zu finden. Vier fand er rechts neben dem schräg versenkten Bildschirm aufgereiht. Glatte, große Knöpfe waren das, die sich mit wenig Widerstand drücken ließen. Glatte, leicht erhöhte Quader, herausgeschnittene Inseln einer rauen und leeren Oberfläche. Nirgends war ihre Verwendung lesbar, außer auf dem stillen Bildschirm daneben, dessen Erscheinungsbild sich mit jedem Anwendungsschritt änderte und der Tastatur eine neue Bedeutung gab. Unter diesem fand der selbst immer ungeduldiger werdende Mann eine Vielzahl weiterer, gleich großer und gleich beschaffener Tasten, die mit dem Zahlzeichen versehen und durchnummeriert waren. Von eins bis zehn hätte er sich hier drücken können, und auch auf den langförmigen Tasten nebenan verstand er, was mit „OK" oder „Löschen" gemeint war. Nur sah er nicht, was er bestätigen oder löschen sollte. Er sah es nicht. Sah nichts, aber wenigstens erspürten seine kalten Finger einen letzten Brocken Blindenschrift auf einer großen kalten Taste vor ihm: „Abbruch". Die Lückenwelt hatte ihm wenigstens einen Ausweg gegönnt. Sebastian benötigte mehrere

Minuten, bis er aus den Punktmustern dieses Wort erkannte, aber dann drückte er mit großer Erleichterung sofort darauf und fühlte sich zurück zum kleineren der beiden Schlitze, der jetzt mit einem Summen und Ächzen seine Bankomatkarte wieder ausspuckte. Er würde auf andere Weise zu seinem Geld kommen müssen.

Zur Genugtuung der Menschenschlange hinter ihm schob er Eva nun rasch zur Seite und deutete ihr an, den Rückweg anzutreten. „Ich brauche kein Bargeld im Blindenheim“, flüsterte er in ihre Richtung und versuchte, seine Beherrschung nicht zu verlieren. Die Geldnoten hätte er ohnehin noch nicht zwischen seinen Fingern abmessen und dadurch lesen können. Unnützes, steifes, schmutziges Papier wären die Scheine in seinen Händen gewesen.

Nein, Sebastian benötigte kein Geld, um im Rehabilitationszentrum zu überleben. Doch lang würde er nicht mehr dort bleiben können. Viele Wochen hatte er in diesem Haus bereits verbracht und große Fortschritte gemacht. Aus dem mysteriösen, in seiner Blindheit Schlafenden war ein zwar immer noch eigenartiger und in sich verschlossener, jedoch offensichtlich selbstsicherer Patient geworden, der allmählich bereit dazu war, sein Leben ohne Augenlicht zu führen. Das Orientierungs- und Mobilitätstraining hatte Früchte getragen. Sebastians Gehör, sein Geruchssinn, seine Haut, seine Fingerkuppen – alles war empfindlicher und aufmerksamer geworden und half ihm, seine Umwelt anhand neuer Eckdaten zu entschlüsseln. Er schloss nun nicht mehr die Augen vor dieser Außenwelt, sondern sah in ihr Geräusche, Rhythmen, Kakophonien, Düfte, Gestänke. Er berührte ihre glatten, rauen, harten, weichen, rissigen, festen oder beweglichen Oberflächen. Er hörte sie atmen und ticken und fühlte ihre Hitze oder Kälte. Sie hatte neue Formen angenommen, seine Welt – neue und ständig sich verändernde Formen. Sie floss von einem Zustand in den nächsten. Wie das Eiswasser der Polardrift war sie nun einmal hart und einmal flüssig. Wie das Eiswasser um den Nordpol kreiste sie um ihn in immerwährender Unruhe.

Die klirrende Eiswelt Sebastian Fehrs war mittlerweile eine dehnbare Polarnacht geworden. Sie war klein, eng und groß zugleich, grundlos tief und erstreckte sich in unabsehbare Höhen und Weiten. Der Mann mit den Glasaugen hatte sich bereitgemacht, sie immer weiter zu erforschen und sich allmählich zurechtzufinden in seinem lichtlosen Kokon. Er schwebte darin durch Tage und Nächte und brauchte keine Sehorgane mehr, um zu sehen. Er segelte leise und behutsam. Er berührte die Außenwelt so wenig wie möglich. Mit Vorsicht zwar, aber ohne Angst. Ein blinder Passagier unter den Sehenden war er geworden. Ein blinder Passagier seiner eigenen Reise. Einer, der seine Reise unternehmen musste, selbst wenn sie unbequem oder gefährlich war. Sebastian fühlte sich jetzt dazu bereit, diese Fahrt zu machen. Er wusste, worauf er sich einließ. Wollte selbstständig weiterkommen jetzt. Hinausgelangen ohne fremde Hilfe. Er würde suchen und in der Finsternis finden, was er benötigte.

Zu den neuen, noch aufregenden Sorgen über die Veränderung in seinem Leben ohne die Schwere des Lichts gesellten sich zunehmend sachliche Fragen. Auch wenn er die Berührung mit der Außenwelt möglichst zu meiden suchte, so drängten diese Fragen ihn dennoch unweigerlich zurück in den alten Frankfurter Alltag, den er so kompromisslos hinter sich hatte lassen wollen. Man fing an, ihn zurückzuholen zum Ausgangspunkt seiner Polarfahrt.

Von Sebastians Arbeitsstelle her wurden Überlegungen auf ihn zugetragen, in Frührente zu gehen oder sich umschulen zu lassen. Die Versicherung begann die Krankenhausrechnungen immer sorgfältiger zu prüfen. Und auch vom Blindenheim selbst spürte er den wachsenden Druck, sein Zimmer zu räumen und sich auf die eigenen Beine zu stellen. Da draußen, ohne dass er es sehen konnte, braute sich wieder die Welt zusammen, in der er zu bestehen hatte. Ob mit vier statt fünf menschlichen Sinnen, das spielte bald keine Rolle mehr. Die deutsche Seele hatte Respekt gezeigt vor der Macht der nordischen Eislandschaft. Sie hatte Verständnis aufgebracht für diesen Behinderten und ihm großzügige Hilfe angeboten. Geduldig und mit offenen Armen hatte sie ihn aufgenommen, nachdem er dem weißen Wahnsinn verfallen gewesen war. Aber irgendwann müsste er wieder gelandet sein. Seine Schonfrist lief aus. Sebastian Fehr war ein Staatsbürger wie andere auch. Ein Blinder zwar, ein Behinderter, ein eigenartiger Kauz, aber nichtsdestotrotz war es an der Zeit, ihn langsam wieder einzugliedern in die deutsche Welt.

Ein altbekanntes System erwartete ihn dort. Er sah es zwar nicht mehr, aber die Bilder kamen allmählich zurück. Wie Gespenster schwebten sie herein in seine Finsternis. Sie schwebten durch die unsichtbaren Wände. Sie schwebten durch die Hindernisse, die Sebastians Bewegungsraum begrenzten. Dort, wo er an Grenzen stieß, an Widerstände, die auf Druck nachgaben, oder solche, die starr blieben, sah er die Geisterbilder seiner vergangenen Welt, hörte er die im Nordmeer ertrunkene Musik, die nun wieder an die Oberfläche trieb. Er wollte sie nicht hören, aber das Konzert der Gespenster wurde immer lauter. Die Geigen, das Schlagzeug, der Gesang. Ihre Musik spielte hinein in die Geräuschwelten seines neu gefundenen Kosmos. Ihr Lärm wollte mitmischen. Er drängte sich auf.

Es würde dem Erblindeten keine Wahl bleiben. Er konnte sich nicht verstecken. Die Gespenster holten ihn ein. Sie riefen ihm zu, packten ihn. In immer neuen Gestalten gaben sie ihm ihre Absicht zu erkennen. Geistermänner, Geisterfrauen. Geistermöbel. Geisterstimmen. Er sah sie mit seinen Ohren, mit seiner Nase, seinen Händen, seinen Füßen. Geistermaschinen. Sie schwebten hinein in die Ruhe seiner Nacht. Keine Tür konnte sie mehr aufhalten, keine Wand. Sie fanden ihre Wege überall hindurch. Schließlich war es ihre Welt, durch die er hier schwebte. Parallel zu ihren Bahnen schwebte.

Sebastian würde sich ihnen stellen müssen. Erst wenn es still um ihn herum wurde, war er angekommen. Er würde in die Geisterstadt gehen müssen. Lieber früher als später musste er zu den Gespenstern gehen. Abschließen, was er nicht abgeschlossen hatte. Nicht, dass sie ihm zuletzt noch bis ins Eis folgen würden. Nicht, dass sie versteckt vor seinen Blicken, versteckt in seiner Dunkelheit mitreisen würden. Ihn nicht mehr alleine reisen lassen. Ihn nie mehr alleine lassen. Das durfte er nicht riskieren. Er musste zuvor noch zu ihnen gehen. Zu ihnen. Abschließen. Zu ihm. Aufschließen. Heimgehen, dorthin, wo niemals sein Daheim gewesen war. Abschied finden.

Lautlos hob Sebastian seine Wohnungstür mit einem leichten Druck an.

52 Quadratmeter. Eine Altbauwohnung im Frankfurter Bahnhofsviertel. Unberührt. Ganz so, wie er sie hinterlassen hatte.

Jetzt sah sie fremd und völlig anders aus. Ihre Dimensionen verzerrten sich in der Finsternis. Die Wohnung hatte wie alles andere auch ihre alte Form verloren. Sie war groß jetzt. Unbegrenzt. Sebastian konnte die Wände nicht mehr sehen, die ihn immer nur optisch von seinen Nachbarn getrennt hatten. Jetzt, da sie nicht mehr zu sehen waren, hatten sie gar keine Bedeutung mehr. Die Geräusche, die durch sie zu ihm vordrangen wie durch Papier, fanden jetzt in seiner Wohnung statt. Menschen, Fernseher, Klospülungen. Das Läuten eines Telefons. Straßenbahnen. Autos. Sie alle waren in seiner Wohnung. Sie alle wohnten hier bei ihm in der Dunkelheit. Sprachen zu ihm. Fuhren durch ihn. Sie vermischten sich in diesen grenzenlosen 52 Quadratmetern.

Die Uhr tickte. Der Wasserhahn tropfte.

Wie viel Wasser war in der Dunkelheit wohl schon herausgetropft aus ihm? Wie viel Wasser war hinabgeflossen und nie gefroren?

Der Fernseher. Er brauchte ihn nicht mehr. Seine DVDs, CDs. Er brauchte sie nicht mehr. Brauchte das alles nicht mehr.

Sebastian wusste, wo die schwarzen Müllsäcke im Küchenschrank zu finden waren. Alles gehörte in die Plastiksäcke und hinaus aus dem Fenster. Hinaus auf die Straße. Hinunter zum restlichen Müll. Dorthin gehörte es.

Sebastian Fehr würde seine Wohnung entleeren. Ballast abwerfen. Und nachher am Fenstersims lehnen und hinausblicken. Seine Glasaugen würden die Frankfurter Hochhäuser nicht mehr brauchen. Sie würden hier gar nichts mehr brauchen. Er hatte keine Hilfe mehr nötig. Die Bilder waren in seinem Kopf. Seine Welt war nun in seinem Kopf. Wie Salze und Mineralien, die tief im Eis eingeschlossen nicht zu Eis gefrieren, sondern ihre Parallelwelten erschaffen, so würde auch er leben können neben einer anderen Welt. So würde auch er in einem Daneben existieren. Umschlossen von der anderen Welt und doch nicht angreifbar von ihr. Unberührbar. Geschützt im Eiskokon. Weder Eis noch Wasser. Nur Dunkelheit. Raum und Bilder. Bilder, die er aussperrte, vergaß. Und solche, die er duldete, suchte.

Evas Gesicht. Es war da. Er hatte es noch nie berührt, um sich seine Formen vorzustellen. Er hatte ihr Gesicht noch nie berührt und nie gesehen. Doch es war da. Sie stand vor ihm. Wie schön sie war.

Und hinter ihr die schneeverwehten Eisfelder der Arktis. Der gefrorene Ozean. Ewig weit und niemals gleich. In den offenen Wasserrinnen flossen sie zusammen. Ihr Gesicht und die Arktis. Sie flossen zusammen. In die Unendlichkeit von 52 Quadratmetern Dunkelheit.

„Meine Wohnung.
Ich muss sie aufschließen.
Noch den Winter abwarten.
Trümmerfelder.
Lernen.
Abwarten ein wenig.
Bis ich abschließen kann.
Presseisrücken.
Wegschließen.
Für immer.
Vaerforbehold.“

Die Schrift in seinem Heft wurde immer größer. Die Zeilen bestanden nur mehr aus ein, zwei, drei Wörtern. Oft waren nur mehr wenige Zeilen auf einer Seite.

Weiß. Immer weißer blieb Sebastians Heft. Manche Blätter zierte nur mehr ein kleiner Kreis. Kurven, die sich so lange überlappten, bis sie keinen Anfang und kein Ende mehr besaßen.

Langsam blätterte er durch die Seiten. Auch durch jene Seiten, von denen er annahm, dass sie noch nicht beschrieben waren.

Viele Seiten waren jetzt ganz weiß geblieben. Viele Seiten waren es, die er durch seine Finger gleiten ließ, bis er die letzte erreicht hatte. Weiße, leere, ruhige Seiten.

Drei Wörter malte Sebastian auf das letzte Blatt seines Hefts.

„Ich gehe zurück."

Drei Wörter hatte Robert Peary in sein Tagebuch geschrieben, nachdem er bei seiner letzten Nordpolexpedition das Ziel zwar nicht erreichte, jedoch entschied, sich und die Welt im Glauben zu lassen, dass er den Pol entdeckt hatte. Als er entschied, lieber lebendig zurückzukehren im Glauben, den Pol erobert zu haben, anstatt ihn zu erreichen und zu sterben dabei. „Ich bin zufrieden", hatte Peary geschrieben.

Eva Sörensen glaubte ihm nicht. Männer lügen anders als Frauen.

Ihre Wohnung war still und dunkel. In ihrer Unruhe hatte sie die Hand bereits mehrfach nach dem Telefonhörer ausgestreckt.

Sebastian würde nicht zurückgehen, dachte sie. Es gab kein Zurück. Er würde zu ihr kommen. Mit ihr durch den Grüneburgpark spazieren. Seine Kleidung auf dem Stuhl ablegen, auf dem sie gerade saß. Sie beide hatten eine Zukunft vor sich. Eine Vergangenheit, von der sie sich lösen konnten. Nicht lange und ihr Telefon würde läuten.

Drei gut leserliche Wörter, groß und nahezu schmuckvoll untereinander geschrieben in der Schrift eines Blinden.

„Ich gehe zurück." Dann klappte Sebastian das Heft zu und verstaute es in seiner Tasche.

Hans Platzgumer im Skarabæus Verlag

Hans Platzgumer
Expedition
Die Reise eines Underground-Musikers in 540 KB
334 Seiten, € 19.00/sfr 33.60
ISBN 978-3-7082-3188-4

Eine Expedition durch das Leben des Musikers Hans Platzgumer, der mit seinen musikalischen Projekten wie HP Zinker, hp.stonji oder Queen of Japan die internationale Independent-Musikszene belebt und mitgeprägt hat. In der Grauzone zwischen Erinnern und Vergessen besucht Platzgumer nochmals die Schauplätze seines bisherigen musikalischen Lebens, erzählt von absurden Tour- und Studio-Episoden zwischen New York, Berlin, Tokyo, München und London, von Begegnungen und privaten Reminiszenzen, von den Paradigmenwechseln zwischen Independent Rock, Grunge und Electronica, von künstlerischen Schaffenskrisen und der Inspirationskraft der Leere.

Eine rasante Fahrt durch die Biografie eines klangbesessenen Kosmopoliten entlang der Grenzlinie zwischen innerer Getriebenheit und äußerer Reflexion.

„... ein auch literarisch überzeugendes Werk voll Esprit, Witz und Gespür fürs Wesentliche."
(profil, Sebastian Hofer)

„Gelungen, sprachlich versiert und aufrüttelnd."
(ORF-FM4, *Andreas Gstettner*)

„Bei näherer Betrachtung aber breitet sich eines der erstaunlichsten Oeuvres aus, das je ein österreichischer Musiker im Pop geschaffen hat."
(Salzburger Nachrichten, Bernhard Flieher)

„‚Expedition' ... schildert in einer Mischung aus Anekdoten und Reflexionen einen der faszinierendsten Lebensläufe der heimischen Musikgeschichte"
(Die Presse, Christoph Huber)

„... ausdrücklichst empfohlen ... Informativ, witzig, ehrlich – ein Insider-Bericht aus der internationalen Musikszene. Und gut geschrieben ..."
(Kurier, *Andreas Russ*)

www.skarabaeus.at

Mørketiden – Sol Dag – Svalbard – Ostrow Brjusa – Albedo – Aber Bei Sich

Ich danke folgenden Personen und Institutionen, die mir in unterschiedlicher Weise geholfen haben, diesen Roman zu schreiben:

George Nussbaumer, Klaus Michler, Georg Hasibeder-Plankensteiner, Didi Neidhart, Sandra Bellet, Albert Ostermaier, Polina Lapkovskaya, Sabine Cappello-Sohm, Ulrich Lampen, Wolfgang Reitter, Jens Döring, Carl Mirwald, Georg Gaigl, Valerie Besl sowie den Kulturämtern Innsbruck, Bregenz und der Kulturabteilung des Landes Vorarlberg, die mir eine Rechercheреise in die Arktis 2006 ermöglicht haben.

Gedruckt mit Unterstützung durch die Kulturabteilung der Tiroler Landesregierung und das Kulturamt der Stadt Innsbruck.

Bibliografische Information Der Deutschen Bibliothek
Die Deutsche Bibliothek verzeichnet diese Publikation in der Deutschen Nationalbibliografie; detaillierte bibliografische Daten sind im Internet über http://dnb.ddb.de abrufbar.

ISBN 978-3-7082-3235-5

Buchgestaltung nach Entwürfen von Kurt Höretzeder
Umschlag: Skarabæus Verlag/Karin Berner unter Verwendung eines Fotos von Wally Herbert (aus: Wally Herbert: Polarwüsten. Die Erschließung von Arktis und Antarktis. Glasgow 1971)
Satz: Skarabæus Verlag/Thomas Auer
Lektorat: Skarabæus Verlag/Georg Hasibeder

Gedruckt auf umweltfreundlichem, chlor- und säurefrei gebleichtem Papier.